雨花忠魂

雨花英烈系列纪实文学

热血荐轩辕

李耘生烈士传

张晓惠 著

江苏凤凰文艺出版社
JIANGSU PHOENIX LITERATURE AND ART PUBLISHING, LTD

图书在版编目（CIP）数据

热血荐轩辕：李耘生烈士传 / 张晓惠著．— 南京：江苏凤凰文艺出版社，2017.9（2023.5重印）
（雨花忠魂．雨花英烈系列纪实文学）
ISBN 978-7-5399-8244-1

Ⅰ．①热… Ⅱ．①张… Ⅲ．①纪实文学 – 中国 – 当代 Ⅳ．① I25

中国版本图书馆 CIP 数据核字 (2016) 第 184655 号

热血荐轩辕：李耘生烈士传

张晓惠 著

出 版 人　张在健
责任编辑　黄孝阳　聂　斌
封面设计　马海云
责任印制　刘　巍
出版发行　江苏凤凰文艺出版社
南京市中央路 165 号，邮编：210009
网　　址　http://www.jswenyi.com
印　　刷　阳谷毕升印务有限公司
开　　本　880 毫米 ×1230 毫米　1/32
印　　张　7.625
字　　数　200 千字
版　　次　2017 年 9 月第 1 版
印　　次　2023 年 5 月第 4 次印刷
书　　号　ISBN 978-7-5399-8244-1
定　　价　32.00 元

江苏凤凰文艺版图书凡印刷、装订错误，可向出版社调换，联系电话 025-83280257

“雨花忠魂·雨花英烈系列纪实文学”丛书编委会名单

信念之光　民族脊梁

中共江苏省委书记　李　强

南京雨花台，是一处历史名迹，更是一个革命圣地。它风光秀丽，历代文人墨客在此留下吟哦诗篇；它壮怀激烈，众多先贤志士在此演绎壮丽人生；它记忆殷红，无数革命先烈、共产党人在此献出宝贵生命。近现代以来，在雨花台英勇就义的革命烈士中留下姓名的就有1519名，他们的事迹展示了中国共产党人的崇高理想信念、高尚道德情操、为民牺牲的大无畏精神。

习近平总书记在中国文联十大、中国作协九大开幕式上指出："祖国是人民最坚实的依靠，英雄是民族最闪亮的坐标。歌唱祖国、礼赞英雄从来都是文艺创作的永恒主题，也是最动人的篇章。"江苏省委宣传部、省作家协会组织编写的"雨花忠魂·雨花英烈系列纪实文学"丛书，以真实的人物故事，生动诠释了雨花英烈信仰至上、慨然担当、舍身为民、矢志兴邦的革命精神和英雄壮举。恽代英、邓中夏、何宝珍、施滉、徐楚光、陈原道等，这一个个英烈，是不灭的火种、不朽的丰碑，闪耀着革命信念的光芒，挺起了民族不屈的脊梁。“雨花忠魂”丛书，是深沉的革命历史见证，是深厚的红色文化传承，是深刻的思想教育启迪，展现了江苏作家对革命历史的正确认识，对雨花英烈的景仰之情，对弘扬社会主义核心价值观的自觉追求。

现在，江苏发展已经站在新的起点。全省上下正在深入学习贯彻习近平总书记系列重要讲话精神和治国理政新理念新思想新战略，按照省第十三次党代会提出的战略部署，积极投身“聚力创新、聚焦富民、高水平全面建成小康社会”的崭新实践，加快建设经济强、百姓富、环境美、社会文明程度高的新江苏。伟大的事业需要伟大的精神。我们缅怀雨花英烈，就是要学习他们的高尚品质和不朽精神，从中汲取养分与力量，砥砺全省人民朝气蓬勃地迈向未来；我们弘扬雨花英烈精神，就是要在高扬爱国主义主旋律、践行社会主义核心价值观的实践中，引导人们坚定对中国特色社会主义的道路自信、理论自信、制度自信、文化自信，努力创造出无愧于时代的崭新业绩，以此告慰那些为民族解放、国家富强和人民幸福而英勇献身的革命先辈们。

目 录

第五章　刀锋上行走

引　子

“爸爸——！ 爸爸啊——！”稚嫩的哭喊声在南京宪兵司令部看守所内阵阵回荡。这声音越来越近了，从大门到监房前的场地，越来越近了，直向七号监室而来。

他打了个冷战：是小林？ 是自己儿子的声音？ 他克制着咬紧牙关命令自己急转身，将后背对着监室的铁门。

“爸爸、爸爸啊——”是林儿的声音，是自己才两岁的儿子小林拍打着铁窗的哭喊！ 我亲爱的宝贝啊！ 他的全身颤抖，他的心绞痛无比：无耻！ 卑鄙！ 这些刽子手！

这些丧失人性的东西!

自被捕以来，他始终没有暴露自己中共地下党员的身份，敌人刑讯逼供、软硬兼施达不到目的，竟然抱来了天真无邪的孩子!

爸爸——爸爸! 抱在看守班长手中的儿子哭喊着向多日未见的爸爸，带他玩、给他当马骑的爸爸，替他买苹果、教他唱歌谣的爸爸，隔着铁窗伸出了双手。

满面泪花的他再也忍不住了，一个转身，铁窗外正是自己日思夜想亲亲的儿子! 宝宝，林儿——!

林儿! 林儿——! 他将双手从铁窗中伸出，紧紧抓住了儿子软软的小手，儿子也紧紧地抓住了他的手。泪眼蒙眬中，他目不转睛地看着儿子，抚摸着儿子圆鼓鼓的小脸蛋，大大的眼睛、高挺的鼻梁，林儿，我的孩子，我亲亲的宝贝!

看守班长身边那负责审讯的东西狞笑了起来：这下承认自己是李耘生了吧，你就是南京中共特委书记李耘生!

猛地，看守班长将孩子从他手中凶狠地夺走，儿子大声哭喊着、踢蹬着小腿被抱走了。他心若刀绞，他怒火万丈：是的，我就是中共党员李耘生! 有什么花招冲我来，放了我的孩子! 放了我的孩子——!

“爸爸——! 爸爸啊——!”小林的哭喊声撕破了1932年春日南京城灰蒙蒙的天空，死死抓着铁窗泪如雨下的他心碎了。

南京司令部看守所场院外，那排凋零枯黄的梧桐树在哭声中疼痛起来，枝枝颤抖、叶叶瑟缩，豆大的雨点挟带着无边的寒意，劈头盖脸哗啦啦倾盆而下……

第一章
最后的斗争

革命者在风雨如磐的岁月面临的险恶与血腥，这是李耘生早有思想准备的。但他没有想到敌人以如此卑鄙的手段来逼自己就范。儿子小林的呼喊撕碎了李耘生的心，不见儿子已近两个月了，他万万没有想到是在这样的场合，与儿子这样地见面，小林、小林，我的儿子现在怎样了？一向刚强的汉子泪流满面，抱头倚在了铁窗之内……

1. 翅翼折游府西街

这个春天特别的寒冷，已是四月了，柳不绽绿花不打蕾，路道两侧的梧桐树斑驳着焦黄的树干，芽都不发一粒。四周一片萧瑟，李耘生夹着公文包行走在路上，前面拐个弯，就是自己在游府西街的家了。他将衣领紧了紧，穿着夹袍还抵挡不了料峭的寒意。

自打1931年9月18日，沈阳内城以北的柳条湖一声巨响，日本帝国主义蓄意在我国东北挑起了军事冲突，并以此为借口派兵强行占领了东三省。“九一八！”“九一八！”成了一个民族的伤痛，也成了中华的“国耻日”，无数百姓流离失所，多少家庭妻离子散。没有安全感的东北难民大批向着关内逃亡，在东北再也放不下一张平静书桌的情况下，很多的青年学生也成群结队向南京、上海等地聚集。

那日，为大学中地下党员的发展工作，李耘生来到中央大学。一进校门，就见大门左侧的布告栏前围满了人，却原来是一张《申报》贴在布告栏上，上面有着日本悍然制造“九一八”事件的始末报道。学生们一拨又一拨地挤到了布告栏前，围观者越来越多，里三层外三层水泄不通。

打倒日本帝国主义！

还我东三省！ 还我河山！

惩办不抵抗者！ 打倒卖国贼！

青年学生们义愤填膺。

一位眉目清秀的女学生跳上了两张课桌搭起的台子：我亲爱的同学们，我尊敬的老师们，当我们的祖国母亲被人践踏流血呻吟，当我们的兄弟姐妹无家可归流离失所，我们的心疼吗？ 我们的心痛吗？平津告急，中华告急，四万万同胞告急！ 我们能坐以待毙甘当亡国奴吗？ 我们能听任这个不抵抗的政府将锦绣河山，双手拱送给日本帝国主义吗？ 同学们，有血性有骨气的中国人就应该起来反抗！ 天下兴亡匹夫有责啊！ 姑娘的红围巾在早春寒风中飘动。

打倒日本帝国主义！

还我东北！

还我河山！

大学生们激愤的声音在中央大学的校园中久久回荡。

游府西街那间小房子中的方桌上，四个人聚集在了一起，妻子章蕴给大家沏上了热茶，就走向了门边，警惕地听着屋外的动静。

李耘生从中央大学一回来，当晚就在自己简陋的住地召集特委的同志开会。

老李，你布置吧！ 特委委员小黄操着一口扬州口音发话了。

同志们，“九一八”以后，民众群情激愤，抗日救亡运动刻不容缓。 我已将拟在南京高校中，全面发动抗日救亡运动的意见向上级党组织作了汇报。 从明天开始，我们分头到中央大学、金陵女子学院、金陵大学、南京美专以及晓庄师范，与学校的地下党组织联系，明确近期地下党工作重点；同时，在活动中，要注意保护青年学生的安全，这一条很重要！

至此，一场由中共南京地下党领导组织的“反对不抵抗主义，坚决抗日救亡”的活动，在南京大中专学校的爱国学生中有计划有步骤地开始了，并同校内反对抗日的国民党爪牙展开了激烈的斗争。

“这样的校园，号称自由之思想、独立之精神的校园，一夜之间，到哪里去了！”

“我们的国土被侵略，我们的母亲被践踏，我们的兄弟姐妹流离失所，我们在课堂再也坐不下去了！”……

“打倒日本帝国主义！ 还我东北！ 还我河山！”……

一条条饱蘸墨汁白纸黑字的标语，贴到了学校的布告栏中，贴在了学校附近的街道围墙上，梧桐树干上，甚至连中央路、鼓楼、新街口四周的房屋墙壁上也贴上了抗日救亡的标语。

南京如此，上海如此，青岛如此，北平也如此！ 大规模的群众抗日救亡运动如潮水般，在中华土地上掀起了滔天巨浪。

当时的国民党当局按照蒋介石“攘外必先安内”的方针，不急着抗日却一直在忙着对付共产党，对工厂、学校均采取了打击进步势力，肃清共产党人的高压政策。 南京是国民政府的首都，是政治高度敏感的区域，国民党千方百计阻挠学校、工厂的抗日救亡运动，更是调集了大批力量，加紧了对地下党组织的清剿，进行了对爱国进步人士的抓捕活动。李耘生领导的特委活动更加谨慎更加小心。

春寒料峭的下关码头，人群熙熙攘攘，挑着担子的，拎着提箱的，上船的下船的。

“行行好吧，几天没饭吃了。”老人花白的头颅趴在了地上，苍苍白发的前方，是一只补焗过的破碗。身边是一个孩子，六七岁吧，衣衫褴褛，脚上踏着一双露出脚趾的破鞋子。

戴着礼帽身着长衫的李耘生倚立在码头的报亭旁，手中是份《时事新报》。岸边卖香烟的，叫唤冰糖葫芦的，梅花糕甜甜的香气为晦暗寒冷的空气带来些许人间烟火的温暖。

汽笛声声，轮船缓缓靠岸了。佯装看报纸的李耘生视线扫向了轮船，扫向了跳板，也扫向了左斜方同样倚在电线杆上的两个吸烟且东张西望的黑衣男人，他知道，嗅觉如狗鼻子般灵敏的特务们也出动抓人了。

旅客从船舱里鱼贯而出，自甲板走上了下船的跳板，到处都是拎皮箱的背包袱的。李耘生的目光寻找着戴着如自己头上一样的咖啡色礼帽的男人。电报中说省委派来的特派员施其芦将于今日抵宁视察，并布置南京地下党组织下一步的工作。对面那两个吸烟的男子已扔掉了烟头，虎视眈眈地走到了岸边。

忽地，岸上那卖冰糖葫芦的与做梅花糕的小贩起了争执，你推我搡，一个举着插冰糖葫芦的草棒，一个举着做梅花糕的铁钎子，梅花糕滚了一地，追打起来一直至岸边，一直撞向那两个紧盯着甲板上旅客的特务。找死啊！活得不耐烦了是不！那高个儿的特务摸出了手枪，那卖冰糖葫芦的一下子吓得瘫倒在地：我不是有意的！是他和我抢地盘的！那举着铁钎的梅花糕摊主也扔掉了铁钎直是作揖：对不起对不起！这乡下人不懂码头上的规矩，和我抢生意，还撞翻了我的摊子！ 我要教训他的，撞到您先生了！

此时的李耘生，已与拎着皮箱戴着礼帽的施其芦先后上了黄包车，眼角中瞥见两个特务放过了自己安排装扮成小贩的两个地下交通员，手一挥黄包车扬长而去。

当时，李耘生没有想到这次还算顺利地接上的这个油头粉面的施其芦，及其带来的党组织指示，将为南京地下党组织带来的劫难。

“九一八”以后的南京地下党组织，根据上级指示将工作中心放在了士兵运动和铁路、工厂方面，准备待条件成熟时发动兵变，组织暴动。 但因迟迟没有行动，而被中央和省委认为保守，认为“右倾是南京的主要危险”。 施其芦这次来到南京，正是按照这个精神，要求南京地下党组织，尽快发动工人总同盟罢工，配合南京暴动。

李耘生在这一点上是持不同态度的：现在匆忙组织兵变或是暴动，时机不成熟啊！ 他认为这种不顾实际情况和敌我双方力量的暴动决定，会让好不容易恢复和建立起来的地下党组织，面临暴露的危险，但作为特委书记，对上级党组织的指示他只能服从。

1932 年 1 月，中共南京地下党组织遭到了前所未有的劫难。

2 月上旬，京华印书馆被查封，中共支部书记李向荣和军委交通员吴超正在商量工作时当场被捕，酷刑之下供出了暴动与罢工计划。

军委书记路大奎走在回家的路上发现有人盯梢，他加快了脚步还是被堵在了城南秦淮河边的小巷子里。 经不住敌人刑讯拷打的路大奎叛变，竟带领便衣特务守候在街头，搜捕地下党员。

2 月中旬，南京市委书记王善堂清晨一出门，胸前就顶上了几支黑洞洞的枪口。 敌人的刑具未能征服王善堂，而顾顺章却使他就范了。

顾顺章又名顾凤鸣，上海宝山县白杨人，原是南洋烟草公司的小工头。 五卅运动中因表现活跃，被吸收为中共党员，并参加了上海工人第三次武装起义，后担任上海工人武装纠察队总指挥，在党内初露头角。 四一二反革命政变后，顾顺章转移到武汉从事秘密斗争，负责制裁叛徒和特务。 八七会议上，他当选为中央政治局候补委员。 之后，顾顺章加入中央特委，成为周恩来直接领导下的中央特科骨干。在特科工作期间，顾顺章制裁了不少叛徒和特务，在一定程度上减少了党在白区的损失。然而，他却利用工作的特殊性，居功自傲，目中无人，吃喝嫖赌，日渐腐化，严重败坏了中共形象。中央派他护送张国焘等人赴鄂豫皖苏区，任务完成后，顾顺章竟然擅自在汉口停留下来，在游艺场表演魔术敛钱。不料其行踪被国民党特务发现，旋即被捕。顾顺章被捕后当即变节，他不但供出了他所知道的一切中共机密，而且主动向国民党特务机关出卖中共党组织和党员。

为了再表忠诚，为了再次邀功，顾顺章在被押解到南京的第二天，就向特务机关指认了关押于南京中央军人监狱的中共领导人之一恽代英，捕获了中共早期另一位卓越的领导人蔡和森，致使蔡和森被押解到广州受尽酷刑后，被国民党反动派秘密枪杀。

那日，听说中共南京市委书记王善堂被捕且拒不招供，他拍着胸脯：我来，这个王善堂我熟悉！

快快快！给王书记松绑！坐坐坐，为王书记沏茶！梳着大背头西装革履皮鞋锃亮的顾顺章来到了审讯室：

伤痕累累的王善堂惊愕地看着顾顺章。

好汉不吃眼前亏，王书记是明白人。现在的天下是谁的？王书记跟着我干，请一定放心！可惜我来迟一步，让王书记受苦受罪了！顾顺章一脸的志得意满。

看着这在党内赫赫有名的顾顺章，王善堂抚摸着满身的伤痕，低下了头。

一辆警车载着王善堂、顾顺章呼啸而出，在王善堂家中的条柜抽屉的暗格中，取出了全南京地下党员的密写名单。

南京地下党组织以及郊县句容特支、溧阳特支由此遭遇了灭顶之灾。军警、特务一边在市内大肆搜捕，一边在郊县进行疯狂杀戮。车站、码头、火车站，暗探密布，整个南京城笼罩在白色恐怖之下。地下党组织岌岌可危，地下党员人心惶惶。

多灾多难的岁月，这是近年来中共南京地下党组织遭到的第六次毁灭性打击了。

“四一〇”反革命事件，使中共南京组织首次遭到破坏。1927年4月10日上午，为抗议国民党右派捣毁国民党左派省、市党部和市总工会，南京约十万群众到公共体育场参加肃清反革命派大会，并到蒋介石的总司令部请愿，遭到蒋介石指挥的反动势力的血腥镇压。当晚11时，中共南京地委在大纱帽巷十号召开紧急扩大会议，商议反蒋对策。凌晨两时，南京公安局侦缉队武装特务突然包围了会场，将侯绍裘等十名领导人抓捕后，装在麻袋中，残忍地用刺刀捅死，再抛入通济门外九龙桥下的秦淮河，夫子庙附近的市民目睹秦淮河的水被鲜血染红。

第二次则是在1927年6月初，中共江浙区委派黄国材为南京地委书记，重建党组织。7月，国民党军警搜查设在鼓楼兴皋旅社内的团地委机关时，黄国材等领导人被捕，中共南京组织再遭破坏。

1928年3月，孙津川继任市委书记。7月初，孙津川等市委负责人又先后被捕，两三个月后孙津川等三十七名党员在雨花台就义，这是中共南京组织第三次遭破坏。

中共南京组织第四次遭到破坏，是在1929年5月，市委书记黄瑞生等三十多名同志被叛徒出卖被捕，各级组织损失惨重。江苏省委又派人重建南京市委，夏采曦、王文彬等先后任市委书记。

中共南京组织第五次被破坏，则是在1930年4月，受党中央左倾错误影响，南京党组织暴露于敌人的眼皮之下，王文彬等市委党、团负责人被捕。

1930年7月，南京市行动委员会书记李济平等在下关被捕，8月8日在雨花台就义。7至10月，共有五个中共南京支部全部或大部分被破坏，近百名党团员牺牲，中共南京组织第六次遭破坏。

如此惨烈、险恶的政治环境，李耘生正是此时接到党组织的指令，来到南京恢复地下党组织。1931年底已发展党员近二百人。在市委之外又建立南京特别委员会，李耘生担任了特别委员会书记，专门负责郊县工作。没有想到这年的2月，市委书记王善堂被捕叛变，竟然供出了全市党员密写名单。这次是中共南京组织第七次遭大破坏了。

而刚上任的首都宪兵司令谷正伦正在办公室大发雷霆。由于叛徒告密，抓捕了大批共产党人，谷正伦洋洋得意之时，由于叛徒路大奎的招供，发现自己的嫡系宪兵中竟然有着共产党支部！

被称为国民党“宪兵之父”的谷正伦在国民党内部尤其是军界素来以铁腕著称，其在南京政府中最显著的“政绩”就是替国民党编练宪兵。1927年，“宁汉合流”后，谷正伦把北伐时期的宪兵营扩编为宪兵第一团，把他原来任师长时的一个基干团改编为宪兵第二团，又把原武汉宪兵团改为宪兵第三团，另外还成立了交通宪兵第二团。1929年，谷正伦以南京卫戍司令部的名义，设立了宪兵教练所，自兼所长。次年，他又向蒋介石提出成立宪兵司令部，充实宪兵教练所，扩建宪兵部队的建议。蒋介石很快批准了他的方案；1931年，宪兵司令部正式成立，蒋介石派谷正伦兼任宪兵司令。宪兵司令部下设总务、军需、警务、军医、军械、政训六个处。这是他最为自豪也是最信任的部队，竟然查出了一个共产党支部！这共产党真是孙猴子啊！可看看你们跳不跳得出如来佛的手心！隐藏于宪兵司令部的地下党员刘纯如、毛剑霞、蓝文胜等先后被捕。最让谷正伦怒不可遏的是冷少农！冷少农竟然也是共产党！

被誉为中共隐蔽战线先驱者的冷少农，是中共从事地下工作的同志心中的一个传奇人物。早在1927年，冷少农就担任了中共中央军委派驻南京情报中心小组组长，打入了国民党训练总监部与军政部，任总监办公室秘书和军政部部长办公室秘书，为中央红军取得三次反“围剿”胜利发挥了重要作用。在南京潜伏期间，冷少农直接受周恩来领导，协助多次遭破坏的中共南京市委恢复党组织，并与王若飞等领导南京地区的“兵运”“工运”和“学运”。在此期间，他还秘密发展了多位国民党军队人员加入了共产党。当时的南京国民政府对潜伏于国民党内部的“红色特工”头疼不已，但就是迟迟不能发现。直到王善堂的叛变出卖，冷少农身份才暴露，谷正伦亲自下令逮捕了冷少农。

特务组织与宪兵司令部联手，不但对叛徒供出来的地下党员立即进行抓捕，还封锁了南京主要路口，将他们认为可疑的人不分青红皂白先抓起来。南京地下党组织接二连三地遭到破坏，战友一个又一个被抓捕，李耘生当时还不明确知道是哪个环节出了问题，但凭直觉，凭多年的地下工作经验，这样规模很大的形势急剧恶化，只能是市委领导层出了问题。

化名“李涤尘”担任贫儿院历史教员的李耘生，暂时还没有发现自己被人盯梢。此时，按地下党活动的原则，首选的是立即撤离。此时的李耘生将危险置身于外，与同是地下党员的妻子章蕴，从游府西街搬到丁家桥水佐岗三号的临时住处。李耘生每次出门都更换装束，或草帽短衫或长袍马褂，有时还粘上胡须，整日行色匆匆，想尽一切办法通知地下党员转移、撤离，尽一切可能将损失减少到最低限度。而这两日，谨慎起见，李耘生和章蕴又换了一个临时住处，只有李耘生的妹妹玉梅在这里照顾着两岁的儿子小林。

家中有没有出事情？儿子怎么样了？离家几天的李耘生夫妻俩放心不下，躲出来几日，回去拿点换洗衣服吧。前天一大早，李耘生想着还是回水佐岗那去一下。东方还没全白呢，四周一片安静，小林还在睡梦中吧。李耘生摸了摸衣袋，临走时特地拿了几只铜元，准备放到房东熊木匠那，请他买点零食给儿子。

李耘生的房东是个木匠，姓熊，人称木匠熊，木匠熊话不多，很钦佩李耘生，常带着徒弟分散在几个路口望风，保护李耘生。并和李耘生约定，只要远远看到他摸头，就是有敌人在附近活动。李耘生和妻子在外居住的这些日子，木匠熊见特务几乎天天蹲守，他担心夫妻二人中计，就和几个徒弟远远守在路口，以备随时给李耘生发信号。

离丁家桥水佐岗三号越来越近了，想着几日不见的儿子小林，李耘生不由得加快了脚步。可老远就看到房东老熊扛着锄头在那条路上东张西望。这么早老熊就准备下地啦？本就高度警觉的李耘生迅即向屋后看去，一根高高的竹竿竖在了屋后，上面是几件衣服风中飘荡！

这是他和相处甚好同情革命的房东老熊早就约定的报警信号。李耘生即刻蹲了下来佯装拔鞋，向离自己十来米执意要来看儿子的章蕴示警，两人分头走上了不同的路。

此时的李耘生还不知道，妹妹李玉梅与两岁多的小林已被特务带走。熊木匠家中，有特务轮流驻守，坐等地下党上钩。

夜色无边，昏暗的路灯惨黄暗淡，路上稀有行人。一只流浪猫“嗖”地从路边溜过，四处安静得不太正常。脱掉长衫换了短装的李耘生，白天去郊县的几个联络点了解组织被破坏的情况，并对下一步地下工作的重点，主要是保存实力，逐一进行了部署。

奔波一天疲惫不堪的李耘生，穿小巷绕弯道，终于回到了临时住处。四处无人，他按约定好的五下“笃笃笃”的敲门声后，门内探出了章蕴的笑脸。

接过妻子倒过来的水，咕咚咕咚一饮而尽。李耘生看着挺着大肚子的妻子思忖良久开了口：蕴，你先撤吧！回湖南老家。

章蕴紧紧抓住李耘生的手：要么，我们一起撤；要不，我和你一起留！

李耘生深深地注视着妻子：你怀孕行动不便，你先走。我不能走。再说，这也是组织的决定。在上级没下明确指示让我走之前，即使牺牲在南京，我也不能走啊！

儿子小林和妹妹玉梅被特务带走下落不明，暗探、特务前后随处可见，跟踪盯梢危险万分，同志、战友的先后入狱，此形势此境况，章蕴是一千个一万个也不愿意走，不愿让丈夫一个人去面对这随时可能身陷囹圄的危险。但这是组织的决定，她也知道怀孕六个多月的自己特征明显，留下来也只有增加李耘生的负担，作为一位有着丰富经验的地下工作者，章蕴流着泪水还是答应了，走！

我听你的！章蕴开始整理衣物。为自己，也为耘生。

这次，我不能送你了。看着怀胎六月，行走已不大便捷的妻子，李耘生心中充满了担忧与不舍。

我知道！章蕴迎着丈夫的目光，泪水簌簌而下。

我将这边善后工作安排好，立即去上海汇报情况。组织一同意，我立即回去找你、陪你！抚着妻子的肩膀，李耘生目不转睛地凝视着同信仰共风雨，一起战斗生活了六载风霜雨雪的妻子。

我知道！我等你！你带上小林一起回！泪水糊了一脸的章蕴紧紧地拥抱着自己的丈夫、亲人、战友。

一定！李耘生轻柔地为心爱的妻子系上那条灰红格子围巾，那是章蕴生了小林后离开上海，李耘生在南京路替妻子选的，这也是结婚几年来，送给章蕴唯一的礼物。一直对妻子心存内疚的耘生总是想，等哪日天下太平了，一定要为心爱的妻子做两身漂亮的衣服。

李耘生又小心地从怀里拿出一本书交给妻子，郑重地说：这本《共产党宣言》，是王尽美同志的遗物，我这儿不太平，你带回去，一定要把这本书保管好！

一定！章蕴将书放在了衣服的夹层之中，迎着丈夫信任的眼神：耘生，你放心！

一阵阵凄厉的警报声在夜金陵的上空扯响，倚在门边的李耘生看着章蕴的身影拐出了那条巷子，消失在无边的黑暗中，一直蓄在眼眶中的泪水扑簌而下。

章蕴走了，一个人走了。她穿上了宽松的棉夹袍，包上那条灰红格子的头巾仅露出眼睛，装成病人，在夜色中叫上一辆黄包车直奔下关码头，上了回湖南的轮船。

那个夜晚，他和她均不知道，这就是生离，这就是死别。

1932 年的春意姗姗来迟。

送走了妻子的李耘生此时已知道妹妹玉梅与儿子小林被特务抓走，十五岁的小妹，两岁多一点的儿子！ 李耘生放心不下担忧之极！但他还是冒着随时被捕的危险，坚持斗争。 更换住地，外出则换那件黑色对襟短装，鸭舌帽压得低低的，一般人还真的难将他与贫儿院那一袭长衫，风度翩翩、气质儒雅的李涤尘老师联系起来。

风声鹤唳，危机四伏。 此时，更好地隐藏自己是保全自己更是保全组织。

中央工业试验所的传达收发室前，一位老者轻叩着窗子：请问是肖静庵先生吗？ 正在分发信件的青年抬起头，看着窗外拄着拐杖伛着腰的陌生老人。 老者开了口：汉宇，是我，李涤尘！

不是听你说话，我还真是认不出来了！ 肖静庵惊诧地将李耘生让进了传达室，撕掉粘贴在上唇的两撇小胡子的李耘生笑了：没办法啊！ 你认不出来最好！

在武汉一起参加过工人运动的肖静庵，是可信的同志。 李耘生在肖静庵那住了几日，肖静庵对外说是自己的同学从武汉老家来，因病在此休养，连饭都由肖静庵自己送到房内来吃。 李耘生避了几日见无大的动静，决定再出去看看，这次地下党组织被大破坏，如何营救被捕的同志，如何转移尚未暴露的同志，李耘生为这些善后工作寝食难安。

我建议你暂时不要出去，外面风声还是很紧的。 就我们研究所，昨日还有持着蓝派司的人进来搜查。 在李耘生的影响下，早就为地下党传递信件的肖静庵不同意。 肖静庵是李耘生在武汉搞工人运动时熟悉的。

可我不能长期坐这儿躲啊！ 李耘生穿上了肖静庵的衣服，将礼帽压在了眉头上，向游府西街方向自己原来的住处走去。

李耘生考虑自己的妹妹与儿子都已被特务抓走多日，估计特务也已撤离。但在党组织遭到严重破坏的情况下，是否还会有失散的党员来此处接头？一年多的相处，李耘生一家也与房东叶大姐家结下了深厚的感情，近期是否有陌生人来此找自己？是否有人留信留话？下一步如何动作？一切等向叶姐夫妇了解一些情况再说吧。

暮色中的游府西街很是安静，大樟树仍然萧瑟在早春的寒意中。老教堂的尖顶已远远地呈现在眼前了，前面右拐一点，那扇木门后，就是那曾经有着小林的稚声笑语、章蕴温婉的笑声，还有玉梅小妹忙碌身影的家了。

小小的院落，两间房子，一株银杏树，这乱世里也盛满温暖的家，有着多少亲情多少温馨的忆念。

在这里，李耘生与章蕴金陵相聚，在这里看着小林牙牙学语，看着小林蹒跚迈步。作为地下党的一个接头地点，在这里，有多少同志在这儿喝茶说事，还有几位同志在后面的一间小卧室里，对着鲜红的党旗，庄重地举起拳头，完成了人生政治生命的神圣大事。

李耘生在教堂路边伫立半刻，云不动，树不摇，无一丝动静。

右拐，他看向自己住处的木门，门关着，四处并无异样。他将礼帽再度压低，"吱呀"一声，推开了木门。

干什么的！木门内两支黑洞洞的枪口抵在了李耘生的胸前：

我是养蜂的，来找一起养蜂的老叶的！

屋内，叶姐与老叶被两个特务枪抵着，惊惶地看着李耘生。

你叫什么名字?！

我叫李立章。

你们认识他吗?

是的，是的，他是和我们一起养蜂的。老叶夫妻两个头直点。

此时的李耘生心中叫苦不迭，他没有想到便衣特务在自己的住处待了这么长的时间，而叶姐夫妇也被限制外出，无法与李耘生联系示警。

你叫什么名字?

我叫李立章。

举起手来! 特务在李耘生身上搜索，既无材料又无枪具。两个特务拿出名单看来看去，也没有这个名字，但宁愿错抓也不能放走一个。在老叶夫妻凄惶又急切的神色中，李耘生被前推后搡地，口袋中的铜元落到了地上，叮当作响，小特务捡起了李耘生本想留给叶大姐，拜托为小林买点零食送去的十多枚铜元，把李耘生押往了南京宪兵司令部看守所。游府西街，游府西街! 隔着八十五载的日月星辰、无数次花开花落，今日的我，在金陵城南游府西街徘徊打量，哪一扇门后曾是烈士生活工作过的地方? 哪一段路口曾留下过李耘生们的足迹?

樟树伟岸挺立，这些百年老树可亲眼目睹那年那月那个寒冷的早春，李耘生烈士的凛然被捕? 可记得那潇洒、优雅身着长袍的身影? 午后静谧，天空湛蓝，大树无语，片片树叶在冬日里泛溢着永远鲜活的葱郁与翠绿。

2. 黑牢狱坚定果敢

高大的黄色围墙，黑色的屋顶，朱红色的大门，显得威严而又神秘。瞻园路一百二十六号，现航天部南京航天管理干部学院，就是这里了，曾经的原国民政府首都宪兵司令部。岁月的变迁、光阴的流逝，原国民政府首都宪兵司令部的其他建筑已经消失不见，只留下高大的门楼，无声地诉说着当年的血雨腥风。

秦淮河波光潋滟繁华一片，瞻园的绿树亭台楼阁安宁祥瑞。是周末吧，一群系着红领巾的孩子快乐地绕着亭子唱歌。他们还知道八十余年前瞻园路上，那曾经的太平天国东王府的附近，南京宪兵司令部看守所的阴森恐怖吗?

二十世纪二三十年代，位于南京城南的宪兵司令部看守所，最初只有几间平房，面积二十平米，最多关过四十多人，其中大多为政治犯，也有少数国民党军队的伤兵，因这样那样触犯了所谓的军规。1932年初由蒋介石批准，将首都卫戍司令部与陆海空军总司令部宪警处合并，组成南京宪兵司令部（又称警备司令部），可容纳二百人左右。在这里被判死刑的，多数到雨花台执行枪决。

看守所内一条狭长的走廊过道，监房似木笼子般按单双号编列。李耘生被关押在了七号。较之于他以前待过的老虎桥模范监狱，监房更加狭小逼仄。每间监房长不过三米，宽两米都不到，上下两层通铺如自己山东老家秧山芋般，挤挨挨地各睡四五个人。既阴暗又潮湿。一间小屋挤着十来个人，墙上只有一个碗口大的透气孔，难闻的气味令人恶心、窒息。看守所里马桶就放在囚室内，室内连同走廊上都弥漫着臊臭味。

进去！进去！他妈的，好日子不过，不作不会死啊！几个大学生模样的青年人被看守班长一干人骂骂咧咧地推进了对面的六号监房。几个年轻人毫不畏惧地坐在了通铺上。从他们的谈吐中，李耘生知道他们是中央大学的学生党员。春季学期开学不久，特务、宪兵就在学校将他们逮捕。到底是年轻啊，一群大学生说啊笑的，令冰冷的牢房都热络了起来。

请问，您是？那位架着眼镜身着长衫的年轻人，见对面监房里的人，站在窗口微笑地看着他们。忍不住也走到了窗口。

这不是中央大学的支部书记杨晋豪吗！李耘生扶在窗口的手抖动了一下。而对面的杨晋豪也认出对面的就是南京市委负责人之一的李耘生，欣喜地轻声叫了出来：老章！（李耘生在中央大学从事地下工作的化名）

午饭后放风，厕所见！李耘生刚轻声约杨晋豪，就听着看守班长的皮鞋声耀武扬威地响了过来。

我和你无任何关系，知道吗？！李耘生匆匆地丢下这句话，立即转向回到了监室的通铺上。

杨晋豪心知肚明：他俩的被捕，相互之间毫无关联。彼此不认识，这样在审问时可以避免牵连。

看守所和李耘生以前待过的老虎桥模范监狱一样，每天放风两次，一次为早晨六到七点，一次是午后三到四点。不同的是，这宪兵司令部看守所放风更加严苛，这段时间并不是所有的难友都可以在外面走动，难友们只能按监室顺序轮流出来，清洁卫生、倒马桶。

看着对面并不太在乎牢狱生活的年轻的大学生们，李耘生心中隐约有点担忧，想着尽可能传递更多的信息给他们，让他们充分认识敌人的残酷，对将要面临的严峻考验作好思想上的准备。

六号监室与七号监室因紧挨着，属一批放风。这天中午，李耘生与杨晋豪迅速来到了厕所中。

该死的路大奎被捕自首并招供了！看四周无人，李耘生轻声告知。

是军委书记？是那个叫老石的？杨晋豪蒙了。

还有施其芦！李耘生点了点头。外面有了脚步声，李耘生短促而坚定：我们绝不自首绝不叛变！

杨晋豪沉思着回了监房，抱着膝盖坐到了大通铺上。

杨晋豪，江苏（上海）奉贤人。1928 年他考入南京中央大学政治系，在校时期开始从事写作，文章常见诸《北新》《拓荒者》《语丝》《青年界》等，是中央大学很有名气的才子。

有思想、有见识的杨晋豪于 1930 年加入中国共产党，其间他还与中共地下党员和“学运”积极分子发起组织学生抗日救国会。入党不久的 1931 年春，他又与郁永言、钮长震等建立了中大的青年团支部，至 1931 年 6 月，中共南京市委书记王善堂和交通员吴春恒（即吴越，中大艺术系学生）又与杨晋豪共同重建了中大的中共党支部，大家一致推举杨晋豪担任中共支部书记。

“九一八”事变后，各地爱国学生代表纷纷涌入南京请愿，最终国民党当局制造了南京“珍珠桥惨案”，而国民党当局对杨晋豪的活动也有所察觉。那个月黑风高的夜色里，一群特务敲开了二楼的宿舍门。谁是杨晋豪？杨晋豪站了起来：请问你们是什么人？找我有什么事？当时他并不知道是中共南京市委书记王善堂和军委书记路大奎的被捕，导致了自己和汪季琦、钮长震等进步同学遭到逮捕。

隔着囚室上一尺见方的小铁窗，李耘生见到大学生们围在了囚室的通铺上，杨晋豪在轻声地说着什么，大学生们一个个捏紧了拳头。走到窗前的杨晋豪，迎着李耘生关注、关切的目光，递过来一个坚定的眼神举起了右拳，李耘生欣慰地笑了。

第二日放风之时，沿着围墙慢跑的李耘生被谁轻撞了一下，回到监房，衣袋中多出一小纸团，李耘生背转身打开了纸团：上面写着“决不自首招供”！

后来知道，杨晋豪他们住的六号监房墙壁上有个小孔，这六个字就是这样从一个监房传到另一个监房，大家自觉地将有人叛变的消息和这“决不自首招供”这六个字向难友们传送。李耘生心中涌起一股暖流：我的好同志，好战友！

宪兵司令部看守所的刑法严酷、手段毒辣，是南京几个关押政治犯的监狱中最为严苛的，何况这里关押的许多都是等于判了死刑的共产党员。

李涤尘！出来！叮当作响的钥匙声惊心动魄，七号监房打开了。对面六号监室的几个大学生挤向了那个方方的小窗口。早有准备的李耘生向杨晋豪递了个坚定的眼神，穿过狭窄的通道，跟着看守进了审讯室。

你叫什么名字？审讯室的那张桌子后面，坐着个穿灰衣服面无表情的中年男人，一个做记录的坐在靠墙边的长条桌上。

十几平米的审讯室，里面半边的墙壁上挂着皮鞭、铁棒等刑具。一个长长的老虎凳也靠在墙边。

李耘生转动一下戴着手铐发麻的双手：李涤尘。

你一会叫李涤尘，一会叫李立章，可我知道这都不是你的真实姓名。 你到底叫什么呢?

中国人，有名，有字，有号，这些都是我的名字。 李耘生估计敌人还没有将他与地下党名册上的李耘生对上号，不卑不亢地与敌人周旋。

那审讯的盯着李耘生看了半晌：你真的是白下贫儿院的教员?

千真万确！ 李耘生嘴角浮上一点笑意。 他心中有数，敌人果真对自己的底细还没摸清。

看你这样子也是识文断字的人，放着好好的书不教，放着好好的日子不过，跑到共产党的联络点去干什么！ 那审讯的将口气放和缓了些。

当南京地下党组织遭遇了灭顶之灾之后，特务宪兵四处搜捕，抓了很多他们认为的可疑分子。 而眼前这个架着一副眼镜斯文清秀的男子，一看就是教书的，是误抓还是伪装得好? 那审讯官转动着手中的笔，目不转睛地盯着李耘生。

那是我上班的必经之路，我也不知道。 前天刚经过那里，就有几个人冲出来拿枪对着我，我怎么说都没有用。 也不知道学校知不知道我被弄到这里了，学生们的课还不知咋办呢。 李耘生满面焦虑，是做样子给敌人看，他也真的不知道他的学生这两日的课是谁来教的。

外面一阵喧闹，脚步声离审讯室越来越近了。

路先生到！ 是看守班长那沙哑的公鸭嗓子。 一个四方脸的男人摇了进来，

李耘生心中一凛：这不是军委书记路大奎吗? 这个叛徒！ 该死的叛徒！ 李耘生控制着自己，两手紧紧地攥着衣角。

审讯得怎么样啊？路大奎要过了审讯记录翻看。

哈哈，贫儿院教养院的李老师！ 别来无恙啊！ 路大奎扔掉记录，转向了李耘生。

李耘生抬起面孔，神色漠然。

我们一起开过会的哟，李老师不会不记得吧！ 路大奎在李耘生的对面椅子上跷起了二郎腿。

我们见过面，可没有在一起开过会。

那么，李老师是在哪里见过我的呢？ 路大奎奸笑。

去年夏天，你来我们贫儿院送你的侄子来，求我们收下，还向我和几个老师借了钱，记得吗？ 你说过一阵来还钱，可我们一直没等到。 李耘生不紧不慢地开了口。

编，你继续编！ 路大奎猛地站起：李涤尘，你不要给我装了！ 你是共产党南京特委书记，别人不清楚我还不清楚！

李耘生也站了起来面对审讯官：这个人是从哪里来的！ 明明就是个骗子，说家里穷，无力抚养他哥哥遗留下的孩子，说了多少好话让我们收下，又借了我们的钱不还，怎么混到这儿来了，是钱又不够花了吗！

路大奎红涨着脸：你是个共产党！ 施其芦就是你从下关码头接回来的，对不？

谁是施其芦？ 施其芦是谁？ 我根本不认识！ 你这个人，钱不还也就罢了，又想出什么招数来陷害我！ 李耘生死死抓住路大奎借钱不还这条口实。

路大奎暴跳如雷：你是想死啊！ 放着天堂路不走，地狱无门你偏行！ 连施其芦都招供自首了，你这个共产党，真是吃了秤砣铁了心了啊！

你怎么知道我是共产党？ 难道你也是共产党？ 是共产党不要你了，还是你不当共产党到这里来骗人害人了？！ 李耘生对路大奎丝毫不让步，死盯着叛徒的双眼恨不得飞出刀子。

那审讯的看看气急败坏的路大奎，再看着文静稳重的李耘生，连声说：路先生，冷静！ 证据！ 证据！

第二次审讯，什么话也没问，直接将李耘生带进了审讯室就绑到了靠墙的铁桩上，兜头兜脸就是几十鞭子。 血水模糊中李耘生看见路大奎和另外一个人走了进来。

这可是宪兵司令部刑侦专家哦！ 李涤尘，今天可要识相点，不要再编那些哄三岁小孩的东西！

看着一副奴才嘴脸的路大奎，已是遍体鳞伤的李耘生真是想不通，世上竟有如此无耻之极的人！

李耘生，李耘生！ 路大奎歇斯底里地在耳边叫唤。 李耘生一声不吭咬紧牙关、闭上了双眼。

那个被唤作老刘的打手使出吃奶的劲了，呼哧呼哧抡起皮鞭子朝李耘生没头没脸继续抽打。

停！ 停！ 还是路大奎的声音。

老李，人都是皮肉长的，你这是何苦呢！

老李，你就承认一下你是李耘生，不是啥事就没有了吗？

老李，党内的高官有顾顺章，南京市委比你官大的有王善堂，你怎么脑筋就不转弯呢！ 你是读书人，你该知道识时务者为俊杰嘛！

李耘生只当他话是空气，李耘生无视这个唾沫四溅的走狗，李耘生只是咬紧牙关在心中反复吟诵着：

辛苦遭逢起一经，干戈寥落四周星。
山河破碎风飘絮，身世浮沉雨打萍。
惶恐滩头说惶恐，零丁洋里叹零丁。
人生自古谁无死，留取丹心照汗青！

那个一直一声不响的所谓刑侦专家，向打手们示意停手，向墙边的老虎凳看了看。 打手们心领神会，将浑身是血的李耘生拖到了老虎凳旁。

认识吗？ 这就是老虎凳！ 想不想坐坐？ 打手狞笑着。

老虎凳的一头竖直安装着一根木桩，长凳的另一端有着几块砖头。 这就是残害了多少同志和难友的老虎凳了！

刚被抓进这宪兵司令部看守所，那日中午放风，就见一位胡须满面的难友扶着一张小矮板凳，出了八号囚室的门，向厕所一步一步地挪动。那个娃娃脸的小王说，这个老陈是铁路工人，因组织工人罢工而被抓进来的，性情耿直的山东汉子，宁折不弯，坐老虎凳双腿都致残了。

铁路工人？老陈？李耘生心中一惊，当即走上去扶他，他面带微笑声音清晰地对李耘生说：谢谢！眼神交流的刹那，扶着小凳艰难行走的老陈眼睛一亮，但随即转过了头。李耘生心中了然：陈铁汉认出了自己，多年不见的战友竟然在此处相会！但按地下党的规矩，在监狱，不可以贸然相认，是保护自己也是保护同志。

还有同室的大胡，这位在溧阳发动武装斗争的大个子，也是因为在老虎凳上受刑，左腿骨折了，拄着棍子，整日里用木棍敲打着墙壁发狂发狠：等老子哪日出去，让那些家伙统统坐一坐老虎凳！

两个打手不由分说，将李耘生摁上了老虎凳。李耘生的手腕被固定在木桩子两边的锁扣上，木桩子上的绳索，缠绕住了李耘生的脖子。

一块砖，两块砖，三块砖，垫在了李耘生的脚下。加，再加！再加，五块、六块砖，剧烈的疼痛令李耘生满面是汗，甚至听得到腿脚、膝盖“咯吱咯吱”的声音。

说！你叫什么名字？

我叫李涤尘！打手一棍子狠狠打向了李耘生的腹部，“啊”的一声惨叫，李耘生昏了过去……

那个刑侦专家抱着双肘，踱到昏死过去的李耘生身边，看了看，摆摆手：肯定是共产党，这个书生样的能扛得住这样的刑罚，只能是共产党！留着一条命，有用！

一盆凉水泼向了李耘生。

当李耘生被架回牢房，同房间的几位难友大吃一惊！好端端的人出去两个小时，回来竟成了血人！

李老师李老师！同室最小的难友王小刚声音透着哭腔：快来

人啊!

对面六号监房的几个大学生挤在一尺见方的小窗口，大声呼喊：李老师，李老师！杨晋豪带着几个同学喊起了口号：不准滥用刑罚！不准虐待犯人！狱医呢！快派医生来啊！来人啊！几个年轻人的叫喊在通道中回荡。

那个龅牙的看守班长向着几位青年学生摇晃着手中的钥匙：活腻了是不是？在这边待了几日皮痒了是不是！要不要你们也像对门的这个一样，进去尝尝滋味!

狱医来看了看，扔下些纱布与红药水：死不了的!

李耘生在牢房中躺了三天，第四天才能在难友的搀扶下拖着肿胀的双腿挪出去放风。几个大学生围了上去：李老师，好样的！您是我们学习的榜样！看着这些二十来岁的大学生，李耘生心中都是忧虑：这么年轻啊，他们，扛得住吗?

回到监室，李耘生从口袋中摸出一张纸条：同志，我们为你骄傲！向你学习！将这张小纸条嚼入口中，李耘生心中温暖：我不是一个人在战斗!

宪兵司令部看守所的犯人，一部分是如李耘生与杨晋豪他们这样，暂时还未定明身份的嫌疑犯，更有一批被叛徒出卖、指认，证据确凿的共产党员。鉴于李耘生的身份还没彻底暴露，看守所中的地下党组织只能以这样的方式，悄悄地给如李耘生这样受了重刑的同志以支持和温暖。

夜深了，靠墙的难友见李耘生还坐在那儿，翻了个身：老李，睡吧!

月亮透过高高的樟树，穿过密集的电网，将1932年的春夜映照得一片惨白。李耘生抱着双膝倚坐在通铺上，伤口疼痛，心中更是疼痛。

章蕴，我亲爱的妻子，你现在怎样？章蕴刚回到湖南长沙时，曾给他来过简单的报平安的信，还是肖静庵转来的。按照他们的约定，信件还是寄到中央工业实验研究所，肖静庵看到约好的地址与落款，就转给李耘生。被抓进看守所这十多天了，章蕴和腹中的孩子一切可好？儿子小林，活泼可爱的小林和自己去年从老家带来的小妹玉梅怎样了？

自打党内出现了叛徒，南京地下党组织遭到大面积破坏，那一阵子，李耘生和章蕴终日在外忙碌，没顾上回水佐岗的住处。

3月底的那日晚上，小妹玉梅和小林是从睡梦中被敲门声、砸门声惊醒的。五六个便衣冲了进来，亮着手电筒四处乱照：李耘生呢？李玉梅搂着被吓哭了的小林一声不吭。你家大人呢？玉梅牢记哥哥的嘱咐：随便什么人来问什么，都说不知道。玉梅看那个家伙挥起手要打赶快说：他们去汉口好多天了！

穿上衣服跟我们走！十五岁的李玉梅和小林被抓走了。

特务在房子中翻箱倒柜，床上地下，连糊墙壁的纸都撕了下来，还是一无所获。经验丰富的李耘生和章蕴早在离家前就作了最坏的打算，所有的文件、书籍都已转移或是销毁。

一群特务在李耘生的住处守候了四天，也没见有人回来，只留下两个在这里守候，其他都撤走了。这都是肖静庵打听后告诉他的。现在，这么多日，小林和妹妹被关在哪里，情况怎样？想到这里，李耘生的心中总是刺痛不已。

更令李耘生放心不下的是南京特委的工作。

此时的南京特委，处于基本瘫痪的状况。

此前，由于党内少数人推行冒险主义和关门主义方针，临时中央于1932年年初作出《关于争取革命在一省与数省首先胜利的决议》，要求各大城市地下党组织以组织“飞行集会”、工人罢工、学生示威游行等为重点来打开局面，不少地下组织已经处于明处，特务暗探已在四处盯梢和拘捕。而中共南京市委主要负责人王善堂、军委书记路大奎的叛变，令南京地下党组织损失惨重，特委书记李耘生的被捕更令一些地下党员群龙无首。 同志们怎么样了？ 是不是又有地下党员暴露或是被捕？ 没暴露的同志们，是不是仍听从自己被捕前的嘱托：迅速转移，一个也不要轻举妄动！ 受了刑的李耘生为此焦虑不安。

尽管有路大奎的指认，但到底地下党员的名册上没有李涤尘这三个字，敌人还是不知道，面前的这个文弱书生样的年轻人，就是在郊县组织武装斗争，就是发展中共地下组织，一直发展到国民政府电台，一直将中共地下党组织发展到宪兵司令部，被称为“十八子”掏心的那个神秘的共党，那个令特务机关胆战心惊的南京特委书记李耘生。

一轮又一轮的严刑拷打，每一次李耘生都被打得皮开肉绽，折磨得死去活来。 但任凭刽子手使尽各种办法，也没能从李耘生牙缝里撬出半点有用的东西。

李耘生的坚贞不屈与平静刚强给同室的难友，尤其是给对面六号监室年轻的大学生树立了榜样，给所有的狱友们留下深刻的印象。

当年的一位狱友后来回忆说：李老师被打得不能行走了，每次都是两个打手把他拖回来。 但这人就像是铁打的，醒来也不叫一声苦！

以杨晋豪为首的几位中央大学的进步学生视李耘生为榜样：李老师这样的人视信仰为生命，我们就该如他这样将自己的生命投向光明，即使上刀山下火海亦在所不惜！

杨晋豪，出来！

李耘生忍着伤痛扶着铁窗，看着小杨被押了出去，他也看到瘦弱的杨晋豪回转身向自己递过来坚定的眼神！ 李耘生不无担忧：这小伙子要受罪了！

时间是多么难捱！ 足足有两个小时了吧，小杨还没回来。

当杨晋豪被两个打手拖回监室时，看着半边脸肿了起来，上衣已经撕破浑身血迹斑斑的小杨，李耘生心疼了！ 他知道，小杨是好样的，小杨挺了过来！

宪兵司令部最终还是将杨晋豪、汪季琦、钮长震、黄舜治等几个学生党员分别判刑，转到了中央军人监狱服刑。

3. 团结起来到明天

今日的宪兵司令部看守所反常的安静，似乎连树叶都停止了摇动。看守班班长晃荡着身上的一大串钥匙，皮鞋声与钥匙声在安静的监房通道里格外刺耳。

这批犯人，为何如此安静？出什么事了？这看守班长素以冷漠凶狠被难友们唤为“狗牢头”。狗牢头一个个监房查了过去。

每间监房门口的饭盆菜盆都没有动过的迹象。其实，这监狱的饭说是饭，也就是一箩筐发了霉的糙米饭，里面还掺着泥沙石子，说是菜，也就是一盆绿水里漂着几片菜叶，油星子都没有。难友们多次向看守所提意见，可狗牢头们根本不予理睬：是你们自找的，放着好日子不过，非要闹什么共党！活该，有口吃的就不错了！还指望将你们当座上宾啊！呸！

五月天渐渐暖了起来，这个春天稍纵即逝，一忽儿就入夏了，监房里终日弥漫着污浊的空气，闷热得令人窒息。

看守所每天开饭两次，上午十时和下午四时。面对着难以下咽的霉米饭和污菜汤，还只能往下咽。人是铁饭是钢，许多难友撑了一阵就撑不下去了，有的闹起了肚子，有的难友面孔灰白，脸都浮肿了。

这是拿犯人不当人啊！

李耘生第一天第一顿在宪兵司令部看守所吃饭，才吃两口，他牙齿间就“咯崩”了一下，满嘴的沙沙碜碜。喝一口菜汤嗽口，一股酸味扑面而来，这宪兵司令部监牢生活的艰苦与伙食的恶劣令人难以置信。李耘生 1928 年刚到南京，被抓捕在老虎桥模范监狱待了将近一年，对监狱的伙食早有思想准备，但这里生存条件的艰苦与恶劣程度还是超过了他的想象。

当时犯人囚粮的标准是每月四元五角，也就是每天一角五分的伙食费，经过管理部门和监狱层层盘剥克扣，关押在这里的共产党人以及一些嫌疑犯，都只能吃烂菜霉米，加上大量的砂子、稗子和秕糠。难友们纷纷议论：这个国民党从上到下烂透了！

而这狗牢头还想着变着法子榨取犯人，每天上午他还会派别的看守，有时他也自己来，挎上一大竹篮的大饼油条来叫唤：要想吃大饼、油条的掏钱啊！ 大饼、油条比外面摊点上的都要小上一号。 有的难友反感狗牢头，看到他来卖，都不理他，他就硬逼着摊派给各个监房。

小王捂着肚子在通铺上翻滚直哼：疼！ 疼！ 肚子好疼啊！

看着这个晓庄师范还不满十八岁的学生，受着病痛如此的折磨，李耘生充满了疼惜。 这个圆脸大眼睛的苏州男孩小王，是在李耘生之前就关押在七监室的。

晓庄师范是中国第一所乡村师范学校，是由著名教育家陶行知于1927 年创办的，其宗旨是培养有农夫身手、科学头脑、改造社会精神的教育工作者。 当时的中华大地充斥着血雨腥风，蒋介石发动的四一二反革命政变，大批共产党人惨遭屠杀，白色恐怖弥漫、黑云压城。

天下之大，放不下一张宁静的课桌。 各地的“清党”运动，迫使学生中的共产党员、共青团员以及一些革命青年转移阵地，位于南京北郊的晓庄师范，成了他们的一方净土，也由此涌进了来自不同地区的革命青年。

王小刚特别钦佩那些风华正茂、理想远大的学长学兄，在学校与他们在一起，他感到生活有了目标，读书有了志向。 在学校革命氛围的影响下，他也参加了学生会在南京街头散发革命传单的行动，当纷扬的传单在市民手中传阅，甚至有人高声读出声来，小刚总觉得有成就感。 这些活动令王小刚觉得人生更有意义。 1930 年 1 月，刚入学不到一年的小刚光荣地加入共青团。

晓庄师范如同革命温床，崇尚民主、爱国爱民的校长陶行知，对这些进步青年学生善待有加。 在这片自由的天地里，晓庄的进步学子积极参加反帝反封建的斗争。 1930 年 3 月，中共江苏省委派党委委员陈云到南京视察工作，陈云同志高度评价晓庄师范：南京各学校争取自由的斗争，“以晓庄为最好”。

1930 年 4 月，南京市大、中学生和广大市民为声援南京和记洋行工人的反帝斗争示威游行。小刚跟着学兄学姐们一起足蹬草鞋，跟着在春风中飘舞的校旗，走在队伍的最前面。

蒋介石勃然大怒，震惊之余，认定他一向反感的晓庄师范就是这次风潮的主要发动者，断然下令教育部停办该校，并立即进行查封了晓庄师范。一批领头的青年学生锒铛入狱，1930 年的八九月份，石俊、叶刚等十位学长先后喋血雨花台。王小刚因属于“从犯”，没有被立即枪决。但自幼生活在小康家庭的男孩，却又坚决不愿在悔过书上签字，就一直被押在了牢狱中。

李耘生一进这监房，就喜欢上了这小弟弟。王小刚总是缠着李耘生说话，谈晓庄师范，谈自己处于苏州平江路的家，谈苏州观前街的热闹繁华，谈自己在学校参加的这项那项活动，对李耘生充满了信任。别人都尊敬地称李耘生为李老师，只有这个王小刚，一开始就李哥长李哥短的。

李哥，你去过我们晓庄师范吗？我们学校的校长学问可高呢！

我知道，你们学校是教育家陶行知校长创办的。

李哥，哪天我们出去，我请你到我们苏州去玩可好？

好哎，坐在火车上路过苏州，还真的没去过。上有天堂下有苏杭嘛，苏州是个好地方啊。

那次李耘生被拷打受了重伤回来，也是这个王小刚和对面监室的几个大学生，对着看守大声呼叫，狱方才派了狱医过来的。

李哥，你说，我已经是 CY（共青团员）了，我还想加入 CP（共产党），关在这儿一年多了，我要去找哪个？小王附在受伤的李大哥的耳边上，声音压得低低的。

碍于自己的身份尚未彻底暴露，这样的话题，李耘生总是注意着说话的分寸，环顾左右而言他，还不能伤了大男孩一颗追求进步的心。

见李耘生不直接回答他的问题，王小刚很是失望：哥，你不和我讲实话！ 你不信任我！ 你不知道我对这个黑暗的世道有多恨！ 我的好几个学兄学姐，就是被国民党当局抓起来在一年多前被杀害的！ 我的好朋友袁咨桐，和我是一届的，我们一起参加的晓庄学校联村自卫团，他才十六岁就被杀害了！ 听说不到十八岁不准枪毙，可这些畜牲硬是将袁咨桐年龄改成了十八岁，枪毙了！ 王小刚说到这些眼眶红了，牙齿咬得咯咯地响。

李耘生揽过小刚的肩头：恶人当道的日子总会过去，善有善报，恶有恶报，这些刽子手总有一天会被押上历史的审判台的！ 我们等着吧。

现在，看到小刚疼痛成这样，李耘生与同室的难友对着铁窗外喊叫了起来：怎么医生还不来啊！ 要出人命啦！

一直到放风时，那狱医才懒懒地过来，在小刚的胃部、腹部按了按，又拿出听筒听了听，留下几粒药，留下三个字：胃溃疡！ 李耘生一把扯住他的药箱：怎么治?！

那医生看了看李耘生：吃两顿白米粥，兴许就能好了！

中午饭来了，依旧是发了霉的糙米饭，依旧是绿污污的菜水。 李耘生对着送饭的看守：我们这儿有病人！ 医生说，需要吃点白米粥！

看守班长踱着步子晃荡过来：想吃白米粥，好啊！ 先在悔过书上签个字！ 不要说是白米粥，就是红烧肉也有啊！ 哈哈！

看着这狗牢头转身就走，看着小王因疼痛蜡黄的面孔，李耘生愤恨不已！

在难友眼中文弱冷静的李老师，忍不住大声对着狗牢头背影喊了起来：这个饭菜我们不能吃了！ 看守所如此虐待我们，我们要申诉，我们要上告！

难友们早就对这看守所的伙食不满，有的因家中送点钱买些缺斤少两的大饼油条垫垫饥，送点食品过一天是一天。 每次放风的时候，看守总是走来走去，似吆喝牲口般不准难友们相互讲话，驱赶他们赶快回号子。稍不如意，上去就是一脚，挥手就是一拳。那次十号监房的难友被踢了一脚，实在忍不住冲上去和那高个子看守撕打起来，结果被拖到刑讯室毒打一顿。

看守所的卫生、监室的环境极为恶劣。臭虫、白虱横行，难友们常在睡梦中被臭虫咬醒，全身痛痒难当，衣服上、床板上、墙壁上都是打臭虫留下的血迹。六号监房的几个大学生们喊这些臭虫为“二狗牢头”，与狗牢头一样是吸血鬼，专门吸我们的血！小刚曾将监房内的臭虫抓了扔进药水瓶，一夜就装了半小瓶，第二日，一直举到狗牢头看守班长的眼前：看看，你看看，这是什么？这是什么！

李耘生的喊叫一呼百应！

看守所虐待我们，我们要申诉！我们要上告！各个监室难友们愤怒的呼喊声在宪兵司令部看守所回荡。

“呼啦啦”——狗牢头带着几个荷枪实弹的士兵出现在监室狭窄的通道上。要造反吗？哪个要造反，你们统统地出来！

牢房中一片寂静。

每间监房门口的饭筐菜盆都没有动过的迹象。

爱吃不吃！不吃统统倒出去喂狗！

狗牢头带着士兵耀武扬威地走了。

小刚服了止痛药，对门的几位大学生在放风时送来块烧饼，在李耘生的劝说下，用热水泡烂吃了一点。

晚饭送来，每间囚室门口，桶装的饭菜无人问津。政治犯们为节省体力或坐或躺。夜色与饥饿、死亡的气息一起笼罩了整个宪兵司令部看守所。

第二日，看守们送来的饭菜还是没有人去碰。许多难友连站起来的力气都没有了。

坚持，就是胜利，坚持，就有希望！我以前在书上看过，爱尔兰独立领袖叫马克其威尔，曾绝食十多天，我们才三天，我们要有信心！

李耘生一直在鼓励大家。

苏武牧羊北海边，
一待就是十九年。
饿食膻腥渴饮雪，
天寒地冻受熬煎……

悲怆的歌声从六号监室的小窗飘出，几位大学生唱起了《苏武牧羊》！七号监房八号监房也和声唱了起来。

“望家乡，长城内，泪涟涟。为社稷，秉忠心，死何惜……”其他监室的许多难友跟了上来，《苏武牧羊》在宪兵司令部看守所的角角落落悲怆又激昂地回荡。

狗牢头们发慌了，如果因饭菜太差，犯人绝食，再有些犯人因这原因出了这样那样的问题，上面追查起来，也很难交待。

来来来，你们到底想要干什么？有什么要求提出来！狗牢头沙哑又不耐烦的声音伴着叮当作响的钥匙声在走道上响了起来。

改善生活待遇！

我们也是人！

你们自己来吃吃这个饭菜！

……

难友们抗议的声音呼起了浪。

不要吵不要吵了，吵得我头痛！狗牢头装模作样：哪个是领头的？派个代表我们来谈谈嘛！

李耘生从小王身边忽地站了起来走向窗口：我来和你谈！

狗牢头阴阳怪气地奸笑了：是李涤尘先生啊！你不是说你不是共产党嘛，不是共产党你起什么哄啊！少管闲事！一边去！

这个闲事我今天还是管定了！李耘生挺身而出。

你看看这种饭，发了霉和着砂石的糙米，你看看这个汤，菜也不知洗还是没洗！你们自己能吃吗？不把人当人的人，自己还是人吗！

你看看我身边的小兄弟！ 他还不满十八岁，还是个孩子啊！ 如果这是你的孩子，如果他是你的弟弟，你忍心他疼痛成这个样子吗？！

好，好，好！ 狗牢头恨恨地对跟在身边的看守说：你叫伙食房为这个生病的小子烧点粥！ 一个看守跑了出去。

下午，看守为小王送来了一钵子粥。

晚上，每间监室外的饭筐依然是霉米糙饭，桶内依旧是绿污污的汤。

李耘生通知七号到十一号的难友，对面的杨晋豪负责通知一到六号的难友，继续绝食！

第三日中午，看守们大呼小叫送来了白米饭，白菜烧肉丝：改善伙食啦！ 饭菜的香气在监室间弥漫。

对面的杨晋豪站在了小方窗前，李耘生也站在了七号监房的小窗前。 李耘生举起右拳，摇了摇头示意；杨晋豪随即举起拳头摇了摇头，又点了点头。

饭菜仍然没有一个人去动。

许多难友本来就身体虚弱，两天没有吃饭，已四肢无力、唇干舌燥。 但没有一个动摇的。

下午，随着钥匙的叮当叮当，狗牢头又来到了监房间的通道上：

你们作天作地作政府，还要作自己啊！

你们一个个想死啊！ 烧来这么好的饭菜还不吃？ 统统地抬走！去喂狗喂猫！

难友们虽已体力衰弱，站立不稳，但决不示弱。 李耘生抓着铁门的栏杆挺起身子振作精神，炯炯目光怒视敌人：不答应条件，决不复食！

各监室一起响应：不答应条件，决不复食！

狗牢头恼羞成怒：谁不复食，就枪毙谁！

你有本事，要枪毙就将我们一起枪毙吧！ 六号监室的杨晋豪和几个大学生吼了起来。

要枪毙就将我们一起枪毙吧！！！

愤怒的声浪飞越模范监狱的高墙，飞过密密的铁丝网，与纷纷扬扬的梧桐絮花一起飘荡在宪兵司令部看守所，飘荡在春日的阴云间。

我们还有条件！ 李耘生声音不高却掷地有声。

条件倒不少呢，说啊！ 说啊！ 狗牢头耐住性子，面对七号监房，无奈地晃着双腿。

你听着！ 第一，改善伙食，坚决不准烧霉米烂菜！ 第二，不许克扣“囚粮”！ 第三，不许打骂虐待！

狗牢头头疼之极，又怕绝食事端越闹越大，万一出了几条人命，对上峰无法交待，如果外面知道政治犯因绝食死于狱中，再在社会上引起巨大反响，自己头上这顶乌纱帽保不住，说不定连这颗头也保不住的。

但狗牢头又不甘心向这些“犯人”低头，牙咬得“咯吱吱”的：我要向上峰请示！ 最终，还是答应了李耘生代表难友们提出的这三条要求。

当晚，各个监室里送上了白米粥、馒头和新鲜的炒青菜。

难友们吃着饭敲着碗一片欢腾，这一仗打胜了！ 团结就是力量！

而这笔账，狗牢头首先记在了李耘生头上：这个姓李的看上去像个文弱书生，但骨子里坏着呢！ 一肚子主意！ 他要不是共产党，我将头剁下来给你们当球踢！

4. 为劳苦大众奋斗

“一个幽灵，共产主义的幽灵在欧洲游荡。 为了对这个幽灵进行神圣的围剿，旧欧洲的一切势力，教皇和沙皇，梅特涅和基佐，法国的激进派和德国警察，都联合起来了……”

七号监室，王小刚倚在通铺的墙壁上，轻声地读着手中的纸片，纸片上密密麻麻的小字。 几个难友围在小刚的身边，入神地听着。

李耘生则立在监室门的小窗口上，警觉地听着动静。

《共产党宣言》是国民党当局列为禁书之首的，对保存或阅读这小册子以及其他马列著作者，一律加上“危害中华民国”的罪名，判刑监禁。

小刚手中的纸片，是李耘生凭记忆默写的《共产党宣言》中的一段。听着小刚低低诵读的声音，李耘生心潮起伏，第一次见到这本小册子的情境浮现在眼前。

那时，自己还是山东省立青州十中的十八岁的学生。是在老师的引荐下，他第一次见到了后来被他认为是精神导师的王尽美先生，也是从王先生那儿知道了有着这样一本《共产党宣言》。

时隔这么多年，他依旧记得那日下午王翔千在操场边喊着自己的情形：晚上，你到我宿舍来一下。就一个人来！他接着了老师信任的眼神和重重的嘱托。

他依旧记得自己如何在盼望天黑，而那晚的夜色是那样的姗姗来迟；

他记得自己踏着微暗的星光在黑黑的校园中行走，走过王沂公读书台，走过那四株大松柏，走出中院；

还有，推开王翔千老师门的刹那，面对站起来的那位先生的惊讶与惊喜。

更永远忘不了，自己踏着轻快又审慎的脚步回到了自己的宿舍，那夜学桌上的油灯，一直燃到了东方发白，自己的胸口如跃进一轮鲜亮的太阳……

自打绝食斗争取得了胜利之后，难友们情绪有了一定的好转：牢狱里的艰难需要齐心协力，和狗牢头们的较量需要集体的力量。

我们要进一步扩大斗争成果，我们要继续争取我们阅读书报的权利，和外界通信的权利以及亲属来探望的权利！中午短暂的放风机会，李耘生急促地对杨晋豪交待着。

六号监室的几位大学生党员非常尊重李耘生，自入狱以来，他们目睹如老章（李耘生）这样的共产党员对革命信仰的坚贞，重刑之下决不向敌人低头的操守与风骨，他们钦佩之极：老章真是了不起！ 做人当像老章这样！ 从老章的身上，我们看到了什么是气节什么是骨气，什么是真正的大写的人！

而李耘生有什么想法，他们总是竭力支持：老章，你交待，你布置，我们听你的！

鉴于当时自己的身份还没有完全暴露，李耘生从自己监室开始了背诵古典诗词。

国破山河在，城春草木深；感时花溅泪，恨别鸟惊心！

秦时明月汉时关，万里长征人未还；但使龙城飞将在，不教胡马度阴山！

生当作人杰，死亦为鬼雄。至今思项羽，不肯过江东！

而此举得到了对面监室几位大学生党员的热烈响应。

杨晋豪、汪季琦、钮长震他们几个将这些彰显民族气节的诗词，用小纸条工工整整地抄写在了一些小纸条上，通过六号监房墙角上的小通道，一个个监室传递，以至于许多难友对这些诗词谁提个头，大家就都能背诵。

那日放风，王小刚拎着监室的便桶边走边吟：

秦时明月汉时关，万里长征人未还；

后面几位难友立即和了上去：

但使龙城飞将在，不教胡马度阴山！

狗牢头大声呵斥：你们几个，站住！

几位难友站住了。

你们嘴巴里说的什么？ 对的什么暗语？

是共产党的言论吗？

杨晋豪护在了王小刚前面笑了：是古人的诗，边塞诗。

什么什么边塞诗？ 什么古人，骗谁呢？ 你给我说说清楚！

真不骗你，这个古人叫王昌龄。 我全说清楚了。 杨晋豪笑着走进了厕所。 难友们哄笑了起来。

王——昌——龄？ 看守班长龇着龅牙摸着头自言自语地走了出去。

听说老虎桥模范监狱、军人监狱还有反省院都可以看到报纸，允许家人送些书籍来，你们这儿是不是也给我们提供点报纸、书籍看看啊？ 李耘生盯着看守班长平心静气地说。

这是李耘生连续三天向狱方提出要求了。 为难友们在监室能阅读书籍报刊之事，李耘生不止一次与狗牢头交涉。 通过绝食之事，知道李耘生难缠的看守班长也不止一次推诿：这事我作不了主，得请示上头！

“一位哲人说过，读书是最好的休息，也是最好的营养。 我看起书来，就忘记了伤口的痛了。 你们也要多读书，人生不能没有书！”

“山中几百岁人家无非积德，天下第一等好事还是读书”。 这可是老祖宗留给我们的至理箴言。

“我们的理论基础太差了，对革命工作常常感到不能胜任；革命只凭忠心，只凭热忱是不够的，必须学会战胜万恶敌人的本领；万一我们有一日能出去，建设我们的国家，需要多少知识啊！”知道自己看不到那一天的李耘生，对亲爱的祖国的将来仍然很是神往，充满热望。

这些话，李耘生对王小刚说，对同室的难友说，在放风时也对其他监室的难友说，更对自己说。

而在晚上，看守们睡觉了。 李耘生则凭着记忆，将《共产党宣言》一段一段默写在黄草纸上。

“一个幽灵，一个共产主义的幽灵在欧洲游荡……”才写下这几个字，坐在囚室铺板上的李耘生心潮澎湃，眼前瞬间浮现出那年那月在青州十中，第一次接触到《共产党宣言》的场景与心情。

是学校的老师宿舍，是在那个繁星满天的夜晚。

那晚，在王翔千老师那里待了多长时间？ 李耘生记不得了，只记得从老师那儿出来，夜已深人已静，只听得见学校操场四周有细细的虫鸣有风拂树叶瑟瑟作响。

那天晚上，与王尽美先生谈了些什么？ 具体的李耘生也记不清了，只记得走在操场上，满天星斗将大地、将自己心中映照得通透明亮。

永远不能忘怀的是，李耘生有了一本小册子，他揣在怀中如胸中燃起一团火焰，《共产党宣言》，到现在还记得，译者是陈望道。 王翔千老师说借你看几天，看完了立刻送还我这儿。

李耘生三天之后，将包上了牛皮纸书皮的小册子还给了老师。 王翔千将书揣在了怀中。 微笑地看着自己得意门生：看完了？ 李耘生点头：看完了。 他没告诉老师，自己基本上都背上了！

一晃已是七八年，青州中学怎样了？ 大操场北面那一排松柏是不是长得更加繁盛？ 还有，老师们还住在那排小青砖的房子里吗？ ……

月光透过囚室那小小的铁窗，清冷冷地透了进来，看不见月亮也看不到星星，李耘生心中清澈明亮：自己对得起教育了自己的母校，对得起人生旅途上的引路人王尽美、王翔千等老师，对得起那本《共产党宣言》。

“一切坚固的东西都烟消云散了，一切神圣的东西都被亵渎了，人们终于不得不冷静地面对他们生活的真实状况和他们的相互关系。”

“无产者在这个革命中失去的只是锁链，他们获得的将是整个世界！”迷蒙的月光下，李耘生奋力在纸片上写着，写着记忆在脑海间的《共产党宣言》中的经典句子。

这看守所里面的难友，尤其是如杨晋豪、王小刚这样的大、中专学生，他们的路还很长，牢狱中，面对残忍严苛的刑审，需要帮助他们坚定信念；将来有可能出去，这先进的马克思主义理论将是大家与敌人作斗争的有力武器。

这个春天姗姗来迟又稍纵即逝，似乎从寒冷一下子跳到闷热。才5月呢，已是燥热上身。

老章，老章！六号囚室的杨晋豪站在小窗口示意着李耘生，却原来是，对面中央大学的几个党员大学生已分别被判刑，将要押送至中央军人监狱服刑。

放风时，李耘生抓紧机会嘱托小杨、小汪：到那边，会比这里松动一些，专心制定一个五年读书计划，书山有路勤为径，有书相伴的牢狱日子，会不那么漫长，还可以学到很多的知识，政治理论的，还有英语！再说，你们年轻，这个国家，需要我们掌握更多的知识和本领。

老章！你呢？紧握住亦师亦兄的李耘生的手，杨晋豪红了眼眶哽咽了。

我没事的！李耘生将微笑留给了杨晋豪们。

4月30日的凌晨，东方还没发白呢，走廊中传来阵阵吆喝：出来！出来！十一监房、十号监房手电筒忽闪忽闪，接着，铁镣声、脚步声一片纷乱。忽然，一个声音响了起来：同志们，永别了！中国共产党万岁！是那位山东潍坊大汉的声音，李耘生在放风时两人短暂地聊过，同省同乡。口号声、囚车声渐渐远去，李耘生知道，又一批战友走向了雨花台！从4月被关押进这看守所来，囚车总是天未明之时来此押走难友，这已是第三批难友被押上雨花台了。

1932年5月1日的南京《民生报》上第五版上，醒目的黑体字：南京警备司令部昨晨（30日）六时，在中华门外雨花台刑场枪决共产党二十五人，兹录姓名如下……早已将生死置之度外的李耘生心中充满了仇恨！

而前日，特务将儿子小林抱来，父子相认后，李耘生身份彻底暴露，他更是做好了赴死的准备。

其时，远在山东家乡的父母，得知儿子又一次被捕，心急如焚，东找关系西托人。听说一同宗亲戚李殿春，在南京国民革命军总司令部操练委员会做官，又是黄埔军校第一期的，千方百计请了李姓德高望重的老人修书一封，着人送往了南京。李殿春一看，李耘生系首都南京中共特委书记，地下党的主要负责人之一，这样的身份放出来谈何容易？李殿春即畏难而退：李殿龙（李耘生）的案子，当局的态度是绝不会改变的。除非，殿龙（耘生）自己愿意改变立场。

李涤尘，出来！当再一次被押进审讯室，李耘生面对的不是皮鞭，不是老虎凳，而是审讯人，说是党部派来的什么马处长，热情得有点过分的笑容。

李书记，请坐！

给李书记倒茶！

李书记，请！

李耘生坐在了椅子上，端起了一杯茶：唔，这茶不错！

是明前的雨花茶呢！李书记喜欢，马上替你备一包回去。

李耘生打量着眼前这似乎有几分斯文气的处长笑了：可以，谢谢！

那审讯处长表情有了些许放松：李书记，以前你用化名，我们也搞不清楚你的身份，看守所一些人粗鲁用刑，冒犯之处还请海涵。在下向你道歉！

李耘生啜着香茶，平静地看着对面这个所谓上面派来的姓马的处长说个不停。

果然一表人才，一表人才！那马处长背着手踱来踱去，对李耘生赞赏不停：都知道李书记文武双全，是教员又领导武装斗争，是书生又精于政治，组织学生运动，发动工人罢工，现在的乱世，真是需要如李书记这样的综合型人才！

是吗？李耘生依旧微笑。

李书记是读书人，明事达理。其实，依你这样的才干，出去可做多大的事，为天下做多大的事啊！

出去，我能做什么事呢？这个天下又是谁的天下呢？在这个不知道是谁的天下的天下，我这样的人，又能做出什么大事呢？ 李耘生放下了手中的茶杯。

那处长听出李耘生话中的机锋：当然，现在李先生服务的天下是共产党的天下，但共产党有天下吗？ 再说，识时务者为俊杰，孙中山先生说的三民主义，也是为天下大众的吗。

是吗？ 李耘生听着对面这个乱说一气似是而非的人，忍不住站了起来：是的，孙中山先生所说的民族、民权、民生，的确是为大众的。可当局哪一样做到了？ 你们看一看这个社会，你们看一看这个民不聊生的人间，你们不是三民主义，而是杀民主义。 你们根本没有实行三民主义，而是彻底背弃了三民主义！

李耘生一席义正辞严的驳斥，那马处长显然措手不及，愣了半晌。 向外面招了招手，一个人影闪了进来。

李耘生抬头一看，这气便不打一处来，这不正是那次自己去下关码头冒着生命危险接回来的地下党省委秘书、特派员施其芦么！ 这个叛徒！

李书记好！ 油头粉面西装革履的施其芦小心翼翼地开了腔。

李耘生似乎没看见眼前这个人。

姓施的看了看自己的新主子马处长的眼色，鼓足勇气又开了腔：李书记，王书记也站到我们这边来了，军委的路大奎书记也站到我们这边来了，您就别再坚持了吧！

我们？ 我们是谁们？ 你是谁？ 我不认识你。 王善堂怎么样，和我有什么关系？ 路大奎怎么样，和我有什么关系！ 你这个人怎么样，又和我有什么关系！

拿去请李先生看看！ 马处长从文件包中掏出一张纸。

施其芦将这张纸抖索着送到了李耘生的眼前：一张全南京市地下党员的名单，用药水显影出的密密的蝇头小楷，每个人的入党时间、党内职务赫然显现。 李耘生的名字及相关信息，都在纸上。

这是一份真实的南京地下党员名单，是王善堂交给顾顺章的。 这些叛徒！ 敌人就是按照这份名单在全南京城疯狂搜捕的，自己的许多战友同志就是因这份名单，有的当场牺牲有的如自己这样身陷囹圄的。

李书记，我当你是能交谈的朋友，所以才坐下来说说的。 撇开党派之争，我真的是很欣赏你的才华，你的能力。 坐下坐下。 缓了一下，那处长也招呼姓施的坐下，挤出一丝笑容。

好，那我也实话实说。 马处长，你说你正在服务的国民党，破坏大革命屠杀工农无数，就说四一二反革命政变，多少人家妻离子散血流成河；这么多年军阀连年混战，搜刮民脂民膏，多少老百姓流离失所；日本帝国主义侵占我国领土，你们不但不积极抗日，反倒三番五次发起“剿共”，这是为天下吗，这是为民众吗？！

李先生，别动气，别动气嘛！ 坐下、坐下，为李先生加点热茶！姓马的倒也耐得住性子。

李先生说了一番话，我看到了你的理想你的立场，佩服，佩服！但是，你还是听我说两句话吧。 人到了一定年龄，越发觉得老祖宗说的话有道理啊，留得青山在不怕没柴烧！ 现在你持这个立场，当局的态度你也是知道的，我也是仰慕李先生你的才华才来见见你的。我还是劝你，鸡蛋何必往石头上碰呢！ 生命没有了，什么也就没有了！

马处长，你是我进这宪兵司令部看守所来，有耐心听我说话时间最长的人。 但我也明确告诉你，在被关进这牢狱的第一天，在被打手们折磨得死去活来之时，我就从没想着活着走出这道鬼门关！

李先生，我们不谈政治立场，我们换一个时空，我想，我们真能成为好朋友，与你对话很有意思。 你我都是读书之人，劝君莫惜金缕衣，劝君惜取少年时。 花开堪折直须折，莫待无花空折枝。 李先生，你也该想想你两岁的儿子、你年迈的父母，还有你不知去向的妻子，家庭、婚姻、生命对一个人何其重要啊！ 姓马的不厌其烦。

提到妻儿父母，李耘生不禁内心钻心地疼痛：林儿，你怎么样了？

你和你小姑还在敌人的手中吗？ 章蕴，我的妻子，你和腹中的宝贝怎么样了，我请人捎寄出的信你该收到了吧！ 还有广饶大王镇西李村的父母，爹娘，原谅殿龙（耘生）不能尽孝了！

姓马的敏锐地捕捉到了李耘生情绪的变化，亲情是每个人都难以割舍的啊！ 他立即起身走到了李耘生的身边：李先生，千万不要为了那虚无的理想苦了自己！ 不要苦了自己！ 其实，只需四个字：愿意转变。 你看你的同事施先生，现在不是很好吗，为民国服务，为政府服务，不要整天提心吊胆，不要家不家国不国的。 李先生，你想想你才二十七岁，我是爱才惜才的哦！ 姓马的一副苦口婆心的样子。

我早就想好了！ 李耘生站了起来：只是，你不要拿这个软骨头和我比！ 对施其芦这样的人，李耘生很是不屑。 马处长手一挥，那姓施的一如进来时那样悄无声息地消失了。

好，我来告诉你！ 我爱我的亲人，我爱我们的国家，我爱只有一次的青春和生命！ 我知道，我不答应你们的条件，不说出“愿意转变”这四个字，等着我的，只有死！ 但是，请你，请你们记住，历史会记住我，记住我们，钉在耻辱柱上的，到底是谁！ 我们可以走着瞧，到底谁输谁赢！

姓马的收敛了笑容，回坐到审讯桌边：李先生，说“愿意转变”这四个字，就这么难吗？

我是共产党人，为劳苦大众奋战求解放，是我奋斗的目标！ 需要转变的倒是你们这一帮为蒋介石卖命，与人民为敌的家伙！ 可惜了，你也算一个读书人！

送我回牢房！ 李耘生拂袖而出。

那姓马的收起了笑容，摇着头：此人无药可救了！ 可惜了！ 可惜了！

夜色好黑啊，黑得似一张黑网，一点光亮都没有。 在审讯室中，那个姓马的提到妻儿提到父母时，李耘生以最大的毅力克制着自己，在敌人面前，不露出一丝软弱。 可现在想起，是剜心的疼痛啊！

是的，自己才二十七岁，生命的河流如此短促；但短促的生命又是如此富足，有自己追求的信仰，有为理想所作的努力和斗争，有深爱的妻子，有活泼可爱的儿子，有慈爱的父母，还有那留下自己儿时欢声笑语的大王庄西李村，那清澈明净的九曲十八弯的阳河……

第二章
信仰的光辉

阳河阳河！这条早在北魏郦道元《水经注》中就有记载的鲁地母亲河，水源充沛，流域土地肥沃，物产丰富，古往今来孕育了众多的历史名人，且留下了大量文化遗存，全长一百多公里长满青青苇草的阳河啊！几千年前先民们就沿河繁衍生息，勤劳耕作，用智慧创造了灿烂的青齐文化。这条承载着耘生儿时记忆、少年梦想与信仰之光的河流，令他从阳河边信心满满地走出，走向更阔更远的世界，走向坚定不移的共产主义理想之路。

1. 阳河岸畔的童年

"你将这玩具还给人家，还给人家！ 殿鳌，你听见了吗？"

"不还，我就不还！"堂弟殿鳌不知何时从邻居家拿来一个西洋八音盒，沾沾自喜地给小伙伴们看：你们听，叮咚叮咚，好听不？ 殿鳌的身边围了几个七八岁的孩子，农村的孩子哪个看过这会发出悦耳声音的小盒子！

"殿鳌，让我摸一摸！ 殿鳌，让我也摸摸嘛！"孩子们这个看、那个瞧，殿鳌爱不释手。

"殿鳌，人家的东西，只能在人家里玩玩，不能拿来自己家，快给人家送去！"

"殿鳌，你是借来的吗？ 人家到底知道不知道？！"

殿鳌不理，叮咚叮咚只顾摆弄着玩。

耘生有点生气了；"这事说轻了是拿，说重了就是偷，偷是最没出息的！"殿鳌还是迟迟不动。

耘生很生气地去夺，殿鳌硬是不给，着急的殿龙（李耘生小时家里给起的名字）上去欲抢，殿鳌大叫：哥哥欺负人喽！ 呼喊几个弟妹帮忙。

耘生火了，抢过八音盒，打了堂弟一巴掌，殿鳌吃了亏，大哭大叫，向家中跑去。

爷爷，哥哥欺负我！ 哥哥打人啊！ 祖父李乼田看着小孙子鼻涕眼泪一大把，啊！ 从不惹事的殿龙也学会欺负人啦？ 真的假的？ 你们几个将殿龙找来！

那株大杏树下，瓜子脸大眼睛眉清目秀的殿龙，规规矩矩地站在了树阴下的爷爷面前，一五一十禀明了情况，爷爷松开了眉头：哎呀，今天这可是恶人先告状啦！

围在身边的几个孙子女，有的嘀咕：不就是拿个东西玩玩吗！ 也有的说：殿龙做的是对的。

祖父厉声说：殿鳌该打！ 谁叫你偷人家的东西！

祖父顺手从头顶的杏树上摘下了金黄的杏子：殿龙，今天做得对！ 爷爷奖励五个大杏子！

小殿龙喜欢地看着手中这五个硕大金黄的杏子，若干年后，李耘生还给自己心爱的姑娘章蕴，讲过自己赏罚分明的爷爷，提到家中门前的大杏树。

好，你们两个说殿龙对的，一人三个！

同情殿鳌的小孩一个杏子也没有分到。

殿鳌哭丧着脸由殿龙带着，将八音盒送到了村西头的邻居家，路上，殿龙想想，还是分了两个大杏子给垂头丧气的弟弟。

西李村，位于广饶县城东南二十里处大王乡，是一个有三百五十余户的大村子。 与大革命时期有“小莫斯科”之称的刘集村隔阳河相望。 弯弯曲曲的阳河是条古人开凿的泻洪河，百尺一弯，半里一拐，奇的是阳河在他乡斗折蛇行，而在大王乡却笔直宽阔，虽没有长江、黄河那样的奔腾咆哮，但长年不断的流水恰似永远挤不完的乳汁，滋润着平坦肥沃的田地，哺育着两岸勤劳质朴的人民。

1905 年 6 月 2 日的拂晓，一声响亮的婴儿啼哭声在村西南那间院落间响起。 喜气洋洋的李廼田老爷子大声发令：是个男的！ 我老李家添孙子喽！ 长房长孙，好啊！ 为我的大孙子煮红蛋！

收到红蛋的亲友、邻居又都拎了油条、鸡蛋来贺喜，李家的小院里，人人面上布满喜色，油条香在院子里弥漫了许多天。 长到五六岁的李殿龙常听母亲讲起这红蛋与油条，忍不住问：娘，当时，我吃了几根油条？ 刘氏温婉地笑儿子：油条啊，都被你吃啦！ 那时候，庄户人家，油条已是稀罕物品，只有送产妇礼与孝敬长辈才买的。

西李村，村东边阳河流淌，村西边裙带河蜿蜒，丰沛的河水浇灌着平坦肥沃的土地，

村子的西南，那十间茅屋一面土墙围成的小院，就是李廼田的家

了。正屋四间，东西耳屋各三间，不大的场院间，那株大杏子树春天一派翠绿，夏日满目金黄，这是李耘生对老宅、对老家永远的忆念与怀想。

李家祖祖辈辈务农为生，全家人起早带晚胼手胝足那三十亩农田，风调雨顺的年景，也只是温饱度日。但不富裕的家庭始终秉承着齐鲁大地崇文好学的传统，“山中几百岁人家无非积德，天下第一等好事就是读书”，李家正房的条台上，这副对子一贴就是多少年，那红色底子都淡了，黑色的墨字却依旧饱满鲜亮。

“犬守夜，鸡司晨。苟不学，曷为人。蚕吐丝，蜂酿蜜。人不学，不如物。”清脆的童声从村子中间的那私塾四处飘荡，劳作的人们总是舒直了腰背会心一笑，这琅琅的诵读声让西李村的农人看到希望。

李廼田常提着旱烟斗满意地从窗外走过，那第一排俊秀又认真的大眼睛男孩,就是自己的宝贝长房孙子殿龙。一到七岁，李廼田就对大儿子李集禄下令：殿龙该送私塾去读书了，集禄家的，为我孙子缝件新衣!

阳光亮堂堂的，杏树上的麻雀喊喊喳喳欢跃不停。穿上妈妈缝的白布上衣和妈妈做的蓝布书包，殿龙跟着爷爷走进了私塾李先生的家。

二十世纪一二十年代，广饶已有了一些新式学堂，但教学点稀少，学费贵且路也远，似李廼田这般的农民家境，为子女还是选择私塾。私塾课程的设定并无统一的教材与标准，但启蒙的《三字经》《四书》《五经》都是必读的书籍。而很多的庄户人家孩子连私塾也进不了。

作为家里的长房长孙，殿龙从小很是乖巧懂事，不惹长辈生气，也不与弟妹们吵闹打架。爷爷、父亲从农田回来，六岁的孩童就知道抢着为爷爷递上毛巾，为父亲接过手中的农具。祖父与父亲都对这聪颖懂事的小殿龙寄予着厚望。

“幼不学，老何为。玉不琢，不成器。人不学，不知义。为人子，方少时。亲师友，习礼仪。”留着山羊胡子身着长袍的同姓私塾李先生摇头晃脑地读，七八个孩子跟着摇头晃脑地背。私塾的学习方式主要是死记硬背，但也就是在死记硬背中，小殿龙对忠孝仁义等传统文化有了深刻的记忆与理解。

李先生对小殿龙赏识不已：老李，有的孩子读书不在脑子里，殿龙这样的孩子，吃下去喽！幼学如吃，幼学如吃啊！只要我教过的，你家孙子倒背如流，这个孩子将来不可限量、不可限量啊！

那时的私塾是没有寒暑假的，到了农忙时节，孩子们会有几天的假期，回去帮父兄做些农活。小小的殿龙尽管在家里深得宠爱，但也是一放学就跑到自家的田地里，拾麦穗捡稻穗，摘青椒挖青菜，还跟着父亲到阳河边给自家那匹大白马饮水、刷毛。农家的孩子知道爷爷、父亲的不易，珍惜读书学习的机会，读书又更令小殿龙明理知事。

雪落了，稻草垛上房屋顶上青菜畦里，四处白茫茫一片。乡村的大雪为孩子们又铺陈了一个巨大的游戏场。你家的门口有一个大大的雪人，他家的屋檐挂着整齐的冰凌柱。搓雪球打雪仗，孩子们的欢笑与呼喊为即将来临的春节增添着喜气。舂臼制糯米粉的，烤火烧（一种做成生肖状的面点）的、蒸馒头的，空气里还弥漫着稀有的肉圆的香气。

关门！快关门！五岁的妹妹玉梅惊慌失措地跑进院子，费力地要推上院子的门，自己却摔倒在地，呜呜地哭了起来。殿龙赶快去扶起妹妹，却原来院外一位老奶奶拄着拐杖，裹着头巾，手中捧着一只破碗在挨家乞讨。殿龙跑进家中，站到母亲身边：娘，我要两个大馒头。

正在灶头忙的母亲刘氏手很巧，不仅绣花、做衣这些拿得起放得下，做面点也是一把好手。那些火烧面点母亲三揪两揉，小鸡、小猪、小狗的模样就出来了，小殿龙最喜欢母亲手下的小白兔，两颗小红豆再嵌在小白兔的长耳朵前面，就是一对红眼睛！和真的一样，透活！

刘氏奇怪地看着从来不在饭前要零食的儿子，拿了一个小白兔火烧，小殿龙认真起来：娘，雪地上有一个老奶奶在要饭呢，给她两个大馒头吧！

几个来找殿龙玩的孩子见着殿龙拿着热乎乎的馒头给那讨饭的老人，哄了起来：李殿龙，拿东西给要饭的！拿东西给要饭的！那紧挨自己家西侧的徐大顺家则迅速地将院门“砰”的一声关上了。

殿龙愣在了雪地中，也有几个小伙伴仍留在了殿龙身边。小殿龙很认真：他们这样是不对的，乞丐与盗匪并非一家，关门防盗是对的，但看到乞丐关上门就不对了。乞者是为穷，出来讨饭的都是没有办法的，生活好了请人家也不见得来，尤其是老人病人，总该多少给点施舍。

跟在儿子身后的母亲李刘氏，摸着八岁儿子的头，满意地笑着。

阳河岸边，小殿龙如一株小小的树苗，沐浴着大自然的阳光雨露，在朴实厚道的乡风民俗中，茁壮地成长。

耘生所处的童年，中国正经历着一个伟大的变革时期。几千年的封建统治，犹如茫茫沧海之中的一帆孤舟，遭受着来自四面八方狂风暴雨的袭击。同时，资产阶级的民主革命思潮，席卷全国，方兴未艾。这一壮阔的社会现实，不能不给当时的人们以刻骨铭心的影响。

那日从私塾放学回家，兴高采烈的小殿龙一蹦三跳，老师又夸奖了自己，描红的簿子上，老师用毛笔圈了好几个字，并写上一个大大的好！每日里回家，爷爷总是要查查的：殿龙，告诉爷爷，今天又新学了什么！可刚跨进自家的院子，就发现家中气氛不同往常。

爷爷、父亲和集祺叔叔都沉着脸坐在堂屋中间，桌上放着爷爷那平时不让人碰的紫黑色的木头盒子，一些铜元、纸条什么的散在桌上。小殿龙按规矩向长辈请安，兴冲冲地将描红的作业簿子放到了爷爷的面前。妈妈将他拉进了厨房：乖，爷爷他们商量事情，不要打扰大人！

娘，爷爷他们在干什么啊？ 都板着个脸？ 喝着母亲端来的热水，小殿龙很是不解。 做母亲的也说不大清楚，只知道，家里出事儿了。

1912 年 3 月，袁世凯成为中华民国第一任大总统。 大权在握的袁世凯一上任就开始独断专行，甚至倒行逆施，这自然引起民主人士特别是南方革命党的激烈反对和讨伐。 为维护自己的独裁统治，袁世凯千方百计巩固和壮大自己的军事实力，于 1913 年初责令财政部再为其筹措大笔军饷。

民国政府当时刚成立，需要花钱的地方很多，再加上袁世凯一直在扩军备战，财政部该想的“捞钱”法儿早想过一遍了，“家底”也早空了，如今怎么办呢？ 于是，财政部绞尽脑汁，终于又为袁世凯谋划出一个“验契”的办法，以便在“例行公事”的幌子下，继续搜刮民脂民膏。

当时的规定是：凡民间买卖耕地和住宅没有缴纳契税的，要遵照新章程尽快完税；政府集中进行验契，不论缴税与否，都一律呈验；责令 1913 年 8 月 1 日施行，“验契”限期六个月内完成。

这一政令颁发到山东后，山东督军靳云鹏是袁世凯的心腹，便责成山东各级加紧催办，尽快将税款筹上来。

当时的广饶（时称乐安）县衙前扎起了大大的席棚，告示四处皆贴，“验契”人员高坐其中，狐假虎威，恐吓乡民。 如查有漏税和不呈验者，立马被绑到衙前的柱子上示众。 农民除交纳“验契”税费之外，还要受那些吏役的额外勒索。 农民大多卖地抵契，有的甚至倾家荡产。

李耘生的家又怎能躲过这严苛的“验契”之关？ 数着家中所有的积蓄也不够纳税。 如何是好？

爹，所有的积蓄也不够抵契税啊！ 忠厚老实的父亲集禄愁眉苦脸。

叔叔李集祺说起来是在学堂教书，但那时的教书先生，只是由学生家轮流搭伙供饭，所发的薪酬是用粮食来付的，才干不久也无甚积蓄。

除非，只有抵出几亩地了！李廼田大口大口吸着烟袋，与两个儿子商量来商量去，心疼着不得不抵出的几亩地，田地是庄户人家的命根子啊！

祖宗留下的田产啊！我李廼田保不住自家的田地，对不起祖宗啊！爷爷捶着床板气得吃不下饭睡不着觉。刘氏端来热茶，拉着小殿龙站在爷爷床头：爷爷，不生气不生气呢！小殿龙懂事地拉着爷爷的手直晃。

两个儿子相帮着一起去缴了契税，才免除被绑到衙前的柱子上示众羞辱之苦。

而一家之主的李廼田因此劫气得暴病一场，加之又受了些许风寒，咳咳嗡嗡数日，家中请郎中抓药方，多日调理才有好转。

这事给刚刚八岁的耘生埋下了仇恨的种子：就是那个什么要交税的衙门，将自己爷爷折磨得大病一场！

而西李村的村民们当时并不知道，当时的广饶知县王文域，在规定的六个月时间内，以各种手段勒逼着老百姓上缴契税，也只收到了原计划的百分之六十。但王文域没想到的是，当他将这笔税款缴到省城时，竟赢得了“山东之冠”的“美名”。王文域还接到山东省督军靳云鹏的“嘉奖令”，称：决定由上缴之数目内，提取百分之五充赏，并拟擢升王文域为道尹。王文域既发财又升官，自然喜出望外，受宠若惊，他暗下决心，年后继续加紧“验契”。

王文域成了百姓口中的“王瘟疫”，他指望再发财、再升官的这一继续“验契”，竟给他带来了杀身之祸。

乐安县的北部一带，是成片的荒碱地，庄稼成活率很低。鉴于此，土地多论块不论亩，小则三五亩，大则十几亩或几十亩不等。买卖立契时，只写“荒地一片”。有的则根本没有地契。

这样的荒碱地在碑寺口乡一带最多。王文域想这种地是块肥肉，油水多，不免垂涎三尺，便迫不及待亲自去“验契”。1914 年 2 月 23 日，春寒料峭，北风劲吹，天空不时飘着雪花，但利欲熏心的王文域不顾这些，亲自带领衙役、幕僚、警卫数十人，兴冲冲向碑寺口乡进发。

到达碑寺口后，王文域便下榻于碑寺口首事牛浩然的书房里。牛浩然为人阴险狡猾，无人不晓，他一面在县知事面前百般殷勤，献媚取宠，一面又替王文域下令，限期让民众到碑寺口“验契”。

不料王文域带去的衙役与东齐村的地保发生冲突，一场惊到袁世凯的“验契”暴动由此展开。那年的农历正月三十日，恰逢碑寺口集市，来“验契”的人络绎不绝，直到午夜十二时许，方停呈验，总计七百多张，但东齐村民一个也没有来呈验。凌晨一时许，收税人刚睡下，忽听四周锣鼓齐鸣，又见灯笼火把照得如白天一般，一股强大的人流随后蜂拥而至……

原来，这是东齐村民众率领的一支农民反“验契”暴动队伍，四百多人手持锄、镰、锨、镢、二齿子等农具作武器，在齐光礼、齐来明、齐树明等人的带领下，将碑寺口王文域的“验契”大院团团包围。王文域惊闻正想夺路而逃，被人一土枪打倒在地。随从急忙把他搀起，翻越墙头藏匿在邻院的张仲兴家，但最后被乡民们搜出。众人刀械齐下，王文域立时毙命。

作威作福的王文域被乐北乡民送上西天，乐安县百姓人心大快。但杀官非小事，乐北一带自此进入了“白色恐怖”时期。老年人深知，这事当局者不会就此罢休，劝大家赶紧逃难。于是，家家户户拖儿带女，背井离乡。

事情发生后，袁世凯十分震怒，他向山东督军靳云鹏发出指令：“按名缉拿，务获严办。”靳云鹏立即责令岱北道尹夏继泉和胶东道尹吴永领兵到乐安镇压。官兵展开一次次的大搜捕，先后有三十多人被捕入狱，其中被判处死刑的共有十四人。就这样，一场轰轰烈烈的农民暴动被统治者血腥镇压下去了。

“杀官案”虽然告一段落了，但外出躲避的人仍然没有几个敢回来，大片大片的土地无人耕种。面对这一情景，当局深恐“长此流亡，难免不变为流寇”，乃张贴布告：胁从者罔治，当此春耕之际，安分良民务即速回乡里，各营生业……

民国政府推行的“验契”法案在地方上本来就阻力重重，经过这一次沉重打击，更加难以开展了，袁世凯不得不宣布“暂停验契”，并把逮捕去的一部分人释放回家。

西李村的村民们陆续从殿龙的集祺叔叔还有私塾李先生那儿听说此事，无不拍手称快。

殿龙，扶我出去晒晒太阳！李廼田在宝贝孙子的搀扶下，拄着拐杖来到了院子里，这儿看看，那里瞧瞧，笑意又浮上了沟壑纵横的面庞。

蓝天高远，阳光明媚，秋风拂过那株老杏树的枝枝叶叶，拂起十二岁殿龙前额的黑发，拂起蜿蜒曲折的阳河的粼粼波光。

1917 年，在本村私塾读了四年书的李殿龙，背着书包跟着爷爷的脚步，走出了自家的院子。沿着阳河岸走出了西李村，在同村孩子们羡慕的眼光中，殿龙要去河对岸的刘集村上振华高小了！

殿龙，好好读书，将来要做大事，要光宗耀祖，只有将书读好！爷爷将孙子送进了高小，临走时反复交待。二十世纪二十年代的庄户人家，已愈发明白读书的重要性了。

上高小，对有着四年私塾底子的小殿龙不吃力，但懂事的小殿龙十分刻苦。他知道，村子里孩子们能上高小的屈指可数，他十分珍惜这学习机会，感谢送自己来读书的爷爷和家人。

当时的刘集村振华高小，在大王乡已是颇有名望了。辛亥革命后一批先进青年，在广饶大王办起了这所完全不同于私塾的新式学校，小耘生的叔叔李集祺，也是这所学校的教员。

这振华高小也算是广饶东南乡的最高学府了，学校开设修身、国文、算术、英语、历史、地理还有音体美等科目，在老百姓中很有名望。要让子孙出人头地，那么，好吧，就送到刘集振华高小里面去，这是四村八里乡邻皆知。能到这所学校就读三年，拿到毕业证书，还可以报考省立十中、济南省立商专、工专等学校。

能到这所学校就读，心中也颇为得意的小殿龙，当时还不知道这所外表并不起眼的高小和这刘集村，在岁月的长河中是怎样的卧虎藏龙，更不知道对自己短暂的革命一生产生重大影响的《共产党宣言》，是怎样在这偏僻的乡村间，点燃了无数人的理想之火。

十二岁的男孩李殿龙从预科读起，学习非常刻苦，加之在西李村私塾的底子打得也较为厚实，每次考试成绩总是名列前茅。凡是老师讲授过的课文，他都背得滚瓜烂熟。叔叔集祺有次发现自家的侄儿该读书时却在写作业很是生气：人家念书背书，你在写作业！

第二日的修身课上，李集祺先生“哗”的一声，在一堆写有学生名字的签牌中抽出了李殿龙的名字：请这位同学站到讲台上来！

殿龙站到了讲台前，双脚并拢面对着坐在课桌前的二十几位同学。

修身课本第十二课是什么？李集祺看着自己的侄子问。

第十二课是《诚实》！

背给我们大家听听！

司马光年幼时，尝与姊食胡桃。姊因事他往。婢以沸水脱其皮。姊来，问谁脱者。光曰：吾自脱也……

停住!《公德》是哪一课？李集祺看小殿龙顺畅道来，有意要难为难为他。

是第八册第一课。

背诵！

国家愈文明，则其人民之公德心，必愈发达……

最后两句是什么？

其公告之完善，诚吾人所当取法也。李殿龙毫不耽搁，总是提到哪里就背到哪里。

台下同学掌声一片。

这个挑剔的叔叔也是服了，那日回家，看到殿龙爷爷和殿龙的父亲，竖起大拇指：我们家殿龙真是个读书的好料子！

进校的第二个学期，李殿龙就成为学校的名人了。这该源于那次全乡学生在苏家庙举行的算术比赛。

苏家庙的祠堂内，齐刷刷地坐满了全乡来参加比赛的学生。那个时候的小学生，大的有十五六岁，小的也有如李殿龙十一二岁的。监考先生背着手板着脸在祠堂中踱步行走，偌大的祠堂里课桌板凳高矮不一，学生大小不等，但无一人言语，只听得笔演算的沙沙声。

殿龙年龄小个子也不高，坐在第一排，就在主考先生的眼皮子底下，很快，殿龙做好了全部题目，又返回头再核查一遍，就将卷子交了上去，主考官看着这个小学生，嘴角浮出一丝笑意。果不其然，李殿龙以又快又准确的演算，荣获这次比赛的头奖，在全乡三百多名高小学生面前拿到了奖状，还得到了一顶帽子的奖励。

戴着这顶有帽檐的新式学生帽，小殿龙分外俊秀。爷爷最为高兴，将那张证书看了又看，放到了条台正中，又板着宝贝孙子的肩膀，左看看右瞧瞧：我家殿龙真是神气！掏出一个铜板：我的孙子有出息，拿了乡里的算术头名，爷爷也要奖励！

耘生优秀的学习成绩，使他在乡里获有“小才子”之称，深得同学们的敬佩，更引起了老师对他的重视和额外指导。

1916 年，正值新文化运动风起云涌的年代，刘集振华高小也云集了一批思想活跃同情革命的青年老师。每日下午的课后，老师的读书会常吸引着一些年龄稍大的学生参加，小殿龙也不止一次地坐在教室的后面，听着老师们在那里谈论“人，生而平等”“这个世界上没有鬼神，只有靠我们自己”等，小殿龙瞪大眼睛似懂非懂，这些的语词如清泉般，浇灌在他幼小又渴望新知的心田。

下课后，那简易的土操场上，先生们带着学生们做起健身操，小殿龙新奇地看着两位女先生，穿着浅蓝布上衣黑色裙子，白袜子黑布鞋，也在阳光下伸胳膊动腿。女老师们还带着同学们唱歌，听说那位叶老师是南京人，歌唱得真好听，清亮亮的歌声在校园内外的桃树李树间回荡，那花儿红的白的就一朵朵一簇簇地开了。在自家的村子里，妈妈、姑姑可全是在院子里的，难得看到她们出来，在人多的地方，妈妈婶子们也是低眉少语的。

小殿龙喜欢学校也喜欢这些老师，学习更带劲了。

学校老师的影响，家庭的熏陶，民主革命思想的接触，使幼小的殿龙不断思索着人生的秘密，社会的对错。在他生活的小天地里，更以他纯良的天性与直觉，判断着美与丑、善与恶，区别着真与假、是与非，并仿效着老师们那样去理解去思考。

思想前卫且激进的青年老师们，活跃开明的学校氛围，给予一直在西李村跟着私塾先生读书的小殿龙全新的感受，更给小殿龙增强着反对封建迷信的意识。

“家中无病人，不信鬼和神。”二十世纪一二十年代的农村，当家中大人小孩生病长灾或遇到不顺心的事，长者便常常请神问卜、烧香叩头，似乎一炷香、几张纸钱就能逢凶化吉、消除三灾八难似的。

殿龙的爷爷自那次强行“验契”以后，身体大不如前，经常生病，一病倒，父母就忙着请神问卜、烧香叩头，家中烟雾弥漫。殿龙大叫：没有用的，这下会害了爷爷的！他去振华高小搬来“救兵”集祺叔叔：快请先生为爷爷抓药啊！

邻居家徐大顺的妈妈肚子疼得在床上翻滚，一家人又开始虔诚地烧香叩头，用香炉灰泡水喂老人，已在刘集高小的小殿龙回来撞见，赶紧劝告：“世上哪有鬼神？病了就该请医吃药，求神弄鬼，完全是自欺欺人，千万信不得。”拖上涕泪满面的徐大顺一起跑了两里地，去请来了老中医。徐家婶婶好了以后，拎着一竹篮油条到李家感谢：这回幸亏我殿龙大侄子，幸亏我殿龙大侄子！

殿龙那次喜滋滋地吃了三根油条。

殿龙在李集碌这房是老大，弟弟殿民，下面还有两个妹妹。小妹妹玉梅才五岁，母亲就找来一大堆布条，给妹妹缠足。听着玉梅哭天喊地叫疼，放学回家的殿龙很是生气：娘，你这是干什么？走到眼泪一把鼻涕一把泪的小妹身边，三下五除二，将那裹脚布全部扯了扔掉。

刘氏也生儿子的气：这事你也要管？！将来你妹妹没到人面前，脚就先到人面前，嫁不出去你养她！

小耘生稳当当地坐到了母亲身边：娘，女儿的脚是天生的，你给她缠上脚，限制她生长，不成了废人吗？再说，现在不是你们小的时候了，你倒是说说，是大脚好走路还是小脚好走路？我们学堂的两个女先生都是大脚板的，走起路来飞快！娘啊，如果你替我也裹上了小脚，我还能天天跑这么几里地去读书吗？殿龙将口气放软了。

妈妈“噗嗤”一声笑了起来：哪个要替你裹脚啊！你是个男孩子！

娘，男的女的都是一样啊！我娘啊什么都不比男的差，可就是脚小了，走路太累啦！

开明的爷爷在堂屋里大笑：集禄家的，殿龙说得有道理，听我孙子的！

2. 松林学堂的灯光

高高的门楼顶着千年的风霜，茂密的爬山虎在围墙上攀援出满目绿意。

1920年的初秋，十五岁的李殿龙提着简单的行李，背着妈妈烙的煎饼，站在了益都（青州）省立十中的门前。

这就是那从宋代就有的矮松院？就是被誉为青州古代治学、教育之胜地，哺育名儒之摇篮，备受历代朝野人士青睐的松林书院？

这就是出了宋代著名贤相王曾，留下寇准、范仲淹、欧阳修等政要、文人印记的著名学堂？这足下的古石板台阶还留下过多少仁人学者的足迹？

青州十中，绿荫环绕，校园开阔，松柏挺立。走过礼堂，走过图书馆，走过中院的学生宿舍与老师宿舍，殿龙走进了教室，教室的背面，是开阔的大操场。这样的学校令殿龙心旷神怡，这里和自己读私塾时先生的家中，读高小时振华高小那么两排房子，是完全不一样的格局与气派。

李殿龙新鲜、兴奋之余，涌上心头的仍是对那在西李村的爷爷、父母的感激，对弟弟殿民深深的愧疚。

庄户人家，能有孩子考到这省立中学读书，已不是一个人的事情，是一家子甚至一村子的大喜事。

在刘集村振华高小三年，成绩优异的李殿龙报考了这所在大部分学生看来是遥不可及、高不可攀的名校。考试时，小殿龙信心满满。当录取的喜讯传来，全西李村都欢腾了，这可是村子里第一个考上青州省立十中的学生。

李廼田老人端着烟斗喜上眉梢，对着前来祝贺的乡里乡亲笑声朗朗：托大家的福，托大家的福啊!

而父亲则在家发愁。李家的经济状况不算太好，一大家子十几张嘴要吃饭，十五岁的殿龙作为这孙子辈的老人，去益都（青州）读书，不仅要支付几年不菲的学费，家中的农活又少了一个得力的帮手。

憨厚老实的父亲一连几个夜晚翻来覆去不能入睡，做父亲的愁啊，愁得日夜不安。殿龙的母亲看着丈夫愁眉苦脸知道家中的难处，不敢多说一句话，又怕委屈了自己的儿子。那日，接到乡里送来录取的喜报，小殿龙欢喜得里里外外，跑进跑出都是笑意。

集祺，你也是读书人，帮哥哥想想主意吧。集禄找来弟弟商量。

在高小任教的叔父李集祺，目睹侄儿殿龙在学校的虚心好学，真是舍不得天资聪颖的侄儿因家中贫困而失去这大好的学习机会。

弟兄俩相对良久，作出了艰难的抉择：让殿龙十三岁的弟弟殿民辍学回家务农，全力支持殿龙去青州读书。

父亲知道，这样也委屈了二儿子，但权衡再三，别无他法：殿民，你哥考上了青州十中，实在不容易。现要外出读书，家里的负担就更重了。从今以后，你帮助父亲一起把家里的担子挑起来吧！

面对父亲期待的眼神，殿民无奈，殿民只有点头。

听说父亲为了自己上学，而让弟弟殿民放下书本回家务农，殿龙立即向父亲请求：殿民才读两年多的小学，可千万不能让弟弟辍学回家！

殿龙跑到爷爷那儿：爷爷，让殿民继续读书吧！我上学尽量少用家里的钱！要不，我自己不上学了，让殿民读到高小吧！

爷爷桌子一拍：那是我们大人决定的事，你去上你的学！

就这样，背负着家人的殷切期望，弟弟读书愿望的放弃，认真读书将来能谋个好的职业，为家人分担支撑起家业，成了小殿龙远行的动力。

于是，这个秋色旷远的日子，李殿龙来到了青州，成了省立第十中学的学生，坐进了四年制第十二级甲班的教室，殿龙心里满是喜欢。

他喜欢松林书院古色古香的建筑，这二进院落，这承载着岁月风霜的大门，这十三贤祠，这四照亭，还有这一色的砖木结构，隔扇、槛窗为朱砂色的斋舍。

他喜欢这厅堂轩廊构围的庭院，幽静而宽敞，红花绿草茂盛，古柏苍翠成林。喜欢中院西北角的王沂公读书台，报到的第一天，殿龙就来此处谒拜，他早就听私塾先生说过，有“三元及第的一代贤相”之称的宋朝宰相王曾，也曾在这学堂读书，且为官正直，事业卓然，在史上留下美名。

殿龙尤喜欢眼前这四棵参天古柏，这大树均是康熙三十年间所植，已有两百多年的历史。殿龙不止一次来这古柏身边端详：东南的一株柏树苍郁青翠，冠盖如云，犹如展翅欲飞的雄鹰；东北的一株柏树半枯半荣，枯枝盘旋虬曲，苍黑遒劲，绿叶形如团扇，附于其上，集力与美于一身，最为奇绝。左侧两棵虽已枯死多年，但仍卓然挺立。攀援的凌霄花周匝其身，以柔衬刚，更显其苍劲挺拔。最奇处是，虽是枯柏但绿叶绕身，红花满头。此时已是仲秋时节，这枯柏上缀满随风摇曳的火红的凌霄花，热烈又蓬勃、刚劲又柔美……

松林堂，松林书院！这就是自己曾想过多次的松林书院了！李殿龙兴奋、感慨，这些兴奋这些感受，殿龙工工整整记在了日记本上。

好学的殿龙记日记已不是从今日开始的了。

在刘集振华高小读书之时，每日里上学、放学来回的几里路上，小小殿龙就开始了有意识的观察。河流、花草、农作物的拔节发青再转为成熟的金黄，还有阳河的水流波光，日落日出星星月亮，更有风里来雨里去农人的辛苦。这些点点滴滴，他都记在了笔记本上。农忙假中，他帮着家中干活、牧马，都是纸笔不离手，家乡广袤的田野与农村生活的艰辛，给予小殿龙不竭的滋养，也为他将来立志变革社会埋下了种子。

学校生活虽然很清苦，但自知来此上学不易，又背负着全家期望的小殿龙，读书非常用功。每日黎明即起，读书台下，松柏树间，操场角落，在清静之处潜心研习，在他人休息之时捧书苦读。

那个身材高瘦长得很英俊的学生是姓李吗？

是的，是今年才考取的新生，是大王乡考来的，叫李殿龙。

这勤奋好学的男生，给来来去去的老师和同学留下了深刻的印象。而无论是摸底考试还是期中考试，李殿龙的名字总是列在四年级的榜首。不到一学期，李殿龙又成了省立十中的名人。

来到古城青州，课余假日之际，求知渴望很强的殿龙，对这座号称“古九州”之一上了岁数的老城，也有了更多的了解。

“海岱惟青州”，大体指起自渤海、泰山，涉及河北、山东半岛的一片区域，地为肥沃白壤。早在七千多年前，就有人在这块土地上繁衍生息。自东晋始，历经隋、唐、宋、金、元、明等封建王朝，长达一千六百多年，虽建制变动频频，青州却一直为州、府、郡、道、路的治所，是山东境内的政治、经济、文化中心。青州地处青齐沃野，历史文化底蕴深厚，历代名人辈出，古迹遗址众多。数公里范围内就有刘珝墓、赵鉴墓、孟尝君墓、臧台、马陵台、凤凰台、张高古墓群等多处文物古迹。

刘珝墓，人称阁老坟，始建于明代弘治年间，是明孝宗为追念内阁辅臣刘珝而敕修，墓园占地数十亩，园内松柏成荫，碑碣矗立，石门、石坊、翁仲、御碑依次排列，肃穆壮观，墓门前额镌有“敕修刘氏世墓”匾额。

与刘珝墓隔河相望有明代刑部尚书赵鉴墓，赵鉴为成化进士，历任大理寺卿，官至刑部尚书。在萧山首创“丁田相折法”，这项改革为张居正推行“一条鞭”法奠定了基础，曾受到嘉靖皇帝的赞赏。赵鉴耄耋之年卒于故里，其墓规制颇大，墓前古柏苍劲，葱郁苍翠。

战国名贤孟尝君墓在青州城北，与刘珝墓相邻。孟尝君，名田文，齐相田婴之子，袭封薛邑，深得齐王重用，官至宰相。他礼贤下士，养食客三千，与平原君、信陵君、春申君齐名，并称“战国四公子”。

臧台、马陵台、凤凰台是青州最古老的文化遗址，位于北阳河东畔。三台遥遥相对，远处望去，显得特别宏伟。明代刘銧《登臧台》诗曰：

登高台，望明月，击节狂歌唾壶缺。观烟霞之掩映，与林壑之环列。落叶似添秋惨凄，浮云不放山机捏。有诗慰岑寂，有酒浇郁结。廊庙未足荣，山林岂云洁？乾坤俯仰谩兴慨，万古人间几豪杰。

李殿龙喜欢这首诗的气概，将这诗记在了笔记本间，诗句了然于心，若干年后在南京宪兵司令部看守所中，还写出来与难友传诵，增添与牢狱生活斗争的信心。

古人古迹古遗存，令李殿龙对青州这块厚土增加着了解，这些在历史上留下美名，为后人记载、纪念的贤士名将，更令殿龙崇敬，并对自己的人生走向与价值进行着思考。

同时，一场波澜壮阔的运动更令殿龙明确了在那动荡岁月中一个有良知的年轻人的价值取向。李殿龙走进这座学校之时，正是五四运动在全国大范围掀起荡天波涛之时。

1919年初春，一场震惊中外的青年运动风暴拉开了序幕。

第一次世界大战结束后，1919年1月18日，英国、美国、法国等战胜国在巴黎召开和平会议，史称巴黎和会。作为战胜国之一，中国政府要求废除不平等条约，收回青岛和山东的主权，但中国政府的合理要求却遭到美、英、法、意、日等国的拒绝，他们将德国强占山东的权益转与日本继承。消息传出，举国震惊，

首次向国人报道这一消息的是上海的《大公报》。紧接着，5月2日，北京《晨报》发表了类似的内容，引起了北大学子的强烈反响。两天后，历史上著名的五四运动爆发。

五四运动是由山东问题直接引发的，消息传出，青岛、济南、青州等地的学生、职员、商人和市民及各界人士义愤填膺，纷纷走上街头，抗议日本帝国主义侵略中国的恶行，同时也掀起了一场抵制日货的爱国运动。

在这次抵制日货的运动中，济南学界率先行动。据《山东学生参加五四运动回忆》一文记述："5月5日早晨，济南各学校知道北京五四运动的消息后，立即响应，纷纷组织学生会，选出学生会长率领学生集中西门大街，分赴商埠、城郊，进行讲演，抵制日货，不坐日本人霸占的胶济路火车等等。"

当时济南参加运动的学校有省立一中、省立一师、省立女子师范、私立正谊中学、私立育英中学、趵突泉工专、黄花馆商专、东关外农专、北园医专、齐鲁大学、东关蚕桑学校等校学生数千人，他们在济南各繁华路段组织讲演，散发传单，抵制日货，提倡国货。随之，全省各地的学校如曲阜二师、聊城三师、济宁二中、泰安三中、临沂五中、蓬莱七中、潍县八中、惠民九中等纷纷来人来函联系参加活动，后

来济南其他各界也派代表参加。济南女子师范的学生还开办了爱国商行，自己缝制手绢、书包和雨伞，在上面绣上“勿忘国耻”“抵制日货”等口号，深得人们的好评。

学生们的爱国热情受到社会各界人士的赞扬和肯定，其抵制日货行动迅速在山东各地展开。作为青州的重点学府，省立第十中学的年轻教员与学生纷纷走上了街头。

学生们在街头演讲，散发传单，讲到日本人怎样侵略中国，怎样剥削和欺侮中国时，听讲的劳动群众和商人们痛哭失声，表示誓为学生后盾，坚决不买卖日本货物。但学生的爱国行为也遭到一些保守人士的反对，济南《大东日报》就发表评论说，学生“以父兄的血汗钱出来求学，应该好好读书，不应该出来满街胡闹；国家的事，有政府处理，不用学生干涉”。学生们听到这些话非常气愤，赶到报馆理论。该报编辑张某态度恶劣，拒不认错，还一再扬言“学生干涉政事违法”，学生们怒不可遏，七手八脚将张某教训了一番。报馆负责人见势不妙，连忙道歉，保证以后不再发表类似言论。

抵制日货行动得到商界人士的大力支持和理解，青州各商家踊跃参加，他们根据自己的行业特点，实行不同的抵制方法，譬如报馆不刊登日本人的广告、不代卖日本人的报纸，银行和钱庄不兑换日本人的货币等等不一而足。他们还成立了一个名为“救国十人团”的组织，倡导抵制日货，一时风靡济南全城。其具体办法是：先由一名积极分子发展团员十人，十人中每人再各自发展十人，如此采用滚雪球的办法将组织迅速扩展开来，渗透到社会各个阶层。当时济南各家店铺的伙计大部分都成为“救国十人团”的成员，成为学生们联系市民群众的基础，为短时间内迅速抵制日货铺平了道路。

学生联合会和商会还筹集了万元资金，在布政司街设立了一所“华醒国货商行”，号召人们使用国货。他们推举慈显亭为经理，商行购进的衣物、鞋帽、布匹等均为国产，广大市民纷纷前来购买，以表支持。他们又在私家码头成立“提倡国货研究会”，会内设专人负责，处理收缴的日货。从商家查获的日货一律送到研究会处理，处理时以质论价，货款还给原货主，但领款时须立下“永不买卖日货”的字据。

6 月 10 日，为声援北京、上海学生的爱国行动，济南实行全城大罢市。清晨五点左右，学生联合会的学生们就陆续到达指定地点，他们发现大街上军警密布，警戒森严，原来当局早已得到罢市的情报，提前做了防备。此时街上行人渐多，各商店也都开门营业。六点钟，罢市行动开始，学生们从怀中抽出小白旗高举并摆动，高喊“罢市”的讯号。各商铺老板伙计一见通知，立即上门板、关店门。

五四运动爆发后，日本人对广大学生、市民取缔日货的爱国行动恨之入骨。一天，学生们正在济南胶济铁路火车站附近游行示威时，突遭日本浪人的袭击，其中四名学生被非法绑架到日本领事馆。同学们到省长公署找省长沈铭昌，要他去日本领事馆要人，但沈避而不见。愤怒的学生将省长公署的玻璃砸碎，郊区的农民也赶来支持。沈铭昌见事情闹大，急忙让济南道尹兼外交交涉使唐柯三出面交涉，把四名学生从日本人手里要了回来。

但日本人的威胁并未遏制住抵制运动的蓬勃发展，与前几年相比，日货进口大减。据天津《益世报》转载日本《大阪每日新闻》消息，自抵货运动发生以来，1919 年 5 月的输华商品，较之平时减少百分之三十；日本人佐野袈裟美写的《支那近代百年史》也提及，在五四运动持续的一年间，日本对华贸易受到很大损失，对华输入减少了百分之四十以上，这还不包括海上走私减少的数量。

青岛是这场运动的导火索，青岛的命运也引起了少年李殿龙的关注。当时，他还在刘集高小读书，却也从教员与同学的议论中知道了此事。

那日，下午放学时，同学刘子久神秘地向他招手：殿龙殿龙，我们去大王庙！

这刘子久长殿龙三岁，在学校各科成绩也是非常出色，与殿龙一样聪明好学，两人因基本相同的家庭背景，相同的私塾经历，结下深厚的友谊，常在一起讨论一些关于社会，关于将来志向等少年理想。这一刘一李也是刘集振华高小的小名人，老师口一开：你们要像刘子久学习！ 你们要向李殿龙学习！

跟着刘子久，殿龙去了大王庙，才发现里面已聚集了一批人，却原来是一些广饶籍的中学生，从青州回来在此聚集，一起议论国家大事。

他叫李剑霜，喏，就是坐在中间的那个；挨着他坐的叫花春荣……刘子久一一指给殿龙认识。这十来名回乡学子聚集在一起，谈论青岛问题：我们的国土怎么能让给日本人呢？ 我们这个政府真是无能，烂透了！ 这个狗屁巴黎和会！

热血青年啊，言到情绪激昂之时，李剑霜等一些年长的同学，当场咬破手指，挥写血书“还我河山”。在现场的李殿龙深受感染钦佩，双拳捏得紧紧的！ 学长们的爱国激情，也给高小即将毕业的殿龙莫大的鼓舞和教育。

“支持国货！ 抵制日货！”

“打倒卖国贼！”

“还我青岛！”

青州市区西郊营子村西侧的法庆寺人头攒动，大小彩旗漫天涌动。益都各界在法庆寺召开的万人大会和示威游行中，李殿龙和刘子久还有十中的许多青年同学，都积极参加了抵制日货的斗争。刘子久是与李殿龙一起考取的青州十中。

“交出日货！ 交出日货！”十中的学生围住了当地土豪刘敬亭，诨名“刘四愣”的店铺。

而“刘四愣”装聋作哑，对抵制日货居然不加理睬，几天了，他的几个铺子里日货依旧高居其中。店铺伙计总是说：我们也不想卖日货，但老板没有下命令，我们不敢啊！ 你们找我们老板吧！

找刘敬亭去！ 当面问这个姓刘的！ 学生们群情激愤。

在学生会长丁忠基的率领下，李殿龙与大批同学一起，一直跑到北关西大街刘敬亭的住所。 刘敬亭被堵在了院子里面。

刘敬亭先生，大家都在抵制日货，全益都（青州）的店铺日货都下架了，只有你的几个店铺还在卖，你打的是什么主意！ 丁忠基首先发话。

转着眼珠的刘敬亭老奸巨猾：你们都是好学生，拿着父兄爹娘的血汗钱不好好读书，管这些闲事，你们对得起你们爹娘吗？

日本人侵略我们的国家，你站在中国的土地上卖日本人的东西，你对得起祖宗吗？ 你还是中国人吗？ 李殿龙义正辞严。

你还是中国人吗？ 你还是中国人吗？ 同学们一起挥舞着手中写着“抵制日货”的小白旗，高声质问。

刘先生，你必须将日货全部交出充公！ 丁忠基严肃下令。 刘敬亭这个滑头看着越围越多的学生、市民，眼看就要打将上来，好汉不吃眼前亏：好好好，交出、交出，全部充公！

殿龙当场编了一首顺口溜对刘敬亭加以讽刺：“刘四愣，真正歪，问他挨打该不该，刘说应该应该真活该，大家拍手笑起来！”在同学印象中一向温良儒雅的李殿龙，编出这首顺口溜，同学们哄笑、叫好声一片。

波澜壮阔的运动，使李殿龙的爱国热情更加高涨。

这所中学创立之初，学校就确立了近代学校的办学模式，教学不再恪守刻板教条死读书、读死书的“古训”，教学思想倡导自由，重视开发学生的智力、培训其能力。 因而无论是教员还是学生，都有一定的民主意识与主体意识。 古老的校园在五四运动后，显得更加青葱活跃，连园子那两株枯了的苍柏，根部都绽放出了绿绿的嫩芽。

此时，教育救国与科学救国、实业救国等思潮交相辉应，具有反帝反封建的民主主义性质的教育思想逐步得到实施，国文开始采用白话文教学，受到学生的欢迎。

“夜间十二点左右，我登上青州城西门；也没有鸡叫，也没有狗咬；西南方那些山，好像是睡在月光里；城内的屋宇，浸在月光里更看不见一星灯亮。天上生乳一样的月光，城下琴瑟一般的流水，中间的我，看水看月，我的肉体和精神都溶解在月光水声中……”国学大师顾随的课，李殿龙十分喜爱，读着顾先生的文章《月夜在青州西门上》，李殿龙更是由衷地欣赏：竟有这样的文字表述，带来这样美的意境，文章原来是可以这样写的！顾先生的美文，对于从小读私塾的殿龙，无论是文体还是遣词造句都是一个很大的冲击。

悟性很好的殿龙，模仿着顾先生的文风与笔触，写起了家乡的月夜与清晨，写起了金黄色的麦浪绿油油的青椒，写起了母亲手下栩栩如生的小动物面点，还有灶膛里红黄跃动的火苗……沉浸在夜色中的松林学堂静啊，只有学生宿舍最西侧的那间，常常是微光闪烁。巡夜的大伯知道，那是李殿龙，这个学生的小书桌前油灯总是熄得最迟的。

下午两节课后，刘子久拍着殿龙的肩膀：去读书台！

两好友并肩向中院的王沂公读书台走去。

夏风吹得人有点暖了，一阵阵月季花香在晚风中熏漾。四周无人，刘子久从怀中掏出一本杂志，在殿龙眼前一晃：看不看！

是什么？《新青年》？ 我当然看！

同是大王人的同学刘子久在校园中对小自己几岁的殿龙很是关照，殿龙也从子久手中常借到一些平素见不到的新文化书刊。

对《新青年》，殿龙早有所闻。

作为五四运动后新文化的代表性刊物《新青年》，自 1915 年 9 月由陈独秀在上海创刊以来，在发起新文化运动，并且宣传倡导民主科学的新文学中起到了巨大的影响，在青年知识分子中是如雷贯耳。

但见到这本杂志，这还是第一次。

一个人看，看了就还我！ 记着啊！ 刘子久嘱咐又嘱咐。

陈独秀在《新青年》第一期上发表《新青年》一文，号召青年做“新青年”。 他提出“新青年”的标准是：生理上身体强壮；心理上是“斩尽涤绝做官发财思想”，而“内图个性之发展，外图贡献于其群”；以自力创造幸福，而“不以个人幸福损害国家社会”。

“冲决过去历史之网罗，破坏陈腐学说之囹圄。”“本其理性，加以努力，进前而勿顾后，背黑暗而向光明，为世界文明，为人类造幸福。”

在昏暗的油灯下一字一字地看着这杂志的李殿龙，眼前一片光亮。 真是讲得太好了！ 殿龙将杂志中李大钊《青春》一文中的这段话，认真地录在了自己从不离身的那本牛皮纸面的笔记本上。

五四新文化运动的影响，自由民主意识的觉醒，开明、开放的教学与学习氛围，殿龙的视野不断开阔，世界也不断扩大。 其理想也从刚进学堂的，勤奋读书能谋个好的职业，为家人分担支撑起家业，逐渐转向为国家、为民生、为自由、为民主，不断求索而追寻，“背黑暗而向光明，为世界文明，为人类造幸福”。

经历过一个冬日的青州十中，处处萌绿舒叶，中院内的松柏翠竹，操场边的香樟枝叶在春色中摇曳，连古老的校门楼上的爬山虎都生出许多嫩芽细叶。

春色正浓。

3. 导航人

在校园夹着书本进进出出，李殿龙又长了一岁，个儿又窜了几公分。 在这样的校园内，在如许的春色中，李殿龙感到自己如干涸土地上的小树苗，恰遇清冽的泉水浇灌，单薄的躯体上，如前这葱郁的爬山虎般生出许多密匝匝的绿叶。

十中的报栏前，同学们人头攒动。 报栏中《一个奇怪的果子》的文章，吸引着大家的注意。文章中以《古文观止》中刘基的“卖柑者言”为比喻，揭露了满清封建王朝垮台后，虽然有了共和的名义，但实质上仍然是军阀执政积弊未除，这就似杭州的卖柑者“金玉其外，败絮其中”，这篇文章似一篇檄文，揭露了封建军阀的虚伪本质，号召有志青年把推翻剥削制度作为自己为之奋斗的目标。文章署名：李耘生。

这篇文章在师生中广为流传，一时“洛阳纸贵”，不同年级许多同学打听：哪个是李耘生？李耘生在哪个班？哦，就是李殿龙啊！这篇文章后被收入《青州十中文选》(摘自雨花台烈士纪念馆资料室)。

李耘生同学好！那日中午，在食堂中匆匆吃饭的李耘生洗刷好碗筷，端着饭盒刚走出食堂，一位头戴礼帽架着副眼镜、面生的中年老师笑微微地拦住了他。

老师好！耘生欠下了身子鞠躬。

我叫王翔千，看过你那篇文章。老师边走边说。

学生文笔稚嫩，思考不成熟，还请王老师多指教！耘生知道老师指的是自己那篇轰动全校的《一枚奇异的果子》。但十六岁的耘生当时不知道，也没有想到，这位姓王名翔千的先生对自己的信仰乃至短暂的革命生涯产生的重大影响。

1922 年秋学期，青州省立第十中学由济南先后转来几位老师。其中就有王翔千、王振千兄弟两个，他俩都是共产党员。王翔千，是中国共产党在山东的创始人之一，因积极传播新思想，受到封建军阀的注意，便由济南育英中学来到这里当国文教员，到这里是受中共济南支部的委派，利用国文教员的身份，向青年学生介绍马克思主义理论，介绍俄国革命，更是为了在这所相对开放、开明的知名学校中，组织进步活动，更多更好地发展进步学生向党组织靠拢。其弟弟王振千来此任国画教员。

“我到十中来，是为了征求同志的。”这是王翔千先生在十中的第一堂大课上说的第一句话。李耘生与刘子久交换了一下眼神，听得更认真了。

听课的学生人手一份《阶级斗争》，这是王老师来十中发的第一份讲义，“阶级”，这个词语第一次进入到李耘生的视野和脑海。

“我们要明白世界各国里面最不平最痛苦的事，不是别的，就是少数游惰的消费的资产阶级，利用国家、政治、法律等机关，把多数极苦的生产的劳动阶级压在资本势力底下，当做牛马机器还不如。要扫除这种不平这种痛苦，只有被压迫的生产的劳动阶级自己造成新的强力，自己站在国家地位，利用政治，法律等机关，把那压迫的资产阶级完全征服，然后才可望将财产私有等制度废去，将过于不平等的经济状况除去。若是不主张用强力，不主张阶级战争，天天不要国家，政治，法律，天天空想自由组织的社会出现；那班资产阶级仍旧天天站在国家地位，天天利用政治，法律：如此梦想自由，便再过一万年，那被压迫的劳动阶级也没有翻身的机会……”王老师的讲义中，引用了《新青年》第八卷第一号中陈独秀的《谈政治》中一大段。

捧着手中老师推荐的《新青年》，咀嚼着陈独秀先生的文章，李耘生心潮澎湃，思索不已：他想起那次让爷爷大病一场的“验契”灾难，想起老家农人整日面朝黄土背朝天地辛劳也只能勉强生存的日子，甚至，想起那白发苍苍讨饭的老奶奶……

渴求新文化，渴求新思想的年轻人，遇到王翔千这样的老师，如鱼得水。王老师推荐介绍的《社会主义讨论集》《唯物史观》《向导》《新青年》等书刊，除了《新青年》，李耘生有的是耳闻，有的则从未听说。在这些书刊之间，李耘生尤喜欢阅读《新青年》和《向导》周刊。

《向导》周刊的第一任主编是蔡和森，彭述之、瞿秋白都相继任过主编。该刊主要刊载政论文章，集中宣传中国共产党的民主革命纲领，促进国共合作为中心的统一战线策略，批驳敌对宣传和改良主义主张。《向导》周刊大力宣传中国共产党反帝反封建的民主革命纲领，受到广大党员和群众的欢迎，被颂为黑夜沉沉的中国的“一线曙光”，是指导千百万苦难同胞前进的“思想向导”。

而《唯物史观》中的一些基本观点如社会存在与社会意识，社会基本矛盾运动，社会历史发展的总趋势，人民群众是历史的创造者等，十七八岁的青年耘生似懂非懂，但“人民群众是历史的创造者”，这个观点，深得耘生之心。掩上书本，耘生眼前又涌现的是青翠茫茫的田野，是胼手胝足的农人，是上学期自己曾随老师去过的青州缫丝厂，那些隆隆机器前头发、眼眉上都沾着白絮的工人……

正值寻求、摸索救国救民道路的李耘生，不知疲倦地阅读着这些书籍，这些书刊为青年李耘生、刘子久们打开了一扇又一扇通向崭新思想、全新世界的窗口，也为自己一直困惑不解的如贫富不均、军阀混战、政府无能、百姓受难等社会积弊找到了根源。在动荡不安的时局与纷乱繁杂的世相中，耘生竭力吮吸着营养和水分，迅速地成长。

“新剧《先躯血》即将排演，故向全校征集向往先进之思想、有表演才华的同学参加，欢迎有意者于十日下午两节课后到新剧社报名。”学校的布告栏中贴着青州中学新剧社的通告。

去不去？ 你去我就去！ 一群同学你推我搡地在布告栏前说笑议论。

李耘生和刘子久、同班的卜荣华等志同道合的同学去报了名。

《先躯血》的剧本是王翔千老师亲自编写的，讴歌革命先躯为民主赴汤蹈火、流血捐躯在所不辞的崇高精神。李耘生正是被剧本主人翁的这种大无畏精神与气概所吸引，来报了名并第一个试读台词。

“我一个人的生死算得了什么？ 你们等着，你们看着，全天下的百姓也在等着，看着，终有一天你们会作为历史的罪人，被送上断头台的！”李耘生慷慨激昂的声音在礼堂间回荡，台下的同学一片掌声！

王翔千老师双手抬起又往下压了压：同学们，同学们，这出戏，就由李耘生同学担任男主角！

此时的耘生和同学们，对多才多艺的王翔千老师，又多了一份理解。

王老师，原名王鸣球，字翔千，号劬园，中年自号劬髯。山东诸城人，王老师不但国文功底了得，国文课讲得生动，听说还精通德文。王老师来到十中后，深得青年老师和进步学生的拥戴与喜欢。现在又发现，眼睛深凹架着副眼镜的王老师还会编剧本，还会排新戏！

省立十中的剧社在益都（青州）城一演成名，剧社在学校演，省第四师范学校、山东省第一甲种农业学校，甚至连守善中学（英国浸礼会利用培真书院校址建立的教会学校）都有师生来十中观看。

在商会的支持下，王老师还带着剧社在青州城中心搭起了台子，《先躯血》轰动青州城，在社会产生极大的影响。市民议论纷纷：

十中那个戏演得真好！

中国多出这样正直高尚、赴汤蹈火的烈士，我们国家会似这样吗？

也有市民夸赞：那个男学生将来会成大明星的！演得好，扮相也真好！

当时的李耘生，将全身心都投入到戏中，沉浸在剧中的英雄为信仰牺牲无所足惜的壮烈情怀之中。

耘生，将来我们真遇到这样的时刻，当如剧中这样慷慨激昂，你，能做到吗？有同学问。

今日演英雄，明日学英雄！我说到做到！耘生极其认真：

十中剧社的活动得到社会各界的支持与赞赏，师生们革命情绪高涨，耘生和几位爱好文学的同学，在王翔千先生的指导下，连续编演了《母子惨》《乞丐》等新剧，反映底层百姓痛苦生涯，揭露社会不平与弊端。

蔷薇花粉红簇簇攀爬出满目妩媚，银杏树叶如一枚枚心形小扇高擎在头顶。青州冯家花园，捧书站立的，挤坐在石凳上的，二十来个年轻学生你讲他说，好生热闹。

酝酿一阵的青州平民学会，今天正式成立了。

这二十多位学生中间，有十中的李耘生、王元昌、赵文秀等，也有来自省立第四师范学校和省第一甲种农业学校的学生代表，刚成立时第一批会员是二十七人。

成立学会的宗旨，是积极组织会员在进步思想的指引下，参加演讲、组织读书、座谈，并发动会员力量组织文艺演出等社会活动。

我们不是为组织学会而组织，我们的目的是利用我们的知识我们的热情，融合更多的爱国家、求民主的青年人，一起来为我们这个灾难深重的国家做点事情！ 我是省立十中的李殿龙，也叫李耘生。

李耘生的发言得到了大家的赞同。 此时的李殿龙，已越来越多地用李耘生这个名字了。

五四运动以后的民国教育，除了在教学科目设置等方面进行了改革以外，也广为提倡“学校社会化”，在学生民主管理方面，进行了改革取得了进步。 各大中专学校包括似十中这样的中学，开始建立学生会、学生自治会，组织学生参加各种活动，自己管理自己。

青州平民学会，后来成为中国共产党在青州领导学生运动的一个重要组织。

读陈独秀，读李大钊，读鲁迅，除了阅读王翔千老师推荐的这些进步书籍，李耘生还常订阅和购买一些书刊和大家一起学习。 在读书思考和讨论中，同学们表现出对民族生存浓厚的忧患意识，对社会变革的强烈渴望，一些先进的理念与思想，在耘生和他的同学们心田撒下种子，深深地扎根了。

春风化雨，寒来暑往，伴着露水起，和着夜灯读，在青州省立十中几年的学习与读书时光，为李耘生的人生走向，价值观的形成，坚定的共产主义信仰奠定了坚实的思想基础与理论基础。

同时，一份承载着进步知识分子对社会变革强烈愿望的《青州学生联合会会刊》，在王翔千老师的指导下，在李耘生、刘子久、王元昌等同学的认真运作下，散发着油墨香传到了会员手中，作为介绍新思想，新知识，新文化，苏俄革命，探索救国救民之策的阵地，同时也发表学员有关思考感悟的文章，一出来就得到了会员乃至广大学生的欢迎。

风雨如晦的岁月，即使在校园也是不得宁静的。

新学期刚开学不久，同学们就纷纷在传：军阀杀工人了！ 晚自习后，李耘生匆匆跑到王老师的宿舍：老师，我们能做些什么？

王老师神色严峻，拍了拍气喘吁吁的耘生的肩头，坐下，坐下。

党的一大之后，党成立了领导工人运动的中国劳动组合书记部。从1922年1月到1923年2月，掀起了中国工人运动的第一个高潮。在持续十三个月的时间里，全国发生大小罢工一百余次，参加人数达到了三十万以上。 其中，京汉铁路工人大罢工上演了最为壮烈的一幕。

京汉铁路纵贯河北、河南和湖北三省，是连接华北和华中的交通命脉，有重要的经济、政治和军事意义。 京汉铁路的运营收入是军阀吴佩孚军饷的主要来源之一。

1923年2月1日，党领导下的京汉铁路总工会筹备会决定在郑州召开成立大会。 参加大会的代表和各铁路工会代表、汉冶萍总工会代表、武汉三十多个工会的代表，以及北京和武汉等地的学生代表近三百人齐聚郑州。 中共中央对这次大会非常重视，派出了张国焘、陈潭秋、罗章龙、包惠僧、林育南等人出席大会。

2月1日上午，军阀吴佩孚派出人批荷枪实弹的军警在郑州全城戒严，下令禁止召开京汉铁路总工会成立大会。 但是，参加会议的工人代表不顾生死，冲破军警的重重包围，高呼“京汉铁路总工会万岁”“劳动阶级胜利万岁”等口号，在郑州普乐园剧场举行大会，宣布京汉铁路总工会成立。 当天，全副武装的军警严密地包围了会场，强行解散会议，捣毁总工会和郑州分会会所，并武力驱赶代表。

当晚，京汉铁路总工会执委会秘密召开会议，决定将总工会临时总办公处转移到汉口江岸，并决定全路自 2 月 4 日起举行总罢工。

2 月 4 日，京汉铁路两万多工人举行大罢工，一千二百公里的京汉铁路顿时瘫痪。中国共产党领导这次罢工的主要负责人是张国焘、项英、罗章龙、林育南等。京汉铁路工人大罢工引起了帝国主义和反动军阀的恐慌。在帝国主义支持下，吴佩孚调动两万多军警在京汉铁路沿线镇压罢工工人，制造了震惊中外的“二七惨案”。

1923 年 2 月 8 日的《申报》四版刊登《京汉路工潮益烈》专电：京汉铁路之同盟罢工工人组织决死队，因破坏刘家庙附近之轨道数十条、遂与武装之军起冲突。

2 月 7 日的汉口，夜如漆墨，天降大雪，反动军警把京汉铁路总工会江汉分会委员长、共产党员林祥谦绑在江岸车站站台的木桩上，几个手执大砍刀的刽子手虎视眈眈叉着腿立在木桩两旁。

林祥谦，只要你说一声复工！ 林祥谦一声不吭，抬头仰望着落雪的天空。

复不复工？ 林祥谦的头发、衣服都落上了雪花，他依旧仰望纷扬的雪花。

刽子手恶狠狠的一刀砍向林祥谦的左肩，鲜血即刻浸透了林祥谦的半个身子！

复工要听总工会的！ 我头可断、血可流，不答应工人提出的条件，这工坚决不能复！ 林祥谦斩钉截铁。

又是一刀狠狠地砍向林祥谦的右肩！

现在怎么样？ 复不复工！

已成了血人的林祥谦用尽最后的力气怒斥：现在还有什么话可说？ 可怜一个好好的中国，就断送在你们这帮军阀混蛋手中！ 三十一岁的林祥谦血洒汉口江岸！

一场屠杀共产党人与参与罢工进步工人的惨剧，震惊了中国大地——

在武昌，共产党员、武汉工团联合会法律顾问施洋被杀害；在郑州，铁路工会委员长高斌和姜海士、刘文松、王宗培、钱能贵等人遭逮捕，高斌惨遭酷刑壮烈牺牲；信阳分工会委员胡传道面对敌人的残酷迫害，不屈不挠拒不复工，在河南，三百多名铁路工人被开除。彰德、信阳、新乡等处都有工人被杀……

京汉铁路工人大罢工，是中国共产党领导的第一次工人运动高潮的顶点。它进一步显示了中国工人阶级的力量，扩大了共产党在全国人民中的影响。罢工虽然失败了，但是工人的生命和鲜血进一步唤醒了人民，使他们更加清楚地认识到帝国主义和封建军阀是中国人民的敌人。

黑得看不见底的夜啊！

王翔千老师一声不响站在窗前深思。

其实，在二七大罢工之始，王翔千已与李耘生等几个进步同学商量，以学生会之名，在学校组织召开声援铁路工人为改善生活待遇罢工的大会，只是没有想到反动军阀下手如此迅速和残忍。

师生俩相对无言。

良久，王翔千说，我校学生会、青州平民学会带个头，为殉难工人的家属募捐吧，本来就生活境况困窘的工人家庭，这家中的顶梁柱又倒下了，日子怎么过啊！

李耘生一夜没睡，就在王老师宿舍起草了为殉难工人家属募捐的倡议书，经老师审定后，一早送去了学校的油印室。

“同学们，老师们，铁路工人为改善生活待遇而进行罢工，他们有错吗？他们提出的合理要求竟然遭到如此残忍的枪杀，这些双手血淋淋的军阀不应该走上审判台吗？政府难道就不管吗？这个世道还有没有说理的地方啊！

“我们的父兄被无辜枪杀，我们的兄弟姐妹在遭难，我们的弟弟妹妹在忍饥受寒，政府不惩办凶手不顾他们的死活，同学们，伸出你的手，伸出我的手，帮帮他们吧！”

为殉难的工人家属募捐大会就在学校的大操场上开，师生群情激愤，齐声呼喊：

惩办凶手！ 惩办凶手！

打倒军阀！ 打倒军阀！

激愤的声浪在校园内外也在青州古城的上空回荡，学校门外、围墙外站满了路过的行人和附近的市民。

由省立十中发出的捐款倡议，在青州城引起极大的反响。省立师范等其他几所学校直接来十中，找李耘生要了倡议书，回去翻印了在全校大会上宣读，一场为殉难的铁路工人家属募捐的活动，在青州古城轰轰烈烈地开展起来。

4. 真理的辉照

“一个幽灵，共产主义的幽灵，在欧洲游荡。为了对这个幽灵进行神圣的围剿，旧欧洲的一切势力，教皇和沙皇、梅特涅和基佐、法国的激进派和德国的警察，都联合起来了。

有哪一个反对党不被它的当政的敌人骂为共产党呢？又有哪一个反对党不拿共产主义这个罪名去回敬更进步的反对党人和自己的反动敌人呢？”

松林书院的深夜宁静沉寂，一只不知名的鸟儿清脆地叫着，掠过苍柏的树梢，掠过无边的夜色苍穹。西北角那间学生宿舍依旧灯光闪烁。

“共产党人不屑于隐瞒自己的观点和意图。他们公开宣布：他们的目的只有用暴力推翻全部现存的社会制度才能达到。让统治阶级在共产主义革命面前发抖吧。无产者在这个革命中失去的只是锁链。他们获得的将是整个世界。”

“万国劳动者团结起来啊！”（《共产党宣言》序言）

李耘生如饥似渴，夜不能寐。轻抚着手中这本薄薄的小册子，李耘生心潮澎湃，写得太好了！ 清晰、透彻，真是写得太好了！

如果说，近年来阅读的进步书刊让自己接触并接受到新的思想与先进的理念，那么，眼前这本《共产党宣言》犹如耀眼的阳光，一下子照亮了在众多观点和黑暗中寻觅、求索真理的青年耘生。

这本小册子中讲得多清晰啊！

目的："用暴力推翻全部现存的社会制度，让统治阶级在共产主义革命面前发抖。"

方法与路径："万国劳动者团结起来！"

《共产党宣言》发出的召唤，令十八岁的李耘生热血沸腾。《共产党宣言》中所描绘的"我们要废去阶级对抗和阶级所组成的旧式资本家社会，换上各个人都能够自由发达，全体都能够自由发达的协同社会地位"的美好蓝图，比他所希冀的人人能吃饱饭有衣穿的社会理想，更加完善。 这就是马克思主义的目标与精髓啊！

耘生一遍又一遍地阅读，咀嚼，思考。 站在窗前，凝视曙光初现的清晨，不由得又回想起白天的一幕幕。

李耘生同学！ 有人在身后喊。 下午两节课后，李耘生夹着课本往学生会去。

回头一看，是王翔千老师在招呼自己。

李耘生同学，晚饭后到我的宿舍来一下，我的同学从上海来，你不是一直想借本书看的吗？

看着李耘生，王老师微笑着注视着他，又加上了一句：就你一个人来！

此时的李耘生，在学校已是学生运动的积极分子。 在青州的街头巷尾，他经常领着学生演讲，宣传革命救国的道理，句句话语充满激情，通俗易懂，很能打动人心。 在校内他积极参与并牵头的学生会，要求废除旧的教育制度，在撤换昏庸腐败校长的学潮中，他已是积极组织者和发动者之一。 这些校内外的爱国活动，使耘生逐渐成熟走上革命道路。

如此慎重的邀请，李耘生胸中似揣了一个小兔子般“怦怦”跳个不停。晚饭吃了，太阳全部下山了，操场上还有人来来去去。耘生几乎是数着星星一颗一颗，慢慢地出现在了苍穹。

走进松林书院的中院，走过王沂公读书台，李耘生叩响了教师宿舍的西边第一间门。

王先生，我可以进来吗?

请进! 王翔千老师笑吟吟地开了门。王翔千老师书桌前还坐着一位先生，见有人进来站了起来，高高的身材，平头大耳，双眼炯炯有神。

耘生深深鞠了一躬：学生李耘生拜见老师，心中却在思忖着这位身着灰布长袍的先生好生面熟，似乎哪里见过。

王老师拉过李耘生：其实，你们早就认识了。耘生，这就是你与之通过信的王尽美先生啊!

李耘生胸口“怦怦”跳了起来：这就是经王老师介绍，自己一直与之通信的王尽美先生? 这就是那位在多封信中为自己指点当下中国形势，纵横捭阖有理有据，被自己视作人生旅途精神导师的王尽美先生?

王先生，久仰了! 李耘生涨红着面庞伸出了双手。

王先生，其实，在那次演讲大会上，我见过您! 只是隔得太远，围着您的同学太多，我也挤不进去向您问好!

王尽美，中共一大代表、中国共产党早期创始人，工人运动活动家，也是山东党组织的缔造者和早期领导人。1924 年 1 月 30 日，国民党一大会议在广州落下帷幕。参加这次大会的王尽美，即风尘仆仆地赶回了山东。

王尽美回来后，第一件事就是来到青州中学，与好同志、好朋友王翔千了解青州学生运动的情况，也顺便见一见由王翔千推荐，一直与自己通信的那个姓李的学生，有思想觉悟也有着很好文字功底的李耘生：这是个好苗子，是一个政治上相对成熟又有才华的不可多得的年轻人。王翔千在给同乡、同学又是党内同志的王尽美信中这样介绍李耘生的情况。在两个多月的十来封通信中，王尽美感到，这个年轻学生不仅文笔好，且有思想有见解，虽然略显稚嫩但还真是难得，才十八九岁啊！他真想见一见好朋友王翔千的这个得意门生。

果然如王翔千介绍的那样，这个叫作李耘生的学生举止沉着干练，神情儒雅温良，谈吐得体大方，王尽美没想到的是，王翔千的这位高足，容貌也十分俊秀，身材颀长颇有玉树临风之感。

坐下，坐下！王尽美对这位叫做李耘生的学生，很有好感。

你参加了反对曹锟贿选总统的运动？

你带领学生会和平民学会的同学上街游行？

你是在这次运动后加入的社会主义青年团？

李耘生点着头。

面对这位自己仰慕已久的王尽美先生，李耘生在通信中毫无顾忌、洋洋洒洒地铺陈自己的观点，与先生一起深入探讨共产主义理论和中国革命的前途等等。可现在这位先生忽地就坐在了自己面前，年轻的耘生还是略为拘谨的。

曹锟贿选总统算得上是民国期间一项轰动朝野的丑闻了。1923年6月，直系军阀首领曹锟指使其党羽采用各种手段进行“逼宫”，把总统黎元洪逼出北京，为自己上台当总统扫清了道路。但曹锟既想登上总统宝座，又要披上“合法”外衣，于是就以巨款贿赂国会议员，通过选举来攫取总统宝座。9月，在总统选举的预选会上，曹锟以五千元一张选票，到处收买议员，又以四十万元的高价，收买了国会议长，共用去贿赂款一千三百五十余万元。就这样曹锟贿选当上了大总统。史称曹锟为“贿选总统”。

已是民国了，还有这样的事？“好事不出门，坏事传千里。”这贿选之事一经披露，举国皆惊，更成了街头巷尾热议之题，辱骂的哄笑的，发誓要将这个姓曹的赶下台的，举国皆动。

1923年10月，全国掀起了反对曹锟贿选总统的运动，11月14日，在中共济南地方委员会的指导下，济南学生会发起国民大会，主张不承认曹锟政府，打倒国贼梁如浩，严惩“猪仔议员”。青州随即跟上，以十中的学生会为首，在益都城掀起了轰轰烈烈的要求严惩“猪仔议员”“贿选总统”下台的活动，集会，演讲，李耘生以满腔的热忱，积极参加活动，表现出了愿为无产阶级解放事业奋斗终生的决心。

深秋的风拂来阵阵凉意，十月下旬的青州街道已是十分的萧瑟。李耘生心中揣着个疑团出了校门，然后又警觉地环顾四周，发现没有人跟着，即疾步向学校对面的街道走去，王翔千先生的家就在这条离学校不远的街道上。

那日演讲归来，王翔千对李耘生说，放学后，你到我的家中来一下。耘生有点意外，平时若有什么事，王老师都是在教员宿舍里与自己交谈的。

眼前这整洁也简陋的两间房子，是王老师的家了。耘生轻轻地叩响了木门，出来开门的是瘦削的师母，见是耘生，师母温婉一笑：他在里屋等你呢。师母轻轻地为两人倒上两杯水，又轻轻地反手带上了门。

王翔千从办公桌里拿出一张表格：耘生同学，鉴于你近期的表现，经请示组织，决定发展你为青年团团员！王老师站起了身，眼神中是期待，是希望。

耘生掏出钢笔，仔仔细细认认真真在表格上写上了“李耘生”三个字，又将家庭情况逐一进行了填写。介绍人那一栏中空在那里，王老师同样认真地写上了“王翔千”三个字。

李耘生看着老师笑了，老师看着耘生伸出了手，师生的双手握在了一起，紧紧地。加入社会主义青年团，这是他许久以来的愿望，但他没想到来得这样快。李耘生经王翔千介绍，加入了社会主义青年团，成为益都（青州）第一个团员。

入团后，耘生同志工作更加积极主动。他在王翔千、王振千的领导下，积极筹建青州团（益都地区团组织，当时称青州团支部）的组织。1923 年初冬，以省立第十中学的党员和团员为骨干，建立了青州第一个社会主义青年团组织。李耘生任委员长，王元昌任青年委员，赵文秀任组织委员。同时，李耘生还介绍了同学刘子久入了团。

“同学们，不少人说欧洲好，可欧洲好在哪里？欧洲除英国外，纸币没有不跌价的，各国不过如我省一般大小，就四五十万兵，现在德、法、希、土常发起冲突，还说我国财政紊乱，南北不和，来干涉我们，真是妄想！

1923 年 11 月 24 日，李耘生在青州青年团组织的反帝反封建的会议上，以“欧洲好在哪里”作了主题演讲。揭露帝国主义制造借口，诡称中国“财政紊乱，南北不和”，干涉中国内政，以达侵略中国之罪恶目的。

12 月 3 日，十中为“侨日惨死之华侨开追悼会”，师生沉痛悼念惨遭杀害的同胞，愤怒声讨日寇的暴行；同月，赵文秀、王元昌又发起了为北洋政府国会议员郭广恩“铸猪”的活动。益都（青州）劣绅郭广恩，在曹锟贿选时受贿五千元，群众深为痛恨，称之为“猪仔议员”。为了反对参加曹锟贿选的郭广恩，青州学生会讨论，准备给郭广恩铸造一头铁猪（讽刺郭广恩为猪仔议员）并铸上郭广恩的名字，放在城北关大桥头上，以泄民愤。赵文秀、王元昌等还在大街小巷张贴传单，联络各校，召开会议，为这“正大光明为民除害的事”，“一直向前进行，义无反顾”。“铸猪”事虽因县政府阻挠未能实现，却使郭广恩名声扫地。

李耘生为首的团组织还发动十中、四师、甲农三校学生，轮流到各商号清查日货，到车站劝阻农民向日本丝厂售茧；发动学生参加收回胶济铁路运动，维护祖国的尊严和主权。追悼留日被杀华侨等，在益都古城掀起了反帝反封建的浪潮。

王尽美也正是陆续听王翔千的介绍，对这十中的学生会情况、共青团活动情况作了一些详细的了解，才提出要面见李耘生的，当时的耘生并不知道，这是党组织对自己的一次“面试”考察。

那日晚，从王翔千老师宿舍出来，李耘生怀中多了这本小册子，王翔千老师叮嘱：三天，三天后还我！ 一定要保管好，不要给其他人看！

三天后，李耘生将包上了牛皮纸书皮的《共产党宣言》还给了王老师。

全看过了？

全看过了，主要观点记住了？ 耘生笑着点头。 其实，他已经基本背上了，记在心间了。 以至于在若干年后，在宪兵司令部看守所的囚室里，他还能将《共产党宣言》中的经典段落一字不差地默写出来。

《共产党宣言》，在当时列禁书之首。 民国政府对保存和阅读这些进步书刊的，一律加上“危害中华民国”的罪名判刑或是监禁。

王尽美先生的到来，给本就积极寻求中国救亡图存之路，求索真理的李耘生们，带来更为明确的指示与努力的方向。

作为“古九州”之一的青州，相对于其他中小城市，工业还是较为发达的。 民国初期的青州城，已经有了火柴厂、缫丝厂包括土烟制造厂等。 近日来，李耘生带着共青团员们，没有课的时候就往火车站跑，往临淄、张店跑，“与青年工人交朋友，在工人中间传播革命道理，做工人的思想工作，在工人中间发展团员。”是青州共青团组织当下的首要任务。

沿着北关哨寨门至青州火车站那条沙石路，李耘生带着两个进步同学去了火车站。

这青州火车站的建成说来时间并不长，是 1903 年胶济铁路铺至青州，方建成了眼前这火车站。 建成通车后，德国、日本、中国商人也开始在青州火车站附近设立洋行、工厂、仓库等工业贸易公司，一时间，青州火车站周围商贾云集颇为热闹，成为青州又一块城区。

走过人来人往的售票口，穿过那铁皮屋子的调度室，李耘生一路问过去，终来到了铁轨前。

请问陈铁汉师傅在吗？ 李耘生向近处伏在铁轨上拧螺丝的几个工人发问。

你们是？ 那在旁边指点的红脸膛中年男子，擦着一手的油污走了过来。

我们是省立十中的学生，王翔千先生让我们来找您的。

欢迎欢迎！ 你们王老师我认识的，跟我来！

陈师傅将耘生三人让进了车站的调度室，李耘生顺利地与车站工会的负责人陈师傅接上了头。

这儿的铁路工人生活状况怎样？ 二七大罢工后，工人的思想动态如何？ 需要我们为工人做些什么？ 李耘生说明了来意。

我们这儿的现状是工人文化较低、临时工和杂工待遇更低，这些工人身后是老小一大家子，都指望着的。 能提高他们的文化，认识一些字，学一点技术，对他们有实质性的帮助，会加深他们对进步思想的理解，对新思想的认同。 老陈说话很是实在。

在火柴厂，李耘生发现，这儿的工人待遇更差，一排排女工坐在低矮的小凳上，糊一万个火柴盒才两角钱。 时间一长，那些女工大都有腰疾，长时期的弯腰姿势，给其身体造成了诸多隐患。

“有啥办法？ 总要吃饭吧！ 就是我自己不吃，小孩子总要吃饭吧！”面前这位没有丝毫表情的中年女工，说着话手中一刻不停，裁撕着印有美女与兰花图案的火花，再在纸盒上刮上糨糊，再用手抚平抚实，一刻不停……

王翔千老师在青州社会主义青年团成立的大会上也曾说过，青年学生一定要多与工人交朋友，与农民交朋友，他们的身上，有许多需要知识分子学习的优点。

王尽美老师不止一次地和李耘生交流：在书斋里完不成的事情，

要依靠广大劳苦大众，只有将自己书本上学习的知识，得到的理论与社会的民众疾苦相联系相融合，我们的事业才有明确的方向，才能得到有力的支持。

在火车站，在火柴厂，在缫丝厂，还有土烟厂，李耘生、赵文秀、王元昌等团员，通过交流座谈，将自己学到的革命道理传播到工人中去，并以短期夜校的形式，组织工人学习，得到工人们的欢迎。

那位火车站的陈师傅与李耘生说：工人都渴望多学点文化，谁甘心一辈子就这样任人摆弄，过看不见光亮的生活呢！ 当时的李耘生没有料到，这位耿直爽朗的陈师傅，竟然与自己在革命生涯中多次交集，最后一起将满腔热血洒在南京雨花台的黎明。

1923 年底的青州共青团组织，十中、第四师范学校、第一甲种农业学校三校，还轮流至各商号清查日货，去车站劝说农民不交售蚕茧给日本人办的丝厂，发动学生参加收回铁路运动等等，广大青年学生忧国忧民的精神，在青州产生了巨大的社会影响。

离毕业还有不到半年的时间了，李耘生对自己的人生走向，已有了坚定的设计，不管是做什么工作，为这个国家、为受苦受难的百姓做事的理念不变，尽全力为推翻这个黑暗的社会，让全体民众走向光明之路，造福于中华的信仰不变。

一封来自于济南的信，令他提前走上了为自己设计的革命之路。

那日清晨，天冷得清冽，朝霞早早地将东方染得红艳艳的，穿着长袍和那双无跟黑皮鞋的李耘生，在操场边走步背书，王翔千老师隔着操场喊住了他。

李耘生，你的信。 耘生看着操场对面的王翔千老师，自己在中学阶段的引路人导航者，疾步迎了上去。 李耘生过了若干年在牢狱中仍然记得这个有着红艳艳彩霞的清晨，从翔千老师手中接过落款“内详”盖着济南邮戳的信封，看着“内详”那两个似曾熟悉的笔迹，李耘生看了看自己信任的老师，王老师抬了抬下巴笑着示意他拆下来看。

果然是王尽美先生！ 出于安全和保密的需要，自由王翔千老师介绍，与王尽美先生通信以来，来信都是寄到翔千老师的家中，再转到耘生手中的。

耘生看完了王尽美先生简短的来信，信任地将信纸递到了王翔千的手中，依赖地看着一直教导和指引了自己一年多的老师。

王翔千看了信，将信纸折了起来，慎重地塞回了信封：殿龙，王尽美先生邀请你去济南，负责共青团的工作，你自己的想法是？

我去！ 李耘生毫不犹豫。

要不要征求你父亲的意见？

我回家和爷爷、父亲禀明，无论他们什么意见，我的主意不会变。李耘生脸色红扑扑的，为王尽美先生的邀请，为组织上对自己的信任。

隔了好多年，李耘生依旧记得这个改变了自己命运的清晨，记得那个清晨的清冽，呵出来的气是白团团的，记得那个清晨朝霞很好看，将东方半边天映得油画一般。 他还记得自己去了学校的中院，去向那四株苍柏作别。

三年多的十中学习与生活，多少次自己在这树间踱步思索，苍柏不问寒暑的遒劲，凌霄花执着的火红热烈，无一不给他启迪；他又去了王沂公读书台，这位贤相清廉正直的品格，是这块土地这座校园的地标，更是青年耘生做人行事的楷模与指南。

李耘生不舍的，还有王翔千老师，这位亦父亦兄才华横溢的老师，无论是做人还是行文，都给了自己莫大的指导与帮助，尤其是在理想与信念的铸就上，如果没有遇到王翔千老师，自己寻找真理的路径会不会有偏差？ 会不会受阻碍？ 会不会绕一些弯路？

呜——！ 汽笛鸣响着扯起团团白烟，火车向着济南方向开去。

青州至济南一百多公里，坐上火车，听着“哐哐哐”的火车与铁轨的撞击声，李耘生不期然总是想起爷爷，想起儿时跟在爷爷屁股后面，爷爷一直向往的：要是哪日能坐着火车出去看看那多好啊！ 爷爷，你带我去吧！ 去哪儿呢？ 去济南！ 济南有趵突泉，济南有许多许多的大楼房！ 儿时的小殿龙听着爷爷吸着土烟常发出的感叹，就觉得坐上火车是件了不得的事儿，那可是有钱人才坐得起的，西李村也就是私塾李先生和那个有钱的李德顺家才坐过火车吧！ 济南更是遥不可及的地方。 爷爷抚摸着小殿龙的头：我孙子好好读书，将来出息了，带上爷爷一起坐火车，去济南玩玩！

1924 年春，李耘生奉命调去济南团地委工作，从此，走进了职业革命者的生涯。

济南，济南！ 站在济南火车站，李耘生目光停留在眼前日耳曼建筑风格的火车站上，这是由德国著名建筑师赫尔曼菲舍尔设计的一座典型的德式建筑，于 1904 年建成。 高大的钟楼，罗马式的圆顶，墙面上装饰着四个圆形的大钟，“当当”的钟声在济南上空悠长地回荡。这就是被誉为“远东第一站”的济南火车站了。

火车站广场上人来人往熙熙攘攘，身穿长袍的，身着短衫的，大多是身着黑色棉衣棉裤的，还有些穿着洋装大衣高鼻子黄头发的外国人，人流和独轮车、马车一起在中西合璧的楼房与电线杆中穿行。

尽管青州离济南不算远，但李耘生还是第一次来到这位于胶济铁路和津清铁路交汇处，有着丰厚的历史底蕴，市景繁华的名城济南，在爷爷口中、在私塾先生处，包括在青州十中听同学们说起的大城市。

鸦片战争后，西方列强凭借不平等条约强迫中国开放国门，1904 年济南被迫开辟商埠，准备洋商并华商于划定界内租地贸易，在以后的几年中，又不停地拓展商埠。 商埠的开辟，一方面内政、司法等事务均被洋商和华商自组的商埠局管理，外国人在此享有治外法权，济南由此沦入半殖民地半封建的深渊；另一方面济南西部得到迅速发展，使济南在民国初年成为国内重要的商业城市，远近闻名。

此生要能去济南看一看，我也就心满意足了！ 坐在自家小院子里磕着烟袋的爷爷，在阳光下眯着眼睛向远方眺望，这也是西李村多少村民的向往。

现在，耘生来到了以前挂在爷爷口中、乡邻们心中向往的大城市济南。

商埠公园（后改为中山公园）的热闹、泺源门外瓮城城楼的伟岸、估衣市街的繁华，大明湖、趵突泉的传说和优美，这些，第一次来济南的李耘生早就听说，但是使命在身经过了也无暇观看，只是按照王尽美先生留下的地址，尽快地赶到目的地。

“笃——笃——笃！”按照约定，李耘生敲了眼前这小房子的门，无动静，又是一长两短三下敲门声。

小李！ 门一开，风尘仆仆的李耘生出现在王尽美的面前。

快！ 快进来！ 王尽美没想到李耘生在接到自己信的第三天，就赶了过来。

此时，正值孙中山先生在中国共产党和共产国际的帮助下，积极改组国民党并即将召开国民党第一次全国代表大会，而王尽美也要赶去广州参加。

您参加国民党代表大会？ 李耘生不解。

王尽美笑了：殿龙，我还有一个身份，就是国民党山东临时省党部执行委员，这也是我们中共三大以后，提出的“中国共产党与中国国民党合作”，在坚持我们共产党在政治、组织独立性的前提下，共产党员和共青团员可以以个人身份加入国民党来进行合作。

处于当时中国革命发展的形势，中国共产党三大《关于国民运动及国民党问题的决议案》指出：“中国现有的党，只有国民党比较是一个国民革命的党。”“我们必须努力扩大国民党的组织于全中国，使全中国的革命分子集中于国民党。”党的三届一中全会要求：“凡国民党有组织的地方，我党党员、团员一并加入，凡国民党无组织的地方，我党为之建立。”山东的党、团组织认真贯彻了党中央的决议和要求。

知道我为什么很着急地要调你来吗？ 王尽美开门见山，李耘生摇摇头看着王先生。

济南的党、团组织都有着很好的基础，但就在不久前，由于中共中央特派员、济南地委第一组组长吴容沧出了点问题。因党内活动经费奇缺，基本的活动经费乃至生活保障都面临困难，吴容沧来济南之前也是北大的学生党员，有着些许的书生气，竟然拿着一份宣传共产主义的传单，去通惠银行募集党内活动经费：我们组织活动“需要一千块大洋”！ 我们先向你们借，以后有钱会还给你们的。

这个说着一口京片子的年轻人莫不是来敲诈的?！ 接待的襄理立即报警，吴容沧被银行误当作敲诈犯而被捕。

党组织获悉吴容沧被捕大吃一惊！ 且吴容沧进去以后情况不明，为安全起见，大部分党、团员被迫疏散离开济南，党团工作基本处于停顿状态。 调李耘生来济南，也是从多方面来考虑，包括吴容沧不认识李耘生等诸多因素。

李耘生欲掏出笔来记，王尽美摆了摆手说，记在心里。

我这里还有一份组织分布与党、团员名单，便于你联络，你一定要保管好，是对组织负责、对同志负责，也是对你自己负责。

李耘生按照王尽美的要求，日以继夜地投入了共青团组织的恢复与老团员的联络工作。 济南的团组织也常在文件与信函上见到“李耘生”的署名或是签字,字迹潇洒而奔放。

从广州参加会议返回济南的王尽美，对李耘生的工作非常满意。

那日晚，王尽美留下了李耘生：我们一起吃个晚饭吧。 两碗面条，一碟花生米一碟萝卜干，师生二人吃得津津有味。 在李耘生的心中，王尽美尽管是党内的领导，是自己的导师，年长七八岁的王尽美于十九岁的李耘生，有着长兄的感觉。

晚饭后，回到王尽美不大的住处，王尽美关上了门。

李耘生同志，我愿意介绍你加入中国共产党！ 王尽美这一轻轻却又严肃的话语令李耘生心头一震。

如果说，那次由王翔千老师介绍加入社会主义青年团，自己心中十分激动，那么这次，就是万般震动了。

多少次，耘生在心底向往，向往有那么一日，自己能成为中国共产党这先进组织的一分子；多少回，耘生在活动时看着王翔千老师、王尽美的政治家风度与坚定果敢，心中认定这就是自己人生的坐标与榜样！

尽管自己向王翔千老师谈过自己加入党组织的渴望，但是，自己的贡献不大，才到济南时间不长，做的工作在耘生看来，真的还不多。

我，够条件吗？ 抑制住心跳李耘生开了口。

王尽美伸出了双手：耘生同志！

一声同志令李耘生心潮澎湃：请相信我，王先生！ 我会做一个坚定的共产党员的！ 我决不会辜负组织的信任，请相信我！ 李耘生重复着自己的话语。

在以后的岁月中，共产党员李耘生不止一次想到建在松林书院的青州十中，想到那清奇苍劲、蓊郁蓬勃、攀满火红凌霄花虽枯犹华的柏树，想到在自己人生观形成的青年时光，给予自己无尽帮助与指点的导航人老师王翔千、王尽美。 更想到自己在那个月色如水的夜晚，在王尽美老师租住的小房子里自己发自心底的誓言：我会做一个坚定的共产党员的！ 我决不会辜负组织的信任，请相信我！ ……

今日，坐在宪兵司令部看守所囚室，遍体鳞伤的李耘生，回顾自己走过的每一步，心中欣慰：我做到了！ 我没有辜负组织的信任！ 透过那一扇用来出气的小铁窗，苍穹乌云堆垒，月光在云层边蜿蜒若江水。江水、江水，隔着铁窗向南仰望的李耘生，思绪落在了黄浦江上，那是自己生平第一次来到上海，第一次看到江水……

第三章
以天下兴亡为己任

黄浦江水翻卷着浊黄的浪花，插着五颜六色外国旗的许多轮船停泊在江面上，没有一艘是中国的轮船。一群黄头发的水手一手举着汽水瓶，一手挽着穿着旗袍的中国女子直向李耘生撞来。第一次来到上海的二十岁的李耘生胸中怒火燃烧，江中轮船上的汽笛声声扬起，在李耘生听来都是“中国人在哪里”。

1925 年 1 月 26 日到 30 日，作为一名年轻的共产党员，济南青年团地委的委员、秘书（青年团的三大前，负责人称“秘书”），优秀的团代表，李耘生第一次来到了上海，参加第三次中国社会主义青年团代表大会。这次大会有表决权的代表共十八人，李耘生是其中之一。能跻身这样优秀的青年团代表队伍，与李耘生在济南出色的青年运动工作是分不开的。

1. 起来，全世界受苦的人

起来，饥寒交迫的奴隶
起来，全世界受苦的人
满腔的热血已经沸腾，要为真理而斗争。
旧世界打个落花流水，奴隶们起来，起来
不要说我们一无所有，我们要做天下主人……

激昂的《国际歌》从津浦大厂附近大槐树街边的那两间小房子飘出，在1925年济南城的夜空上久久飘荡。

是李老师、王老师在补习学校教新歌了！快去，快去！一群刚下班的工友急匆匆地向小屋奔去。

加入了中国共产党的李耘生，在王尽美的直接领导下，积极为建立党的民主联合战线而废寝忘食、四处奔走，一方面深入至工厂、商会联系发动，一方面仍与青州中学的王翔千、刘子久保持密切联系，了解和关心母校及青州的党、团工作。

耘生特别注意在工人中发展团的组织。他任职不久，就与济南团地委的其他委员分别深入到津浦大厂、济南火车站、鲁东纱厂等，深入到青年工人中去，了解情况，传播新思想。为提高青年工人的思想觉悟，还积极创办工人业余夜校，引导他们走上革命的道路。

津浦大厂，李耘生将自己的第一站确定在了津浦大厂，在济南，谁不知道这座由德国人建起的机器大厂呢。

李耘生看着眼前这处处体现出德国建筑特点，砖石结构的厂房，整幢楼是屋顶为半木构架，底层外墙用的蘑菇石饰面，一层二层之间有一条腰线，一屋四坡顶，有阁楼。而这座楼在门廊、房顶结构、门窗及彩色玻璃等细部装饰上非常讲究，整体对称式的设计又具有中国建筑元素，建筑风格堪称中西合璧，在泉城济南，只要提起津浦大厂很多人都知道。

“济南的产业概况，以济南津浦大厂为最大。工人们的生活最苦，每天工作时间在十四至十六小时。工人每月工资最低者只有几元，就地而食，就地而卧，一年无节假，一切死伤疾病都听天由命，工人血汗尽被榨取。”（《山东革命历史档案资料选编》）

经过一番走访调查，李耘生将在工人中间发展团员的重点，首先选在了这个济南规模最大，而工人待遇很低的铁路大工厂。为深入至青年工人中去了解情况，传播新思想，提高工人的思想觉悟，李耘生开始了工人夜校的筹备。

此时，党的活动经费十分拮据，济南地委负责人吴容沧就是因为四处筹措经费而不慎被捕的。作为团地委的负责人，李耘生一个月也只有九元的生活费，组织上拿不出更多的钱举办工人实习学校。怎么办？李耘生在团地委的支持下，在津浦大厂大槐树街附近租了两间小屋，安上几张条桌，工人补习夜校正式开始了。

在青州时有着在工人中间开展活动的经验，李耘生与津浦大厂的青年工人沟通毫无障碍：要改变我们自己的命运吗？唯有多懂得知识；不认识字吗？好，那我们就从读《千字课》开始；不会记账吗？那好，明天我来教大家一些简单的加减法。这些都不难，只要我们认真地学。

几日下来，来补习学校的人数从最初的五六个人已到二十多人，小屋子挤得满满当当的。青年工人对这位年纪很轻且眉清目秀的李先生很是佩服也很信任：李先生不要我们一分钱来教我们识字、读书，到哪里找这样的好事！

每日放工，这些工人就赶到这两间小房子来，听李耘生教认字。第一课就五个字：我是中国人！

那日上课结束，那个虎头虎脑看上去也就十八九岁的王虎，走到李耘生前恭恭敬敬地鞠了个躬：李先生，谢谢你！ 我家祖辈都不识字，我没有想到遇上您这么一个贵人、好人，我现在会写自己的名字了，我知道记账了！

谢谢李先生！ 一群工人跟了上来。 工人们朴实的感谢令李耘生心中暖暖的。

李耘生还经常与这些青年工人们谈心。

这世界上人与人是平等的，但为什么有的穷有的富？

为什么农村的人种地要向别人交租子？ 为什么地主老财冬天焐暖炉夏天摇蒲扇十指不沾泥和水？

为什么工厂里一天到晚累死累活十几个小时，就拿这么几个角子，生病都生不起？

“泥瓦匠住草房，种粮的吃米糠，纺织娘没衣裳，编席的睡光坑……”李耘生教的歌谣工人们一下子就上了口，这都是他们生活的真实写照。

教工人们唱歌是李耘生一直的想法，但自己歌唱得一般，他想到了地委青年团的王辨。

济南团地委主要成员的第一次会议，坐在李耘生对面的一位圆脸短发、音色清亮的姑娘引起了他的注意，姑娘叫王辨，发言很是积极，思考问题也很全面。 王辨的面容耘生似乎在哪见过，但想来想去，也还真是第一次见面。

似乎觉察到李耘生的注视，会后，王辨走到了李耘生面前伸出了右手：李耘生，我知道你。

面对着落落大方微笑的姑娘，李耘生一时有点发窘。

我的父亲是王翔千。 姑娘的手仍伸着。

哎呀！ 你是王老师的女儿！ 李耘生热情地将双手握了上去。 怪不得自己看着这女同志面熟，说破了，那略凹的眼窝那挺直的鼻梁还有那尖尖的下巴，和王老师真是如出一辙。

当时从事地下工作的同志，彼此并不多交谈自己家中的事情。 与王翔千老师相处一年多，只知道王老师的弟弟王振千，知道王老师的老母亲，还真的不知道王老师有一个成年的女儿在济南女子师范读书，现在和自己是一个战壕的同志。

李耘生即和王辨商量，在不影响她在齐鲁铁工厂做工人工作的时候，来教教津浦大厂夜校的工人们唱歌，王辨立即答应。

从《国际歌》学到《马赛曲》，每次学歌，都由耘生先讲歌词的意思，再由王辨来教唱，青年工人们学习唱歌的积极性很高，走进走出都哼着新学的歌儿，好在那时的津浦大厂由德国人管理，对工人上夜校实习、唱歌什么的也并不多在意。

隔了一段时间，李耘生对来参加学习的青年工人，根据他们现有文化程度的高低，采取不同的教学方法，传教不同的学习内容："识字者，则教他们看一点通讯，学习《平民之友》《青年工人》《苦力》《工人周刊》等；不识字者，则教识字，读《千字课》；有的机器工人常用得着算术，也教他们一点。"这所学校"设备虽不全，收效尚不小"，深受工人们的欢迎。（摘自《山东革命历史档案资料选编》第一辑《济南地委关于青年工作的报告》。）

至1924年底，李耘生领导的济南团地委在济南金启泰机器厂、齐鲁铁工厂、津浦大厂中发展了不少团员，并在兴顺福铁工厂、济南车站建立起了团的支部。

1925年春，经中共山东地方执行委员会批准，在中大槐树北街程炳忠家，中共津浦铁路济南大槐树机厂党支部正式成立，已有十六名党员，这是山东省第一个企业党支部和第一个产业工会的诞生地，因此大槐树机厂也被冠以"红色大厂"的美誉。

1924年8月，李耘生被社会主义青年团济南地方全体大会选举为济南团的地委秘书，担负起济南青年运动的领导工作。

秋日旷远，丘陵、山坡、片片金色的田野，在车窗外在火车哐当哐当的声音中从眼前一一掠过。 一晃，竟来济南八个多月了。

坐在济南去青州的火车上，凝视着窗外的风景，李耘生想起自己刚到济南为寻找王尽美先生，绕了大半个济南城才找到王先生的租住屋，想起第一次看到济南火车站和那大钟楼的新奇与感慨，想到在津浦大厂附近办起的工人补习夜校第一次为青年工人上课的情景，还想到那次在省立一中邂逅同样钦佩王翔千老师的张云翼……

青年工人与青年学生是青年团开展工作的重点。在济南的工厂打开一定局面的同时，济南团地委在省立一中、工专、正谊中学、济美中学等学校的工作也卓有成效。这些学校都建立了新书报介绍处和讲演部，并以读书会的名义组织学生学习和讨论。

省立一中是山东省最早的公立中学，是 1914 年由山东公学、济南官立中学堂、公励中小学三所学校合并，改名为山东省立第一中学。这是一座有着较好反帝反封建基础的中学，

1919 年五四运动爆发，省立一中的学生和全市各学校的学生积极投身反帝反封建的洪流之中，反对帝国主义的侵略和军阀政府的卖国罪行，强烈要求收回山东主权，坚决拒绝在“巴黎和约”上签字，学生上街宣传，反对卖国政府的行径。

1919 年底，省立一中的学生在大明湖东岸大舞台剧院演出《惩办卖国贼》反帝爱国话剧，但这次演出却遭到反动军警的破坏，学生会负责人李玉墀（李金阶）被打伤，桌凳、道具被砸坏，并驱散了观众，勒令停演。军警与学生发生了冲突。反动军警的这一暴行，引起了学生和社会各界爱国人士的极大愤慨。在社会舆论的压力下，反动当局不得不赔礼道歉，并拿出三千元赔偿损失。

五四运动后，省立一中以邓恩铭为代表的一批进步学生，积极宣传新思潮，传播马克思主义，他和一师的学生王尽美等，于 1920 年 11 月发起成立了“励新学会”，并创办了《励新》半月刊，传播进步思想，努力探求救国救民之路。这是山东省最早宣传马克思主义的刊物。

1921 年初，省立一中学生邓恩铭、教师王翔千和省立一师学生王

尽美等人经过积极努力，在北京和上海共产主义小组的帮助下，济南共产主义小组在励新学会的基础上秘密诞生，成员还有王克捷、王志坚、王象午、赵震寰、李祚舟等人，济南共产主义小组是中国共产党山东党组织的发端。

1921年7月，邓恩铭和王尽美作为济南共产主义小组的代表，出席了在上海召开的中国共产党第一次全国代表大会。邓恩铭成为中国共产党的创始人之一，后来成为了职业革命家。

这样的学校理所当然是济南团地委工作的重点，在经过几日对一中的走访调查，李耘生和同志们感到，大部分青年学子来自于中产阶级、家庭境况还可以的农家子弟，对当下的时事与局势，都有着一定的思考，对动辄高压、不称职的政府很有自己的想法，而埋头读死书、没有政治观念的学生只是少数，在这样一个相对进步的学生群体中，大力发展青年团员是当下团工作的必需。

那日，在省立一中参加读书会，一位张姓青年老师很认真地回顾自己在一中的读书与从教经历：这是一所有着光荣传统的学校，这又是一座有着真才实学的老师的学府。作为一中曾经的学生，现在又进了一中做老师，我感到自豪，我决不会辜负我的老师王翔千先生、王尽美先生，秉持服从真理、服务大众的宗旨，做一个配得上一中的教员！

从眼前这位青年教员口中，听到对自己起着同样重大影响两位恩师的名字，李耘生顿感亲切又激动：做一个服从真理、服务民众的教员，是个多么好的职业理想啊。

会后，耘生喊住了张姓教员：你讲得太好了！你提到的两位王老师也是我的恩师啊！两位青年的手紧紧地握在了一起。我叫张云翼。

在张云翼的陪同下，李耘生绕着一中走了走。

如果说，省立十中（青州中学）的规模和校园，曾经令从刘集振华高小去的少年耘生感到歆羡和震动的话，这位于风景秀丽的大明湖畔的省立一中的规模，比十中大得多。木槿花繁茂出一片火红，荷塘中的荷虽已略略枯败，但枝叶依旧亭亭，秋色中风姿绰约。

走过教室、走过礼堂、走过图书馆，还有那掩在门洞里的学生宿舍。走在校园中，耘生总是没来由的亲切，他不止一次地想：如若，如若是太平盛世，最适合我的，是不是还是该去做一名教师！

喏，李先生请看那个“鸟笼子”！那就是省议会。张云翼指着西边那座酷似鸟笼子的建筑。

省议会原为前清省咨议局，仿照美国议会大厦建造，议会大厅上圆下方，周圈玻璃钢窗，因而有“鸟笼子”之称。辛亥革命时“鸟笼子”曾是山东反清独立的大本营，民国以来更成为各派政治势力角逐的大舞台。当时山东省议会分为国民党与进步党两大派系，两派势力不相上下，故而经常吵吵闹闹，甚至大打出手。每当“鸟笼子”里大吵大闹之时，一中的学生便纷纷跑去西邻看热闹。里边议员吵闹不休，外边学生叫喊起哄，市民围观，行人驻足，一时热闹非凡。

听着张云翼的介绍，看着状若鸟笼子的尖顶建筑，李耘生也笑了起来：这就是乱世乱象！两人说着笑着。

省立一中近邻，贡院墙根的山东省教育会，门口挂着“马克思学说研究会”的牌子。在当时的济南，马克思学说研究会是个公开的组织，会址设在此地，每位会员还发一枚圆形瓷质徽章，上面有马克思的像。

这个研究会，为山东的马克思学说广为传播起了重要的作用，后来被军阀视为眼中钉、肉中刺。军阀头子张宗昌曾气急败坏地喊：娘的！那就是个播种机，把外国大胡子的鬼话种到我的地盘上了！

那日，云翼与耘生说着介绍着，一直将耘生送出校门，送过贡院，一直送至校园西边的鹊华桥上。

相见恨晚的两人成了好朋友，张云翼也成了济南团地委在省立一中的得力助手。

故土难离，母校难舍。当隔了八个月又一次站在青州中学的门前，看爬山虎攀援的葱郁绿意，看凌霄花与绿苍柏缠绵出一派火红，耘生心中不由得慨叹：离开的时候是年初，现在竟然已是深秋。

这不是李耘生吗？ 远处的同学惊奇。

长衫一袭、手中拿着一只大怀表的俊秀书生走近了，微微地笑着，走近了！ 这不是李耘生是谁！

真的是李耘生哎！ 耘生兄回来喽！ 校园中的学弟与师长见着归来的耘生，自是一番亲热。

为大力开展团的工作，1924 年的秋冬，李耘生不停地来往于济南、青州之间。 深入母校青州十中，组织党团员进行革命理论方面的学习，帮助和指导青州地区团的工作。

李耘生在青州与济南来来回回，基本上是住在离十中不远的王翔千老师的家里，此时王翔千已离开青州，同是中共党员的弟弟王振千，在青州中学任美术老师，接上了哥哥王翔千组织学生运动的担子，他的老母亲也住在这里。

青年团的工作此时在青州的学校更加活跃，青州十中尤为突出。在操场上成群结队的学生唱着《国际歌》《马赛曲》，《向导》《中国青年》等进步刊物在学校也放在了书架上可以公开传阅，政治氛围相当浓厚。

“同胞们！ 帝国主义者的目的在搜刮吾国之财富，这是使我国贫弱的唯一原因；军阀之能事只在打仗争地盘，他们是使我国混乱的唯一原因。 而助成军阀之战乱者又是外国帝国主义！ 数年以来，忧国之士以为今日救国莫急于振兴实业与发展教育。 然在帝国主义使我国战乱纷扰的高压之下，我国何能有自立之实业？ 在军阀使我国战乱的纷扰之下，又何能有教育之可言？！ ……”

济南商埠公园，人头攒动。 公园中央的台子上，一位身材颀长、方面大耳的近三十岁的男子正在演讲。

这演讲的是谁？ 讲得真好！ 几个年轻人交头接耳。

分析得甚为透彻，甚为透彻！一位长袍马褂老学究模样的老者扶着吊在鼻梁上的老花镜频频点头。

1924年9月7日，济南商埠公园有三十余个团体近七百人参加，由济南党、团地委组织的山东反帝大同盟会议正在此召开。

这个大会的召开得追溯到四个月前。《中俄解决悬案大纲协定》废除了沙皇政府时期强加给中国人民的不平等条约，这件事情给予中国人民反对帝国主义、废除不平等条约的信心和勇气。一场以废除不平等条约为中心的大规模反帝活动在全国展开。

中共济南地委、青年团地委接到党中央和团中央关于“九七”也就是辛丑条约签定日开展运动的指示后，积极组织，联络各界召开国民大会，并在8月24日正式成立了山东反帝国主义大同盟，得到各界的积极响应。

今天，在这个大会上，王尽美先生正在进行演讲。这个反帝国主义大同盟的宣言，是王尽美亲自撰稿的，对中国现状透彻的阐述，对当下局势精辟的分析，加之王尽美先生深厚的文学功底，稳重又到位的表达，整个演讲赢得雷鸣般的掌声，李耘生从心底佩服：写得好，讲得好！

“反帝国主义是我们当前必须做的工作！我们唯望爱国的同胞们都参加此次活动，一致与我们向帝国主义战斗！盖今日之势，不奋斗求解放，只有投降帝国主义为永世之奴隶，二者将何所择，唯在我国国民之自决！”李耘生继王尽美演讲后，也代表团地委登台激情演讲。

台下的人看着这位容貌俊朗、书生模样的年轻人也是滔滔不绝，深为感叹：这共产党真是能人多啊！这小青年也就二十来岁吧，也讲得这样好！

反对帝国主义！

我们不愿做奴隶！

中国是中国人的！

王辨清亮的嗓音在会场响起，引起了全场人的共鸣：

反对帝国主义！ 我们不愿做奴隶！ 中国是中国人的！

六七百人的声音在商埠公园，在济南秋日的上空久久回荡。

1924 年 11 月，孙中山应冯玉祥电邀北上之际，发起了召开国民会议和废除不平等条约的人民运动。 山东人民在中国共产党的领导下立即响应，并发起组织了群众团体“国民会议促成会”。 济南团组织积极配合这一群众运动，李耘生连夜起草文章，赶写宣传品，并带领青年团员们将宣传口号散发到津浦大厂、金启泰机器厂、齐鲁铁工厂、兴顺福铁工厂、济南车站等建立团支部的点中去。

眼看新的一年又要到了，爷爷让李集祺写了两封信，让李耘生回去看看：爷爷老了，想孙子了！ 有空回来看看吧！ 你马上二十岁了，也该回家，有好几家找了媒人上门说亲来呢！

可李耘生忙不过来，真是忙得顾不上回去。 只得修书一封：爷爷、父亲，请恕殿龙不孝，近日实在太忙，忙过这一阵，当归家向爷爷、父亲请安，问娘及全家好！ 望谅望谅！ 殿龙上。

新年的第一天也就是元旦，山东省议会即将召开市民大会，这是个宣传发动广大市民，在广大民众之间，进一步掀起反帝反封建高潮，唤醒民众觉悟，促进国民革命高潮的到来，非常重要。

快！ 快！ 大家手中的活儿都放一放，都先吃点好不好？ 王辨抱着一大摞热乎乎的煎饼与大葱，冲了进来。

哎！ 李耘生，就你还埋头写着！ 王辨冲上去夺下了耘生手中的笔：先吃点垫垫啊！ 李耘生感激地笑着，接过了王辨递过来的煎饼和开水。 对这位始终似姐姐一样照顾着自己的王辨，耘生感到家人般的温暖。 在与王翔千老师一家先后的相处中，李耘生深深感受到什么是学识，什么是教养，什么是为他人着想，还有一份浓浓的亲情。

这些天来，李耘生夜以继日起草文章，赶写宣传品，团地委王辨等几位年轻人，刻钢板，印制传单忙得不亦乐乎。

在济南议会召开的市民大会上，以“社会科学研究会”“马克思主义研究会”名义散发的《李（李卜克内西）列（列宁）纪念周告各界人民》《列宁与被压迫的民族》《李（李卜克内西）卢（卢森堡）与青年工人》等传单，都是李耘生亲笔拟稿和审定的，并亲自组织并参与了散发活动，

这些传单在1925年元旦的济南城天空飘舞飞扬，在济南十来万人手中争相传阅：写得太好了！

这些道理就适合我们现在的社会和国家！

我们劳动者就得团结起来！ 命运只有靠我们自己去改变！ 拿着传单的人们纷纷议论。

“起来，饥寒交迫的奴隶，起来，全世界受苦的人，满腔的热血已经沸腾。 要为真理而斗争！ ……”散会时，津浦大厂、金启泰机器厂、齐鲁铁工厂的青年工人以及省立中学的学生们，唱起了《国际歌》，分散在群众中的团员以及许多工人和青年学生都应和了上去，歌声在新年的第一天，也在众多济南市民的心中久久回响。

尽管由于五四新文化运动的影响，那几年民国政府表面上还是允许多种理论并存，但这次市民大会传单发放的影响，尤其是《国际歌》明目张胆地大规模传唱，还是令当时的山东省政府和议会大为震惊：这苗头不对，很有问题！ 共产党操纵了这次会议！ 下次再召集这样的会议，可要严格加以防范！

2. 中国人的血不能白流！

中国社会主义青年团第三次全国代表大会1925年1月26日至30日在上海召开。 出席会议有表决权的代表十八人，代表全国二千四百多名团员。 大会接受了中国共产党第四次全国代表大会对青年运动决议案的精神，通过了大会宣言和《经济斗争决议案》《一般被压迫青年运动的决议案》《宣传及煽动决议案》《反对帝国主义战争与军阀战争决议案》《本团教育及训练决议案》《反对基督教运动决议案》等十一个决议案。 作为济南团地方执行委员会的代表，二十岁的李耘生代表济

南团地委参加了这次大会。

大会强调青年群众要从经济斗争走向政治斗争。在《一般被压迫青年运动的决议案》中指出:“中国 C.Y（青年团）的工作，并不仅限于领导产业青年工人的经济奋斗，及做共产主义的宣传，并应在一般的被压迫的青年中，有宣传和组织的活动。”大会最重要的一项决定，就是把中国社会主义青年团改为中国共产主义青年团，并提出青年团的无产阶级化、群众化、青年化的问题。这次大会还通过了中国社会主义青年团第二次修正章程。把入团的最高年龄从二十八岁降到二十五岁，规定十四岁以上二十五岁以下的青年才能入团。

大会还选举了张太雷、任弼时、恽代英，贺昌、刘尔崧、张秋人等九人为团中央执行委员，张伯简等五人为候补中委。在团三届一中全会上张太雷当选为总书记，任弼时任组织部主任，恽代英任宣传部主任，贺昌任工农部主任。这次大会为动员广大团员积极投身第一次大革命斗争做了政治上和组织上的准备。

作为十八名之一有表决权的代表，李耘生第一次参加如此重要的全国性青年团会议，他非常珍惜这次机会。大会发了材料，他的笔记本上也记得满满当当。

会议一结束，李耘生即坐上了火车，向济南回赶，这会议精神要传达要贯彻执行，济南团地委代表大会必须迅速召开。

1925 年 2 月 24 日，中国社会主义青年团济南地方团执行委员会如期召开，在这个会上，李耘生传达了共青团三大的会议精神。

“中国 CY（即共产主义青年团）是青年产业工人阶级斗争的先锋，并应是一般被压迫青年解放运动的领导者。”

“领导学生运动及引导学生来帮助青年运动，注意吸收女团员和重视青年妇女运动。”

“必须宣传国民革命和开展群众文化教育运动，努力向劳动青年进行马列主义宣传，每一个团员都要进行这样的工作。”

“在团员的教育培训上，要做到‘学习马列主义，严守团队纪律，实际工作，获得青年群众’。”……

根据新团章的规定，济南青年团也正式更名为中国共产主义青年团济南地方执行委员会，刚二十岁的李耘生被选举为济南团地委书记（青年团的三大后，负责人改称为书记）。

年轻的团地委书记，面临着学生运动与青年工人运动的千头万绪。迫在眉睫的是，济南青年工人运动委员会必须马上成立，以便于领导全省青年工人运动。李耘生被指定为委员会成员之一，青州中学的同窗、好友刘子久也同为委员会委员，两人的双手又紧握在了一起。

济南的三月还是如此寒冷，棉袄、棉袍裹在身上，也抵御不了料峭的寒意。

3 月 12 日的晚上，李耘生正在与刘子久等人一起商量下一步的工作，尤其是五一国际劳动节如何开展大规模的青年工人活动，王辨“砰”的一声推开了耘生租住的小屋的门。

王辨面色苍白，气喘吁吁一句话说不出来，两行清泪顺着面颊流了下来。王辨一向从容、稳重，遇事不急不躁，这一点，李耘生很是欣赏与钦佩。而今天，她怎么了？

坐下来，王辨，喝口水。李耘生倒了杯热水，递到了王辨手中。王辨没有接水，却一把抓住李耘生的手放声大哭：孙中山总理，今天去世了！

李耘生和刘子久全呆住了，不是国民会议全国代表大会正在北京召开吗？真的假的？

孙中山先生前不久应冯玉祥将军之邀，北上共谋国是。为了国家能和平统一，孙中山由广州抱病北上，行前还发表《北上宣言》，重申反对帝国主义和封建军阀、废除不平等条约，召开国民会议。

疾病与时局的双重打击，缩短了孙中山的人生和革命之路。刚一抵京，孙中山就一病不起，被紧急送往北京协和医院治疗。

王辨泪流满面：今日上午 9 时 30 分，孙中山先生，因患肝癌医治无效，在北京东城铁狮子胡同五号行辕逝世，终年五十九岁。我刚才是送团地委致济南民众书去报馆，看到报馆正在印的样报，那么大的黑体字，怎会有假!

此时的北京，同样沉浸在哀痛之中。

3 月 19 日，孙中山灵柩由协和医院移至中央公园(今中山公园)社稷坛前殿，从 24 日起，举行公祭。

从协和医院到中央公园，一路上“几无一片隙地”；东单三条及帅府园的交通完全断绝；王府井也人山人海，前来送葬的北京市民超过十二万人。到处回响着“打倒帝国主义”“打倒军阀”的口号。

上一年，孙中山刚刚确立“联俄、联共、扶助农工”的三大政策，开始第一次国共合作。谁知壮志未酬身先死。此时，中共早期领导人李大钊被推为孙中山举柩的二十四人之一。

为寄托悼念之情，李大钊作了上下各一百〇七字的长幅挽联：

广东是现代思潮汇注之区，自明季迄于今兹，汉种孑遗，外邦通市，乃至太平崛起，类皆孕育萌兴于斯乡；先生挺生其间，砥柱于革命中流，启后承先，涤新淘旧，扬民族大义，决将再造乾坤；四十余年，殚心瘁力，誓以青天白日，满地红旗，唤起自由独立之精神，要为人间留正气。

中华为世界列强竞争所在，由泰西以至日本，政治掠取，经济侵凌，甚至共管阴谋，争思奴隶牛马尔家国；吾党适丁此会，丧失我建国山斗，云凄海咽，地黯天愁，问继起何人，毅然重整旗鼓；亿兆有众，惟工与农，须本三民五权，群策群力，遵依牺牲奋斗诸遗训，成厥大业慰英灵。

李耘生从王辨处得到李大钊先生这副长挽联的内容，工工整整一字不落地记在了自己的笔记本上。

“誓以青天白日，满地红旗，唤起自由独立之精神，要为人间留正气。”“问继起何人，毅然重整旗鼓；亿兆有众，惟工与农。”在此两行字下，李耘生都用毛笔画上了浓重的黑线。

1925年5月27日，一场盛大集会在钟楼前举行，标语横幅上写着“迎榇宣传纪念大会”。这天，载有孙中山灵柩的列车途经济南，随着火车隆重将汽笛数次拉响，聚集在火车站上的人们齐刷刷地鞠躬、默哀。

此时的济南商埠公园也是白花云集，哀乐四起。四个阔大的宣传棚，聚集着一拨又一拨的市民，在这里取纸扎的白花与印有孙中山先生遗嘱的宣传单。

中共山东地委和济南团地委根据中共中央和团中央的指示，联合国民党左派，由省议会发起悼念孙中山先生的活动，正在这里举行。

每个宣传棚前的对联都是：上联“革命精神不死”，下联“三民主义尚存”，横批“致力国民革命”。

宣传棚前的空地上，已搭好了演讲台。

身着长袍的李耘生第一个站了上去：市民朋友们，关心我们国家前途的仁人志士们，孙中山先生是我国伟大的革命先行者，民生、民族、民权，是孙中山先生毕生为之努力的奋斗目标！现惊闻孙先生病逝之噩耗，举国上下悲恸，然而先生去矣，革命精神不死！纪念之最好办法，是遵从孙中山总理之遗嘱，继续致力国民革命！请大家看手中孙先生的遗嘱：

“余致力国民革命，凡四十年，其目的在求中国之自由平等。积四十年之经验，深知欲达到此目的，必须唤起民众，及联合世界上以平等待我之民族，共同奋斗。

现在革命尚未成功。凡我同志，务须依照余所著《建国方略》《建国大纲》《三民主义》及《第一次全国代表大会宣言》，继续努力，以求贯彻。最近主张开国民会议及废除不平等条约，尤须于最短期间，促其实现。是所至嘱！”

大家知道，孙中山先生最后的一句话是什么吗？李耘生慷慨激昂喊出了这七个字，台下张云翼组织的省立一中的学生紧跟着呼喊：“和平，奋斗，救中国！”！

反帝反封建！ 打倒帝国主义！ 清亮亮的声音在凋零、萧瑟的商埠公园上空响起，是王辨的声音！ 青年工人的方阵、全公园的人跟着都呼喊了起来：

反帝反封建！ 打倒帝国主义！！！

就在济南的群众运动开展得如火如荼之时，胶济铁路那一端的青岛，一场工人大罢工运动正在进行，一场血腥惨案也正在预谋酝酿之中。

1925 年 5 月 17 日，李耘生怀里揣着介绍信，启程往青岛报到，接任青岛共青团团的地委书记兼组织部长。 海岸路十八号，到了，这就是位于铁轨数十米的四方机厂的职员宿舍。

李耘生一到青岛，就投入到紧张的工作之中。

就济南目前共青团组织活动的情况，李耘生不能走，但上级组织基于青岛目前的局势，从全省各地抽调优秀的党团负责人前往青岛。李耘生迅速将济南的工作进行了移交，动身前往青岛。

青岛这个美丽的海滨城市，胶州湾是中国北方的唯一天然良港，是山东乃至整个华北的物产出口处，帝国主义一直垂涎三尺。 德国帝国主义为达到长期占领青岛的目的，逼迫清政府签订了《胶澳租借条约》，强行“租借”胶州湾九十九年(包括青岛)，并把山东划分为其“势力范围”，它的签订使青岛的历史发生了重大转折，一个近代殖民城市由此发端。

日本对青岛也早在打着主意，1914 年夏，日本对德国宣战，德国忙于欧洲战场，无暇东顾。 于是，日本乘势于 11 月 7 日出兵攻占青岛，取代德国成为青岛地区的殖民统治者。 青岛主权问题是五四运动爆发的导火索，北大学生血书“还我青岛”，拉开了整个新民主主义革命的序幕，青岛之于“五四”，“五四”之于青岛都可谓意义非凡。

五四运动爆发后，山东及青岛学生市民在险恶的形势下，仍进行了英勇抗争，收回青岛的正义呐喊仍在国人心中激荡。 北洋政府迫于压力未在巴黎和约上签字，1922 年 12 月 10 日举行交接仪式，日本正式把青岛主权交还中国，可以说是五四爱国运动，直接促成了山东和青岛主权的收回。青岛结束了它长达二十五年的遭受德、日殖民统治的惨痛历史，但日本帝国主义对青岛的政治侵蚀与经济掠夺并未停止。

从 1914 年日本第一次占领青岛到 1925 年，日本人在青岛先后开办了六家大型纱厂。六大纱厂的中国工人，长期遭受着日本资本家的压榨和虐待。他们工资低廉，同时要受“押薪制”（即工人每月发薪时，厂主扣除百分之二十作为押金，三至五年后发还；其间如果工人离厂或被开除，押金则被没收）的盘剥；他们劳动时间长，劳动强度高，劳动条件极端恶劣，几乎没有任何劳动保障，如病假超过十天即行除名，女工经期不准休息、结婚生孩子不再雇佣等等；他们要遵守苛刻的管理制度，其中包括侮辱人格的搜身制。他们更要忍受日本人的种族歧视，李耘生眼前这灰暗的“十八层”地狱就是活生生的现实。

李耘生第一家就来到了由日本人办的钟渊纱厂，钟渊纱厂的工人党员老胡将李耘生带到了这台阶前：这就是日本人干的事情，将俺们中国人不当人啊！钟渊纱厂有着强硬的规定：中国工人不能与日本职员同走一个大门，为此专为中国工人进出工厂挖了一条地下隧道，隧道上下各有九级台阶，被中国工人愤称为“十八层地狱”。

为了改善待遇，争取权利，青岛日本纱厂的工人们一直进行着不懈的斗争。

1925 年初，他们已在中共青岛地方组织的领导下，成立了自己的工会。4 月 19 日，工会在向纱厂厂主提出包括承认工会为工人之正式代表、增加工资、取消押薪制、工伤工资照发、延长吃饭时间、不得打骂工人、保护女工及童工等二十一条要求，没有得到答复后，大康纱厂五千名工人举行罢工。在工会的发动下，到 4 月底罢工总人数已达两万人。这就是青岛第一次同盟大罢工。这次罢工得到了全市各界乃至全国各地的支持和同情。他们不仅积极声援，捐钱、捐物，还派代表来青岛慰问。青岛《公民报》主笔胡信之特别开辟《工潮专号》，支持罢工。

尽管日本资本家使用了各种手段破坏罢工，但收效甚微，最终被迫与工人谈判。在青岛商会和日本领事馆的斡旋调停下，劳资双方于5月初签定复工协议，工人提出的主要条件基本得到满足。5月10日，一万多工人在四方机厂召开庆祝大罢工胜利大会，同时举行了工会挂牌仪式。

而此时被迫答应部分复工条件的日本厂主却不甘心就此全部实现自己对工人的承诺，一方面通过日本政府不断向中国政府施压，要求中国政府全力镇压工人罢工。一方面，这些无良厂主勾结胶澳当局，以鼓动工潮首领之名，对中共青岛支部书记邓恩铭实施通缉并将其驱逐出境。

一场更大的阴谋正在酝酿之中，日本帝国主义对罢工工人磨刀霍霍。

5月中旬，日本军舰悄无声息地开进了胶州湾，伺机登陆屠杀工人；日本政府向北洋政府发出照会，要求中国当局镇压罢工。在日方的威逼利诱下，亲日派军阀、山东督办张宗昌训令胶澳督办温树德，派遣军警镇压罢工。

5月28日夜，两千多名警察及海军陆战队员包围了四方的日本纱厂。29日凌晨，军警冲入内外棉纱厂，要求工人退出工厂，遭到工人拒绝后，海军陆战队根据胶澳督办温树德“打死人不要紧”的训示，向工人开枪，当场打死八名工人，打伤十多人。这就是举世震惊的“五二九青岛惨案”。

青岛告急！此时的青岛党、团组织的活动遭遇到前所未有的压力与阻力。此时的邓恩铭，冒着生命危险又潜回了青岛领导市委工作，与李耘生、李慰农密切配合，分别在报界、学界、商界的社会贤达中，在共青团组织中，在工业界中迅速壮大革命力量，领导工人斗争。

青岛告急的同时，日本帝国主义与北洋军阀联手对上海的工人也在进行血腥镇压，一时“黑云压城城欲摧”，这些个日子对于中国这块土地上的人民，对于年轻的中国共产党，灾难深重又风云激荡。

自1925年1月中国共产党第四次全国代表大会以后，群众运动蓬勃发展，2月至4月，上海的日本纱厂工人与青岛一样，在中国共产党领导下，先后组织数万工人举行大规模罢工斗争，取得了重大胜利，同时也遭到日本帝国主义和北洋军阀的镇压。日本帝国主义勾结北洋军阀政府企图破坏工人运动，酝酿新的血腥屠杀。

1925年5月15日，上海滩头的阵阵枪响，惊醒着浦江两岸，也重重敲击在无数中国人的心房。

上海的日商资本家借口无纱，关闭内外棉七厂。

对于工人来讲，工厂停工就意味着没有工钱，没有工钱就没有饭吃，就是身后嗷嗷待哺的孩子的哭喊与白发苍苍的父母的泪水。

我们要做工！我们要饭吃！年仅二十岁的共产党员顾正红，率领工人与日商资本家提出要求立即复工和发放工资。资本家根本不予理睬：你们不是嫌工作条件恶劣吗？你们不是嫌工资低吗？

顾正红冲在了工人队伍的最前头：“反对东洋人压迫工人！”工人跟着高呼：“反对东洋人压迫工人！”

日商一个电话打给了租界：快！赶快！这儿的工人要造反了！

租界巡捕房荷枪实弹的巡捕对广大工人进行驱赶，顾正红带领工人拿起棍棒进行自卫。

日本大班(相当于厂长)及其打手亮出了手枪：回去！再不回去，死啦死啦的！

顾正红毫无惧色据理力争：为什么关闭车间？为什么欺凌工人？工人为你们做牛做马，为什么拿工人不当人？！

砰——！七厂大班川村凶狠地朝顾正红开枪，子弹击中他的左腿，鲜血直流。

顾正红忍着伤痛，振臂高呼：“工友们，大家团结起来，斗争到底！”

川村凶狠地又是一枪，击中顾正红的小腹。他紧紧抓住身旁一株樟树，顽强地挺立着：工友们，我们和他们拼了！工人们举着棍棒冲了上来。

刽子手又向顾正红连开两枪，打手们冲了上来，丧心病狂地用砍刀猛砍顾正红的头部，热血喷洒在那株五月里正值青翠的绿树上。

满腔怒火的工友们见状蜂拥而上，同敌人展开了英勇搏斗。罪魁元木、川村在武装巡捕的保护下狼狈逃窜。

顾正红，这位年轻的共产党员，工人阶级的先锋战士，在反帝爱国斗争中，为无产阶级解放事业献出了宝贵生命，年仅二十岁。

屠杀事件激起上海内外棉各厂工人的愤怒，在中国共产党的领导和组织下，当天举行了大罢工，罢工浪潮迅速席卷上海各界，很快燃成了反帝爱国的熊熊烈焰，声势浩大的五卅运动爆发了。

顾正红牺牲的当天，沪西日本纱厂两万多工人，发表宣言，宣布罢工，呼吁各界人民支持和援助工人斗争。上海学生首先走上街头，工商业界也纷起声援。1925 年 5 月 24 日，上海各界在闸北潭子湾举行公祭顾正红烈士万人大会。上海各大学学生均前往参加，路经公共租界时有四人被捕。于是上海学生会开会，决议组织演讲队，出发租界宣传。

5 月 30 日学生联合会分派多队在租界内游行讲演，当天下午，一部分学生在南京路被捕，其余学生及群众共千余人，徒手随至英租界南京路老闸巡捕房门口，要求释放被捕学生，英捕头爱伏生竟下令开枪向群众射击，当场死学生四人，重伤三十人，租界当局更调集军队，宣布戒严，任意枪击，上海的大学竟遭封闭，造成震惊中外的五卅惨案。

“沙基惨案”于 1925 年 6 月 23 日在广州沙基发生，英国海军陆战队在广东朝游行中的中国老百姓突然开枪、开炮，当场打死五十九人，重伤一百七十二人，轻伤者无数……

“青岛惨案”“五卅惨案”“沙基惨案”等血腥镇压相继发生，举国震惊民怨沸腾！北京大学生第二天立即响应，全国各大城市的学生也先后罢课，各界民众纷纷参与，一场反帝国主义示威运动在全国展开，这次波澜壮阔的全国性学生运动也由此过渡到全面的反帝爱国斗争。

中国人的血不能白流！李耘生、邓恩铭、李慰农三人激愤不已！一场由李耘生亲自策划，由青岛团组织发动的有七千多名学生参加的示威游行，在青岛轰轰烈烈地展开了。

青年学生高举连夜赶制的各色小旗，举着“打倒帝国主义”“血债要用血来还”的横幅，浩浩荡荡地走在青岛的大街上，从海滨到市中心，从日本领事馆到火车站。一路口号一路呼喊，许多市民也自发加入了游行的行列。6 月 16 日，青岛市各界三百多人集中，举行了悲壮慷慨的“雪耻大会”，将反对英、日帝国主义的斗争推向了高潮。

6 月 30 日一大早，李耘生早早地来到了位于馆陶路十三号的齐燕会馆，凝视着会馆两旁的对联：“齐鲁为礼义文物所宗、谁使海邦同被化；燕赵多慷慨悲歌之士、我来田岛问英雄。”这一日是五卅惨案的月祭日，由胶济铁路总工会组织的青沪粤汉死难烈士追悼大会就在这齐燕会馆举行，各商店休业一天，李耘生领导的团地委发动了团员青年积极参加。

有压迫就有斗争，有斗争就面临镇压。

有着“狗肉将军”“混世魔王”绰号的山东督办张宗昌，和一手制造青岛惨案的胶澳督办温树德联手，先后发布了几十道镇压工人罢工和取缔反帝运动的命令。

四方机厂厂房被包围，胶济铁路总工会、沪青惨案后援会被封闭，工人纠察队伍队长赵石恪等十四人被逮捕，近百人被通缉，六百余人被迫逃亡，八千多名纱厂工人失去人身自由，而更让青岛党组织遭到重创的是四方支部书记李慰农等人被逮捕，《青岛公民报》主笔胡信之包括秘密潜回工作的邓恩铭等被全城通缉……

青岛完全陷入白色恐怖之中，六百余名警察、保安队、暗探拿着通缉人的照片四处设岗盘查，昔日繁华的青岛街道门可罗雀。

滔滔的海水在李耘生的耳边哗哗作响，隐蔽在工友老胡位于海边小屋中的李耘生夜不能寐。7月29日也就是昨日凌晨，战友李慰农被杀害了，同时遭毒手的还有那写得一手好文章的胡信之先生，其实，胡先生还不是共产党员，只不过是同情被害工人，写了一些鞭辟入里的文章而已……习惯熬夜的李耘生更是睡不着了，他知道，自己的这次幸免，是由于自己5月中旬才来这青岛，青岛警方对自己还不熟悉，黑名单上可能还没挂上号，但战友与同志牺牲的牺牲，暴露的暴露，怎不令人心痛！但这革命工作再难再危险还是要继续的。

自参加革命以来，李耘生经历了很多，看到的也很多，遇到的困难也很多。就这次刚到青岛来时，将自己了解到的情况分别向山东团地委和团中央汇报，一连去了四封信均无回音，四方机厂传达室的那个小伙子，天天对着李耘生摇头。天天等天天盼上级指示的李耘生时而感到绝望时而又充满了希望。后来还是通过青州中学团组织的转交，才得到党组织明确的指示。

在地处海边的青岛工作，李耘生经常来往于市区、海边、沧口与四方之间，有时候往返几十里全是步行，饭也顾不上吃，饿得头晕眼花。有一次，夜晚近十点才回到四方自己的蜗居，门一推眼冒金星一头栽在了地上，身子半截在室内半截在门外，好长时间才缓过气来。

仗着年轻，很多困难，李耘生一步一步都撑过来了。这些李耘生不怕，他常对自己说的是：比起那些以血祭道的同志，还有什么可说的。但今天，他的心中真是难受，一种孤立无援的感觉如海潮般劈头盖脸地袭来。

海水哗哗，海天茫茫，这夜是多么的黑啊，黑得什么也看不见。

为了李耘生的安全，也为了青岛党、团组织的迅速开展，团中央将李耘生调回济南继续任团地委书记，同时，关向应同志（化名郑勤）接替李耘生到青岛任团地委书记。

3. 信仰的火炬

是高高的圆顶，是尖尖的钟楼，环型大钟依旧在济南城上空声声敲响回荡。又一次站在济南火车站前的李耘生，环顾四周的街景，熙熙攘攘的人群，竟然有恍如隔世之感。其实，自己从济南去青岛，也就不过六个多月两百来天的时间。

从火车站走过瓮城，走过市井嘈杂的估衣市街，将贝雷帽一直压到眉头上的李耘生，终来到了组织上安排好了的，位于东关那偏僻小街上的住处。

此时济南的形势已与李耘生 5 月份离开时大有不同。

狗肉军阀张宗昌在青岛武装镇压了工人和群众运动后，也回到了济南，并进行了一系列针对学生和进步工人以及共产党党团组织的镇压。

第一步，通缉党团骨干，通缉令白纸黑字贴得满大街小巷；第二步，强行封闭工会，所有工会的房屋哪怕是工棚全部贴上了封条；第三步，解散工人夜校，收缴了各夜校的小黑板和简易的教学课本；第四步，解散一切学生组织，山东省教育厅也严令禁止学生参加一切社会活动。济南学生联合会等学生组织被迫解散。国民革命陷入了从所未有的低潮，山东的党、团组织全部转入了地下。

寒鸦呱呱掠过枯黄的树梢，稀少的行人缩着脖子低着头从街巷间匆匆而过。校园冷冷清清，工厂沉闷一片，1925 年济南城的冬日，沉闷晦暗，萧条肃杀。

东关大街东圩子河边，李耘生居住的小屋内，烛火摇红，小方桌上是几只冷馒头，和一碟老咸菜。李耘生伏案奋笔疾书：基督教，它是帝国主义豢养的佣仆，是设立在中国用来文化侵略的工具……李耘生就着开水咬起了冷馒头，站起了身在小小的斗室中走着，活动着冻得发僵了的脚。

回到济南已近一个月了。一回来，李耕生就投入了重新组建地下团组织，构筑作战营垒的工作，这是当务之急。没有基本的队伍，还谈什么搞活动、做工作？根据现有的形势与济南的情况，作为济南团地委书记的李耘生，提出了在白色恐怖下，首先从学校从学生运动开始，来恢复和推动群众运动的开展。

新的济南学生联合会成立了，并在省立一师设立了办事机构；《济南学生周刊》复刊，李耘生为复刊号写了卷首语；连续出版了《非基（非基督教）特刊》……

经历了青岛惨案和当下的风声鹤唳，较之以前青年团活动的大张旗鼓，李耘生要求团地委的同志：我们先埋着头做事！短短的十几天，这些组织的成立和杂志的复出与出版，令很多青年看到了希望：李耘生书记又回来了！我们的组织又成立了。许多在前一阵因张宗昌的镇压和山东教育厅左一道右一道不准条令，隐藏到老家与乡间的进步青年，陆续又回到了济南。每到晚上，省立一师的学生联合会工作点，总会聚集着一些青年团员与进步青年。

“沉默啊沉默，不是在沉默中死亡，就是在沉默中爆发！”

“民主在哪里？自由在哪里？中国向何处去！”

……

胸口揣着一团火又渴求改变这个时代、这个国家的青年人，从如火如荼的学生运动到目睹军阀对反帝爱国运动的残酷镇压，再到现在革命转入低潮，如此沉寂、沉闷的政治氛围，苦闷、彷徨，不甘心。

“同学们，朋友们，信仰不灭，奋斗不止，人生最壮丽的景观是在理想的征途上一步一步前行。任何事情有先扬后抑也有先抑后扬，有困难，有坎坷，有牺牲，但总有我们说话的地方，有我们呼喊的时候！请相信我们，请相信大家，请相信我们在座的每一个人。民主在哪里，在我们每一个人的行动中；自由在哪里，靠我们每一个人来争取；我们向何处去，中国就向何处去！……”

李耘生不仅文笔好，口才也好，说话不仅条理清晰，且有文采，有着极大的说服力与感染力，在年轻人中具有很高的威望。

过几日就是圣诞节了，李耘生与团地委几位成员商量，一定要抓住这个机会，通过组织反基督教运动来掀起大规模反对帝国主义的高潮。

李耘生的桌上，放着起草好的《告各界同胞书》《宣言》《警告山东青年》，刘集振华高小与青州中学几年的苦学，使李耘生有着很好的文字功底，写出的文章说理透彻条理分明，也有文采与激情，深得大学生们的喜爱与老百姓的欢迎。

一批署名为“耘”的文稿、文章在济南的党、团组织迅速地传播，激发着大家的共鸣，也为艰难环境下济南的党、团工作，理清着思路，提出了工作方法，明确着近期的工作思路和目标方向。

一些后调来的同志打听：“耘”是一个写作小组的简称吗？ 熟悉李耘生的老同志笑：这个小组组长、组员都是一个人，就是那个常着长衫走步带风、眉清目秀的高个儿，他叫李耘生。

圣诞节当天，数千名青年学生走进了济南的大街小巷，标语、《反神圣诗》《济南学生》等反基督教特刊，墙壁、电线杆沿途张贴，市民争相阅读，帮着学生分发，从东关到南关，从商埠到城市区。

这个寒冷的冬日罕见地有了些许阳光，有了人间温暖的意味。 一些老人和孩子也走了出来，卖冰糖葫芦的、做煎饼的摊子也摆了出来。

市民们纷纷议论：是他们又回来了？ 也有市民微笑：他们从来就没走！ 李耘生站在估衣街的商铺门边，听到市民这样的对话，心中暖暖的：是的，我们从来就没走。

疾风知劲草。 经历了革命斗争严峻考验的二十一岁的李耘生，显示出他非凡的组织才能与领导才能。 在李耘生领导的济南团地委的努力下，到 12 月的中旬，济南团员的数量较之上年有成倍的增加，一如王尽美的赞叹：这都是革命的生力军啊。

在恢复、壮大组织，发动学生运动等方面取得卓越成效的同时，李耘生还亲自撰写了很多文稿与材料，向中央和上一级党组织提供了很多报告。 这些文稿与报告，经历了大半个世纪的风霜雨雪，辗转武汉、苏联（共产国际）再回到中国，至今仍在档案馆，这些加盖着俄文印章的文稿，这些血雨腥风中成就的文章，穿越岁月长河，在中国革命史，在后人的眼底心中闪烁着灼灼的光华。

东流水街，东流水街，李耘生不止一次地回想起这条依泉傍水、景致幽雅的老济南名街，即使现在身陷囹圄。

那日，踩着不知道留下多少年风霜雨雪的青石板，走过一间间古色古香的阁楼与飞檐翘角的茶铺，他终于站在了五龙潭东南侧东流水街一百〇五号的那座小四合院前。这就是中共山东省委的办公地址了。

这是一座有历史的小楼。东流水街自古多美名，这街巷泉水流碧、风景宜人，历史上有许多官宦名流在此大兴土木，所建庭院布局别具一格，建筑设计大多和名泉相关联。什么悬清泉、贤清泉、贤清园、朗园、漪园等等，自然，在平民百姓的眼中，这就是富贵人之所在，只能远远地看着这一片古朴典雅、小溪环绕、垂柳依依、翠竹林立罢了。

这更是留下山东党组织几位创始人光辉足迹的小楼。1921 年山东党组织创始人王尽美和邓恩铭出席党的第一次代表大会回到山东后不久，即选择了这座小楼作为党的秘密机关所在地。在这里，无数革命活动的方案在这里密议；在这里，无数重要文稿起草、审议再印发至四面八方；在这里，山东各地党务的报告、总结、部署以及党刊的油印在此完成。在这里，许多优秀的青年团员、马克思学说研究会会员转为中共党员，举行入党宣誓仪式，王尽美、邓恩铭同志均为监誓人。1925 年前后，中共中央派任弼时、邓中夏、关向应等来山东视察工作时，也曾在这里居住并会见山东党的领导人。

李耘生环顾四周，一片安静，安静得能听见附近的流水淙淙。李耘生走进了这四合小院，院东侧为青砖灰瓦白粉墙两层小楼，三间铺面，玻璃门窗。这小楼四周僻静而不闭塞，与附近小胡同四通八达，可进可退。有着丰富地下工作经验的李耘生从心底赞叹：好地方，好所在!

作为新建立的山东共青团地委的宣传部长李耘生，今日来此报到。其实，济南共青团地委一心不想放李耘生调走，这济南共青团因了李耘生这几个月的工作，起色很大，现将李耘生调地委工作，这在青年人中享有很高威望的书记调走，刚见成效的青年团的工作会不会受到影响?

而团中央的回复是调李耘生至团地委任宣传部长，是为了对党的工作有更大的帮助，下级服从上级，李耘生来此走马上任，令他高兴的是，自己的好友、同乡兼同窗刘子久也在此任农工部长（在这小院开始新工作的李耘生，一直认为这是自己参加革命以来，工作条件最好的一处了）。

在新的环境工作不久，军阀张宗昌又开始了在山东各地疯狂搜捕共产党人和爱国青年。李耘生承担起将已受到通缉和暴露的山东各地的二十二名党员、团员和进步青年秘密送往当时革命的中心广州的任务，后来这些同志一部分进了黄埔军校，一部分进了广州的农民讲习所。

黄埔军校，全名为中华民国陆军军官学校。是 1921 年 12 月，共产国际代表马林在广西桂林会见孙中山，马林向孙中山提出“创办军官学校，建立革命军”的建议，由孙中山一手创办。黄埔军校是近代中国最著名的一所军事学校，也可以说是国共合作的产物，培养了许多在抗日战争和国共内战中闻名的指挥官。第一次国共合作时期的一至六期，原址设于广州市黄埔区长洲岛(第六期有武汉分校)，军校在 1924 年由中国国民党创立，目的是为国民革命训练军官，是国民政府北伐战争统一中国的主要军力（黄埔军校于 1927 年改制为中央陆军军官学校）。周恩来、廖仲恺、李济深、邓演达、叶剑英、恽代英、肖楚女等共产党人和国民党左派人士先后在黄埔军校担任教官及各方面的负责工作。

农民运动讲习所则是在第一次国共合作时期，由共产党人彭湃等倡议，以国民党名义开办的。从 1924 年 7 月至 1926 年 9 月，在广州共举办了六届农讲所，前后培养了七百五十四名农民运动干部。其中，第一届和第五届农讲所的主持人都是彭湃。第六届由毛泽东任所长。

将这些优秀的党、团员和进步青年分别送往黄埔军校和农民运动讲习所，一是因为他们已经暴露并遭到通缉，这样可以保护这些同志的安全，而更重要的考虑，是将这些立场坚定且有一定斗争经验的同志送去培养锻炼，为党培养在军事与理论上有造诣的骨干人才。

当那日晚这些同志第一次从山东各地在东流水街一百〇五号集结时，老战友、老朋友相聚喜出望外：团青州特支书记王元盛来了，冀蔚怀（冀三纲）来了，耘生！张云翼！两人的双手又握在了一起，白色恐怖下的战友相会更是不易。有时候，今天见面，明天忽就天各一方或是阴阳两隔，对于这种提着头闹革命的日子，大家都有着思想准备。

请大家坐下。李耘生双手往下按了按：同志们，我们这个地方相对安全，但也要注意隔墙有耳！大家静了下来。

我们现在面对的是荷枪实弹的特务和暗探，有的同志从火车上走，有的同志坐轮船走，这么多人必须分成几批走，安全第一。

江涛将早已准备好的介绍信一一分发给大家。李耘生再三叮咛：明天一早，第一批同志从水路走，明天晚上，第二批同志坐火车走，记住，上车也好，乘船也好，既要相互照应又千万不要聚集在一起，以防敌人盯梢不慎暴露，一定要小心、小心再小心！万一有哪位同志被敌人纠缠或是认出，李耘生停顿了一下，环顾四周：大家都是经过考验的优秀分子，对组织负责对战友负责，宁可自己牺牲，也千万不能暴露身边的同志！

冀蔚怀斩钉截铁：感谢组织为我们考虑得周到，请组织相信我们！

大家都说：请组织相信我们！

今天晚上，大家就在这个地方住下，明天凌晨我赶过来送第一批走的同志去码头。切记，今晚一个人也不准外出！你们的通缉令大街小巷都有。

那日晚上，大家分头住下，青州的王元盛则随李耘生住到了东关那偏僻的住处。王元盛看着李耘生在院子里冻的几小块豆腐，看着李耘生简陋的小屋：耘生，你也真是不容易的。

李耘生拍着床上的粗布大花被子笑：我们都是农村里过来的，这大花被子，有好多人家的大姑娘还盖不上的。

第二日东方还没透亮呢，李耘生换上了一身短衫戴上顶毡帽，腰间系上了一根宽布条，一副码头工人模样，将第一批走的九位同志带到了泺口码头。

李耘生先进了候车室，左右看看，天还没大亮，站到了候车室门口似乎等人的样子，那八位去广州农民讲习所的同志在王元盛的带领下，前后三三两两地进了候车室。坐在那里的李耘生抱着双肘似在打瞌睡，却又眯着眼睛警觉地观察着四方。江涛则倚在候车室门外，观察动静。

李耘生看着这几位同志走过检票口，看着他们上了甲板，看着他们进了船舱，看着王元盛的围巾在船舱窗口挥了挥，“呜——”听着轮船拉响瓮声瓮气的汽笛声，李耘生一颗心放回了腹中，第一批同志踏上了行程。

火车站历来是暗探集中便衣云集之处。这次是李耘生与张云翼带着一批同志，刘子久和冀蔚怀带着一批同志，分别从火车站外的左右两侧先后进入候车室。

人总是要生活的，乱世的火车站依旧是人头攒动，孩子的哭叫声，大人的呵斥声，一对青年男女流着泪拉着双手，似乎是在话别。

经验丰富的李耘生一眼看到检票口那三个晃来晃去穿黑上衣的人，立即示意江涛与张云翼。他们点了点头交换着眼神，也注意到了。

张云翼身子向外轻捷一闪，举着几串冰糖葫芦进来，帮着身边的一位老奶奶抱起了那两三岁的孩子，身后的小王扶起了老奶奶，一起顺利地通过了检票口。

江涛和那个卖煎饼的小贩不知何故吵了起来，声音越来越响，连暗探也围了过去，李耘生朝冀蔚怀使了个眼色，摸着衣袋中的几块钱走了过去：我这兄弟不懂事，咋啦咋啦?

卖煎饼的大叫：他吃煎饼说是尝尝、尝尝，尝了两张了，也不给钱！ 围观的人鄙视地笑：这么大个汉子，好不害臊！ 江涛晃着腿头仰向天，一脸老子谁也不怕的样子。 李耘生直打招呼：我这兄弟脑子不大好！ 对不起、对不起了！ 老人家！ 将手中的票子递了过去。 那卖煎饼的老者看看这长衫一袭、书生样的人，又是鞠躬又是作揖，收了钱也就罢了。

围观的人散去了，火车咣当咣当启动了，载着第二批十三位同志向南方驶去。

那几个黑衣暗探又抽着烟，回到了检票口，虎视眈眈。

“谁的脑子不好? 嗯?”江涛对着李耘生捣上一肘子。

“我掏钱买煎饼给你吃，你饱了，我这肚子可还饿着呢!”

从水路和火车分别送走了两批同志，李耘生、江涛完成了任务，心情大好：走，去吃面条，再烙两个火烧!

和江涛分手，李耘生回到了自己蜗居的那间小屋，为将那二十二位同志安全送走，一连几天都没睡上几个小时的李耘生，忽地感到一点力气也没有了，躺到床上李耘生伸直了双腿，想着今晚一定要好好睡上一觉。

明天，还有许多事要做，尤其是《济南学生周刊》的稿子，等待自己审核，卷首语等待自己撰写。 况且，上级党组织调自己去武汉工作的调令已到，还有许多工作需要交接。

正当迷糊之际，“笃笃笃”，有人叩击小屋的窗户。李耘生惊醒，立即翻身下床，屏气静息走到窗前。

耘生，耘生！李耘生隔着窗缝只见一个黑影，但声音似乎熟悉。

谁？！是我，刘子久！

李耘生迅速开了门，刘子久裹着一身寒意，闪了进来。

作为大王的同乡、青州的同学，李耘生与刘子久一同走上了革命的道路。李耘生、刘子久先后在济南、青岛从事革命工作，但部门不同，承担的任务不同，两人基本上也是聚少离多，今日相见分外亲切。

你过几天去武汉？刘子久与李耘生都盘腿上了靠南墙的床上，两人盖着那床大花被子，脚对脚、面对面。

你知道了？李耘生也是前天方接到组织上的通知。我听说了，我明天也要离开济南，今晚来看看你的。

王尽美先生最后突然去世到底是什么原因？李耘生控制住自己颤抖的声音。去年夏日，他也听说王尽美先生生病了，可组织上是有规定的，不允许轻易去见王尽美先生。一是医院情况复杂，二是青岛当时的地下组织面临着暴露的危险。

王先生说到底还是积劳成疾，记得在与基督教徒争辩的那次吗？李耘生点了点头。

去年圣诞节前夕，那次在与基督教徒的论战前，王尽美先生就身体不好，医生一直让他休息，可他哪歇得下来啊！王尽美拖着羸弱的身躯，与基督教徒展开了连续三天的大辩论。后来，大辩论成了大宣传，听众达数千人之多。王尽美在演讲中数次口吐鲜血，有的教徒见状仰天大笑，有的幸灾乐祸：这是上帝的惩罚，这是上帝的惩罚！尽美在济南的一家医院里住了没几天，就躺不下去了，医生劝阻不住，只得作罢。

医生对一直陪同的刘子久说：再不好好休养，他的命就要保不住了。刘子久苦劝王尽美，王尽美没有血色的脸上露出艰难的一笑，他咳嗽着，吃力地说：比起受苦受难的劳苦大众，我的生命算得了什么？

还记得马克思那句话吗？ 万国劳动者团结起来！ 现在青岛的工人斗争热潮这么高涨，我怎么能躺得下？

1925 年的 4 月，王尽美和刘子久等人再次来到了海滨城市青岛。就在这个春天，刘子久亲眼目睹了王尽美最后斗争的二十个日日夜夜。 王尽美病情恶化，可他依然坚持留在罢工的工人队伍中。

在声势浩大的斗争中，刘子久切身感受到了工人阶级的力量，他对王尽美说：现在，我真正领会到马克思在《共产党宣言》中那句“万国劳动者团结起来”的真正含义了。

王尽美欣慰地点点头：读《共产党宣言》，不能停留在它的字面上，关键要领会它的精髓，要付诸斗争！ 看，今天我们不是获得了初步的胜利吗？

第二天上午，当王尽美蹒跚地走出庆祝罢工胜利的现场时，身体晃动了几下，突然倒在了地上，大口大口地吐着褐色的血块。

在欢庆罢工胜利的锣鼓声中，这位斗士倒下了。

王尽美，原名瑞俊，又名烬美、烬梅，字灼斋，诸城县(今诸城市)北杏村人。 1918 年 4 月，他考入了山东省立第一师范学校（校址在济南）。 五四运动后，王尽美联络进步学生邓恩铭等十一人，发起组织了“励新学会”，出版《励新》半月刊，出入闹市作演讲，大明湖畔搞宣传。 秘密建立了济南早期党的组织。 1921 年参加中国共产党第一次全国代表大会。 创办并主编了《山东劳动周刊》，对山东工人运动的发展起了很大的推动作用。 从此，二十三岁的王尽美走上了职业革命家的道路。 先后在全省各地领导并组织工人运动的开展和斗争。

青岛后来又几次掀起罢工高潮，此时的王尽美已经躺在了故乡的病床上。 他时而昏迷，时而清醒。 知道自己时日不多，他向母亲说出了自己的心愿：回到青岛去。

青岛是山东革命斗争的前沿。王尽美觉得，那里有自己亲爱的同志，那里有太多的事需要自己去做，即使“出师未捷身先死”，也要死在这片令他魂牵梦萦的热土上。

王尽美出生时，父亲已经过世，他的母亲只有王尽美这一棵独苗。她抚摸着儿子的头发，看着儿子惨白的面孔，哽咽地点了点头：孩子，你说什么娘都答应！王尽美从小长得眉清目秀，两个大耳朵，一双丹凤眼，村里的女人都夸他生得比闺女家还要俊秀。王尽美在外这些年，母亲无时不在想着他的模样，如今可以细细端详儿子了，没想到竟是这般情景。

王尽美家贫如洗，到青岛需要生活和治疗费用，他的母亲一时筹不到钱款，最后只得变卖了祖上留下的一点家产。

出行那一刻，王尽美握着两个幼子的手，轻轻摇着，久久不肯松开，一颗泪珠悄然从眼角滑出：你要将孩子照料好！立在一边的妻子泪如雨下。

1925年的7月，天气格外炎热，坑洼不平的土路上尘土飞扬，热浪滚滚，烈日当空，远处泛着蒸腾的白光，一行人挥汗如雨。儿子是母亲的心头肉啊！王尽美的小脚母亲小跑着跟在左右，每走一段路程，她就用毛巾给王尽美抹去脸上的汗珠。

王尽美回青岛后不足一个月，就在医院病逝，时年二十七岁。

弥留之际，他口授了这样一份遗嘱：希望全体同志要好好工作，为无产阶级和全人类的解放和共产主义彻底实现而奋斗。青岛支部负责人眼含热泪亲笔记录王尽美的遗言。王尽美一字一句看过后，在遗嘱上按下了自己的手印……

刘子久和李耘生一直聊到凌晨，天一亮刘子久即将再赴青岛担任支联书记。

刘子久从口袋里拿出了一本薄薄的书：这本《共产党宣言》是王尽美同志送给我的，我读了很多遍，一直珍藏着，你就要去武汉了，我也要离开济南了，我把这本书送给你吧，《共产党宣言》就是我们的信仰呀！刘子久从怀中掏出带着体温的一本薄薄的小册子，李耘生接过一看，这不正是几年前王尽美先生借给自己看的那本《共产党宣言》么？自己看了三天三夜，最后，还仔细地用牛皮纸包了封皮，抚摸着自己亲手包上的封皮，李耘生百感交集。

王尽美同志是你我的入党介绍人，如今斯人远去，幸好这本《共产党宣言》还在！ 李耘生把这本书接了过来，细细抚摸。

天已放亮，刘子久和李耘生握手告别。两个从小学就在一起的知己好友就此分开，注视着对方的眼睛，他们说出了同样的话语：保重！

可他们谁都没有想到，这竟是一次诀别。

三日后，李耘生离开了家乡山东，离开了熟悉的战友、亲人，为了革命的理想与自己的信仰，坐到了开往武汉的火车上，怀中，是那本薄薄的《共产党宣言》，紧贴在胸口。

“哐当、哐当、哐当”的火车声中，李耘生心中忽地涌上王尽美先生的几句诗：

“无情最是东流水，日夜滔滔去不停；半是劳工血与泪，几人从此看分明。”这是王先生即兴写了，由自己发表在《济南学生周刊》复刊的第一期上的。

李耘生想起自己在青州中学时，与王先生长有达数月的通信，自己对这个军阀混战时局的困惑，对这个社会的认知等一股脑儿向王先生倾诉，王先生在信中一点一点地回复；

李耘生想起在王翔千先生的家中，第一次见到王尽美先生的情景，那么俊秀，和自己通信时想象的满面胡须的中年人完全不一样，年轻的耘生当时就直直地说了出来，两位王老师哈哈大笑；

李耘生还想起王尽美先生的生动诙谐：北大的新文化运动就是靠“三只兔子”支撑起来的，看着一脸不解的李耘生，王尽美先生笑：蔡元培、陈独秀、胡适都是属兔子的，各相差一轮的岁数；

李耘生还想起王尽美在大会上的演讲，有观点有激情有文采，阐述到位、说理透彻。先生真是一位天才的演说家，他讲的话，记录下来就是一篇好文章，他能把每个人的一身热血鼓动得沸腾起来。

私底下相处，李耘生知道王先生会拉胡琴，他的歌也唱得挺好，那次，因王翔千先生要去北平，王尽美先生约了耘生、刘子久几个在一起，难得地喝了几口小酒。王先生唱起了《送别》：

长亭外，古道边，芳草碧连天。
晚风拂柳笛声残，夕阳山外山。
天之涯，地之角，知交半零落；
一瓢浊酒尽余欢，今宵别梦寒……

后来，和着些许的酒意，大家就都跟着哼唱起来：天之涯，地之角，知交半零落；一瓢浊酒尽余欢，今宵别梦寒……

在火车“哐当、哐当”的行驶声中，这曲《送别》铺天盖地席卷着李耘生。这样优秀的一个人，怎么说走就走了呢？他才二十七岁啊！二十二岁的耘生眼眶湿了，他将视线移向了窗外。痛惜之余的李耘生，没有想到自己也是在二十七岁的青春年华告别了这个世界。

……

4. 血色江岸搏激流

对自己这次奉命调往武汉，说心里话，李耘生一点思想准备也没有。

其实，早在1926年开年之初，中央就打算在武汉成立中央分局，代行中央职权，同时成立中央分局领导下的湖北省省委。新的机构需要人马，中央决定遴选一批优秀干部到武汉去加强力量，李耘生就在此列。

大智门火车站。李耘生站在了久负盛名的，这座曾号称亚洲最雄伟的火车站面前，与济南火车站的日耳曼风格不一样的，这武汉大智门火车站则完全是法式风格。

这座由法国工程师设计，完全按照西方铁路车站的设施设置来建造的。在建筑外观造型上，充分体现了西式新古典的风格，建筑平面呈横亚字形，中部突出。立面造型为中部和两端突出，五个屋顶。中部四角各修筑有高二十米的塔堡。堡顶为铁铸，呈流线方锥形。墙面、窗、檐等部位均以线条和几何图形雕塑装饰，显得华贵大气。

耘生觉得自己似乎与火车有缘。从儿时听村里的私塾先生与爷爷那么神往地谈火车站，到自己从青州到济南走上革命之路的第一次坐上火车，再从济南到青岛，再从青岛到济南，这次又穿越近千公里，来到了武汉，来到了这有着历史的大智口火车站。

相对于其他的交通工具，李耘生喜欢乘坐火车。每次的火车车程，对于忙碌的李耘生来说，是读书、思索的过程。往往一次火车旅途下来，对下一步的工作方案或是文稿也就有了雏形与初步的设想。

眼前的这大智门火车站，是光绪二十八年（1902 年），一直醉心洋务运动且敢于大胆实践的张之洞，邀约直隶总督王文韶，联名向朝廷呈递了一份设立朝廷“铁路总公司”的折子，内容就包括在汉口大智门附近建一座火车站的方案。张之洞所奏，上头照准。于是，张之洞公开招标，最终，一广帮建筑商胜出中标。经过几年精心施工，汉口最早的火车站，就鹤立鸡群矗立在大智门了。

汉口大智门火车站是京汉铁路的南端终点站，二十世纪初，这个当时亚洲最雄伟、最现代化的火车站，被视为京汉铁路全线最耀眼的亮点。车站建成，火车开通，汉口的面貌也跟着改观，《夏口县志》记载：“后湖筑堤，芦汉通轨，形势一年一变，环镇寸土寸金。”

在武汉铁路史上，大智门火车站也是非常繁华的地方。《汉口小志》名胜类中如是记述火车站前的景象：“繁盛极矣，南北要道，水陆通衢，每届火车停开时候，百货骈臻，万商云集。下等劳动家藉挑抬营生者，咸麇集于此。”

眼前的工厂、仓库、搬运站和商店、副食店、餐馆林立，人来人往，人声鼎沸，一派繁盛景象。加之此时的火车站为法租界区域，法租界工部局、巡捕房、兵营及许多重要洋行、俱乐部均设于此。

地处江汉平原东部的武汉，居中国中部中心，具有得天独厚、得水独优的地理优势，长江及其最大的支流汉水横贯市区，将武汉城区

一分为三，形成了武昌、汉口、汉阳三镇隔江鼎立的城市格局，武汉也是中国内陆最大的水陆空综合交通枢纽，

此时的武汉，与张宗昌统治下的济南，革命形势迥然不同。随着北伐的节节胜利，革命势力从南方迅速向中部扩展。1926 年 8 月，中央决定，中共湖北地委改组为中共湖北区委，同时，汉口、武昌、汉阳地方执行委员会相继成立。一大批共产党的杰出领导人如毛泽东、刘少奇、项英、聂荣臻、恽代英、张太雷等抵达武汉，以加强武汉的工运、农运、统战和军校工作的领导，这个颇为强大的共产党阵容，令武汉的各项革命工作开展得轰轰烈烈。李耘生也就是在这样的形势下，作为我党优秀的骨干分子来到了武汉。

1926 年 10 月 10 日，武汉三镇被北伐军彻底占领，两湖战场取得了彻底的胜利。北伐军进入武汉，国共合作的省、市党部对外公开办公。1927 年初，国共合作的国民党中央党部和国民政府迁往了武汉，工农运动蓬勃发展，武汉成为大革命的中心。

而此时的国共关系，却发生了根本性的变化，从蒋介石集团仇视和压迫工农群众，到公然发表要干涉、制裁共产党员的言论，使联合战线面临破裂的危险。

1927 年 4 月上旬，中共中央秘书厅设于今汉口胜利街一百六十五、一百六十七、一百六十九号，这里是中共中央政治局常委会开会和秘书厅办公的地方。4 月中旬，时任中共中央总书记的陈独秀从上海来到武汉，标志着中共中央机关完成了从上海到武汉的迁移。中宣部、中组部、中央军委等几乎所有中央机关都集中于此地办公。陈独秀、蔡和森、瞿秋白、周恩来、毛泽东等党的重要领导人在此从事革命活动。武汉成为中国共产党的中枢要地，也成为和国民党斗争的重要战场。

中共湖北区委将李耘生派往汉口中共硚口特区任区委书记。李耘生走马上任的第一站，选择了有着较好工人运动基础，由日本商人开

办的泰安纱厂。

1926 年 6 月 2 日，硚口日商泰安纱厂新来的日本领班，对中国女工公然进行调戏，引起全厂工人的愤怒。6 月 3 日，在共产党员侯步升的领导下，全厂工人举行罢工，向日本资本家提出增加工资、不打骂童工、不侮辱女工等七项条件。日资本家不接受工人所提条件，采取威逼利诱的手段强迫工人复工。在党组织的领导下，全厂工人团结一致，坚持罢工。

罢工得到武汉三镇工人和学生的积极支持，南洋烟厂和英美烟厂的工人举行了同盟罢工。武汉学生联合会派学生到泰安纱厂，对泰安纱厂工人的罢工表示支持。学生们在街上召开群众大会，发表慷慨激昂的演讲，开展募捐活动，支援罢工工人，使罢工坚持了一个星期。后由于中国官方出面调解，厂方接受每星期不停工者加半工，罢工期间发给工人伙食费一串钱，以及其他条件，工人才复工。

这些都是李耘生来到硚口走访调查，与工人、与周围小学的教员交谈中得知的。

跟着泰安纱厂党支部负责人侯步升，李耘生走进了泰安纱厂。武汉大型纱厂之一的泰安纱厂，车间里几百台机器轰隆轰隆，说话得大声地喊叫才能听得见。

棉纱车间棉絮四飞，空气混浊，闷热潮湿。戴着白帽子的女工们一刻不停地行走在纺织机前，换纱筒、接线头。老侯说，工人们一天下来，许多女工的腿都是肿的。高强度的劳作和付出，也只是能勉强糊口罢了。

眼前这个眉毛上全是飞絮的小姑娘，最多也只有十四五岁吧，取机器上面的纱筒，得踮起脚吃力地去拿。纺织车间有三分之一的女工年龄都在十四五岁，这些只能算是童工的女孩，小小年纪就担上了穷困家庭的生活担子。

机修车间，则都是青年小伙子，满手油污的工人们的面庞基本都是菜色，一天多达十四五个小时的工作量，微薄的工资。李耘生就在这个车间待了下来，拧螺丝、拿扳手，为老侯打起了下手。

在这样的工厂开展青年工人的活动，难度也是较大。女工们一天十来个小时忙下来，大多数是女工的纺织厂，一些成年女工还有孩子，回家倒下去就不想起来了。

有着斗争经验的李耘生还是从工人夜校开始。泰安纱厂的工人夜校办办停停，李耘生根据工人们的基本情况，分别讲课。

工人们在夜校里，有的已认识并学会写了自己的名字，会简单的加减法。李耘生第一次为夜校的工人们讲课，在黑板上还是写上了那五个大字："我是中国人"！

兄弟姐妹们，我们是在日本人的纱厂里做工，我们整天劳累一个月下来不过八九块钱，我们要赡养我们的父母，我们的孩子等着我们抚养，我们累了不敢休息，我们生病了去不起医院，这原因是什么？我们不能当家作主，我们是在替日本资本家卖命！

李耘生的讲话总是能激发起众多工人们的共鸣：这个李老师怎么这样了解我们工人的情况？他讲的都是实情啊，机修车间的李师傅累得吐血了都没敢休息，怕工资拿不全，结果活生生倒在了车床旁，这孤儿寡母怎么活啊！……

从"我是中国人"到"自由、平等"再到"只有共产党才能救中国""打倒日本帝国主义"……这些家庭贫困，从小没有读书机会的工人，在夜校中对读书识字的机会十分珍惜，且有着蓬勃的热情，学习十分刻苦。

一天下来站在机器旁已精疲力尽的工人们，坐到夜校的课堂上个个全神贯注，就连走路时都拿着小卡片相互求教，有时还为先写哪个笔画争论不休。

在他们的积极要求下，泰安纱厂工人夜校的课也从每周一次增加到每周两次。看着工人们因学习而呈现出活泼的笑容，从心底内焕发出来对人生的希望，李耘生很是欣慰。

对有着一定文化基础的工友，李耘生则自编了一些教材宣传革命道理，通俗地介绍马克思主义，介绍俄国十月革命后工人当家作主的情况，激发工人的思想觉悟。

一个多月以来，在李耘生的领导与部署下，积极分子的队伍不断扩大，党组织也有了壮大。在原来没有党、团组织的既济水电公司以及硚口区附近的工厂，也都建起了党的支部，硚口特区区委所领导的各级工会、农民协会、共青团，包括劳动童子团、工人纠察队等都积极活跃起来了。

奋斗着、忙碌着的日子总是很快，一晃，来武汉就是半年了。

又见冬日，又是年关。对于温饱都不能维持的工人家庭，年关不亚于“鬼门关”——催要房租的、欠债讨债的、父母在农村盼着等着在外做工的儿女们，带点钱回去过年的……

腊月初八这一天，泰安纱厂的轰轰隆隆声没有了，机器都停止了转动。清花、梳棉、细纱、浆纱等车间的日方领班一个个惊慌失措跑到总经理办公室：所有的工人们都不上班了！总经理大惊：为什么？

工人们都站在了工厂的厂房外，黑压压的。全厂三百四十六台织布机全部停止了转动。

工人罢工了！

由李耘生领导的硚口特区区委，组织发动了“增加工人工资，改善生活条件”的罢工斗争。

日商总经理脸色铁青地走上了台阶：为什么？机器统统地停止了干活！

工厂党支部书记侯步升、张金保走了出来：年终发奖金或是发双薪，是天经地义的事情，平时百般克扣工人的薪水，这个日子没法过了，这个年没法过了！

“我们也是人，我们要过人的日子！”

“不答应我们的条件，誓不复工！”

上千工人的吼声震得窗户都嗡嗡作响，工厂的围墙外已围上了许多市民与路过的行人。

泰安纱厂的日本厂主为避免事态进一步扩大，当日下午就答应了工人年关发双倍工资的要求。

“考虑大家的确辛苦，同意你们的要求。”还是那个留着一小撮仁丹胡子的经理，板着脸无奈地宣布：“你们赶快复工！”

“我们胜利了！ 我们胜利了！”

细纱车间几个农村来的小姑娘抱在一起哭了起来。

那几个在夜校与李耘生熟悉的小伙子直说：谢谢李先生！ 谢谢李先生！

李耘生抓住这个时机：不用谢谁，要谢，谢我们自己，谢我们大家！ 任何事情，只要大家心往一处想，劲往一处使，我们的命运就能改变。 工人阶级的解放，只能靠工人阶级自己！

泰安纱厂这次罢工，锻炼了工人，培养了一批工人骨干，打击了日本帝国主义，推动了武汉工人运动的恢复与发展。

继泰安纱厂这次罢工取得胜利之后，既济水电公司发起的“按本公司职员收入的比例增加工人薪水”的罢工斗争，在工人的齐心协力与社会的广泛同情下，资本家迫于强大的社会舆论，不得不将工人的薪水按比例增加。

春风一波一波拂暖着汉水两岸，经历了年关斗争取得胜利的硚口特区书记李耘生，正在考虑去几所学校，如何将工人运动与学生运动很好地结合起来，在社会上造成更大的社会影响，为革命进一步开展营造更为浓烈的舆论氛围。

上海传来了噩耗！ 蒋介石在上海悍然发动了反革命政变！ 这是武汉市党组织没有想到，中共中央也没有想到的。

1927 年 4 月 12 日凌晨，停泊在上海高昌庙的军舰上空升起了信号，早已准备好的全副武装的青红帮、特务约数百人，身着蓝色短裤，臂缠白布黑“工”字袖标，从法租界乘多辆汽车分散四出。

从一时到五时，青红帮和特务先后在闸北、南市、沪西、吴淞、虹口等区有计划地疯狂袭击工人纠察队，毫无准备的工人纠察队仓促抵抗，双方发生激战。国民革命军第二十六军(蒋介石收编的孙传芳旧部)开来，以调解“工人内讧”为名，强行收缴枪械。上海两千七百多名武装工人纠察队被解除武装。工人纠察队牺牲一百二十余人，受伤一百八十人。当天上午，上海总工会会所和各区工人纠察队驻所均被占领。同时，在租界和华界内，外国军警也大肆搜捕共产党员和工人一千余人，交给蒋介石的军警。

蒋介石与日本人密谋，勾结财阀、帮派发动四一二反革命政变，大肆屠杀工人纠察队和共产党员，举国皆惊!

4月13日上午，上海烟厂、电车厂、丝厂和市政、邮务、海员及各业工人举行罢工，参加罢工的工人达二十万人。上海总工会在闸北青云路广场召开有十万人参加的群众大会。

大会通过决议，要求:一、强烈要求收回工人纠察队的武装;二、严办破坏工会的长官;三、抚恤死难烈士的家属;四、向租界帝国主义者提极严正的抗议;五、通电中央政府及全国全世界起而援助;六、军事当局负责保护上海总工会。会后，群众冒雨游行，赴宝山路第二十六军第二师司令部请愿，要求释放被捕工人，交还纠察队枪械。游行队伍长达一公里，行至宝山路三德里附近时，埋伏在里弄内的第二师士兵突然奔出，向群众开枪扫射，当场打死一百多人，伤者不计其数。宝山路上一时血流成河。

当天下午，反动军队占领上海总工会和工人纠察队总指挥处。接着，查封或解散革命组织和进步团体，进行疯狂的搜捕和屠杀。在事变后三天中，上海共产党员和革命群众被杀者三百多人，被捕者五百多人，失踪者五千多人，优秀共产党员汪寿华、陈延年、赵世炎等光荣牺牲。

4月15日，广州的国民党反动派也发动反革命政变。当日捕去共产党员和革命群众两千多人，封闭工会和团体二百多个，优秀共产党员肖楚女、熊雄、李启汉等被害。

江苏、浙江、安徽、福建、广西等省也以“清党”名义，对共产党员和革命群众进行大屠杀。奉系军阀也在北京捕杀共产党员。

4 月 28 日，北洋军阀政府不顾社会舆论的强烈反对和谴责，将李大钊等二十位革命者绞杀在西交民巷京师看守所内。临刑前，李大钊慷慨激昂：“不能因为反动派今天绞死了我，就绞死了伟大的共产主义，共产主义在中国必然得到光辉的胜利。”他高呼：“共产党万岁！”英勇就义，时年三十八岁。

……

四一二反革命政变，标志着中国阶级关系和革命形势的重大变化。以蒋介石为首的国民党反动派从民族资产阶级右翼完全转变为大地主大资产阶级的代表。从此，蒋介石和他的追随者完全从革命统一战线中分裂出去，革命在部分地区遭遇重大失败。

黑云压城城欲摧，中国共产党人面临从未有过的严酷考验。

四一二反革命政变半月后，4 月 27 日至 5 月 9 日，中国共产党第五次全国代表大会在武汉市武昌都府堤二十号召开。

此时的中国形成了三个政权，即原来的北洋军阀政府，上海、南京的蒋介石反革命政权和武汉国民政府。面对错综复杂的矛盾和尖锐激烈的斗争，需要中国共产党对形势有清醒的认识并采取果断行动，才能挽救革命。党的五大就是在这种非常状态下召开的。全体党员期望这次大会能正确判断当前局势，回答大家最为关注的如何从危急中挽救革命的问题。大会批评了陈独秀为首的党中央在指导思想上的右倾妥协的错误，强调了无产阶级在革命中，必须争夺领导权、建立自己的革命政权等问题。

党内绝大多数干部对陈独秀的领导和路线表示不满，党的五大以后，中共中央进行了改组，陈独秀离开了中共中央最高领导岗位，由张国焘、李维汉、周恩来、李立三、张太雷组成了中央临时常务委员会。

党的五大虽然批评了陈独秀的错误，但对无产阶级如何争取领导权，如何领导农民进行土地革命，如何对待武汉国民政府和国民党，特别是如何建立党的革命武装等迫在眉睫的重大问题，都未能作出切实可行的回答，因此，难以承担在生死存亡的危急关头挽救大革命的重任。而真正结束中央所犯的右倾机会主义错误，制定正确的土地革命和武装起义方针，是在三个月后的八七会议上完成的。

此时的李耘生，虽然先后组织硚口的全体党团员和工农积极分子参加了在武汉阅马场召开的“讨伐蒋介石”三十万人的大会；参加了反对反动军阀夏斗寅、许克祥的示威大会，并将身份已经暴露的部分党员，采取了紧急措施，进行必要的转移，但武汉的政治空气一如这闷热的夏日，让人透不过气来。

当蒋介石反革命气焰嚣张之时，投降与叛变的事件接踵而来。

1927年5月17日，武汉国民政府所辖的第十四师师长夏斗寅叛变。21日，湖南许克祥叛变。这些事变使武汉国民政府内部汪精卫集团更加明目张胆地进行反共活动。6月6日，汪精卫解除苏联最高顾问鲍罗廷在国民政府中的顾问职务。同日，江西军阀朱培德叛变。19日，冯玉祥与蒋介石在徐州举行会议，达成反共、反苏、宁汉合作等协议。此时，两湖及江西的工农运动已遭严重摧残，湖北被杀害农会会员四千七百余人，湖南被杀的农会会员达两万人。陈独秀却仍坚持机会主义立场，对蒋介石、汪精卫继续采取姑息迁就的态度。

7月13日，中共中央被迫命令参加国民政府的共产党员退出政府，并发表对政局的宣言，斥责国民党的反共罪行，表示要“严厉地揭发一切假借孙中山先生旗号的伪国民党之出卖革命”。

7月14日夜，汪精卫在武汉召开秘密会议，确定分共计划。7月15日召开分共会议，公布《统一本党政策案》，正式与共产党决裂，封闭武汉的工会、农会，疯狂屠杀共产党员和革命分子，并提出“宁可枉杀一千，不可使一人漏网”的口号。汪精卫集团的叛变，使中国革命遭受严重损失，第一次国内革命战争终于失败，更多的共产党人遭到屠杀与迫害，武汉笼罩在白色恐怖之中——

7 月 13 日，江岸铁路工会秘书共产党员朱继武公然被害，血洒汉口新市场；

7 月 19 日，武汉国民政府军事委员会发出制裁共产党的训令；

8 月 2 日，武汉国民政府明令：对共产党员一经拿获，即正典刑，决不宽恕……

在武汉的中华全国总工会、湖北省总工会被军警强行封闭；共产党人遭到枪杀，长江岸边，遍洒革命者的鲜血。

革命又转向低潮、劣势，令李耘生心绪不宁。白天忙于组织的隐蔽，人员的分流。夜晚，在自己那间小屋中，李耘生有苦闷有困惑，他总是在思索：国共合作的局面彻底破裂，中国向何处去？中国共产党向何处去？

“一切坚固的东西都烟消云散了，一切神圣的东西都被亵渎了。人们终于不得不冷静地直面他们生活的真实状况和他们相互的关系。”

“无产者在这个革命中失去的只是锁链，他们获得的将是整个世界！”

“共产党人不屑于隐瞒自己的观点和意图。他们公开宣布：他们的目的只有用暴力推翻全部现存的社会制度才能达到。让那些统治阶级在共产主义革命面前发抖吧。”

“无产者在这个革命中除了他们的锁链外没有可失的。他们将赢得一个世界。”

“万国的劳动者们团结起来啊！”

《共产党宣言》，李耘生捧在手中，记在心底，革命导师的教导与现实残酷的斗争遥相呼应，李耘生总是能从这本薄薄的小册子中获得力量。

1927 年 8 月 7 日，中共中央政治局在汉口原俄租界三教街四十一号（现为鄱阳街一百三十九号）召开了中央紧急会议，史称八七会议。

八七会议总结了大革命失败的经验教训，第一，力量的悬殊。反动力量大大超过了有组织的革命力量。第二，陈独秀的右倾投降主义，是使大革命失败的一个重要原因。第三，这时的党还是幼年的党，在革命的紧要关头，没有担当起巩固革命胜利的重任。

八七会议纠正和结束了陈独秀的右倾投降主义错误，撤销了他的总书记职务。会议确定以土地革命和以武装反抗国民党反动派的屠杀政策为党在新时期的总方针，就国共两党关系、土地革命、武装斗争等问题进行了讨论，并把发动农民举行秋收起义作为党在当时的最主要任务。

八七会议在我党历史上是一个转折点。它给正处在思想混乱和组织涣散中的中国共产党指明了新的出路，为挽救党和革命做出了巨大贡献。这是由大革命失败到土地革命战争兴起的历史性转变，党的工作重心由城市转向农村。

经历了从四一二反革命政变再到汪精卫的公然"分共"与共产党决裂，李耘生经历着、感受着也更加坚定着：要革命，就得有牺牲。自己认准了的理想与信仰，值得自己献上一切，包括生命。

白色恐怖之下，根据现有的恶劣形势，党组织就党转入地下工作专门作出了决议。在危难之际担任了武昌区委书记的李耘生，经常去位于汉口俄租界洛加碑路十二号的中共湖北省委机关参加会议，每次来去都是换了衣服和帽子甚至装扮成老者进出；恢复和重建地下党、团组织，李耘生冒着生命危险，用了一个多月的时间，在中山大学、邮政局以及下属区委，建起了地下的直属支部，与敌人坚持斗争。

此时的李耘生，工作上的担子很重，心理上的压力也很大，担忧工作的开展更担心同志们的安全。在那些个风雨如晦的日子，在那些个风声鹤唳的时刻，有许多同志昨日还在一起商议问题，一起去徐家棚、去武胜门外，发动群众，寻找与安置党员，可第二日就不见了，失踪了，再过两日，又会传来这位或是那个同志牺牲被害的噩耗。

此时已结婚的李耘生，每日疲惫地回到家中，好在，有着她温柔的笑脸，为自己捧上热热的茶水；但每日在外奔波，又多着一份牵挂，同是共产党员的她，会不会哪突然遭遇不测？ ……回家，见到她，成了李耘生每日里向家走时最大的期盼。

夜色更浓，月光透过树枝洒进铁窗。

是春天么？ 月色迷蒙，些许柔和的月色暂时推开了残酷与杀戮，想起武汉的工作与斗争，想起亲爱的她，自己的爱人与战友，想起和她相识的地方，与她相恋的时光。 妻子秀丽的面庞在李耘生的脑海中显现，李耘生柔肠百转,月光中嘴角轻轻上扬:蕴！ 蕴！ 你在哪里，你和孩子在何方！ 你和孩子都好么！ 坚强的李耘生潸然泪下……

第四章
牵手与共担

白云在天空飘逸出一派悠然，难得露出面孔的太阳给寒冷的冬日带来些许暖意。

那日，李耘生推开位于泰安纱厂那间大工房楼上的区委办公室木门，以前见过面的硚口区委宣传部长王自强迎了上来：李书记来啦！王自强转过身对着伏在办公桌上刻钢板那苗条的身影：小章，架子好大啊，这是新来的区委李耘生书记！

那短发姑娘笑着站了起来，圆溜溜的黑眼睛转向了李耘生，忽地失声叫了起来：是你?！ 李耘生看着这似曾相识秀眉丽眼的姑娘：哎呀，是你啊！

王自强左看看年轻英俊的新书记，右看看年轻的区委组织部长章蕴：你们早就认识？ 章蕴红了脸：是的，我们见过，但也不是认识……李耘生笑了：我们是见过，但是真算不上熟悉……爽直的王自强看着这两人前言不搭后语的样子，笑了起来：什么见过？什么不认识？你们两有什么秘密吗，如实招来？章蕴脸色暗了下来，李耘生想起了他刚到武汉不久的那次，在武昌司门前的灯柱下，与眼前这个姑娘的第一次相遇……

1. 腥风血雨中的相遇

炎热的夏日，天空晦暗得似乎能拧下水来。 武昌司门口的灯柱下围着一堆人，仰着头指指点点。

一颗鲜血淋漓的人头悬挂在高高的灯柱上！ 灯柱上贴着的白纸上是大大的黑字：共党分子陈定一的下场！

路经此地的李耘生为之一震，血直往头上涌：残暴的敌人无能无耻到只有用这个手段了！ 以如此血腥的手段恐吓百姓民众，可你以为真正的共产党人你杀得完吗？ 真正的共产党人你吓得倒吗！ 愤怒的李耘生双拳攥得紧紧的，发出咯吱咯吱的响声。

一阵抽泣声在身边响起，且越来越响。 李耘生左侧一位姑娘捂着嘴双肩抖动哭出了声，周围的人向哭泣的姑娘投去了诧异与同情的目光。 立在灯柱周围几个凶神恶煞的黑衣人，也向这儿慢慢走了过来。

李耘生一惊，猛地上前拉起了姑娘：快跟我走！

拉着姑娘拐进武昌司右侧的一条小道，李耘生站了下来：你刚才失态了！ 没看到周围都是暗探吗？

泪水滂沱的姑娘抬起了眼睛：谢谢您！ 谢谢您！ 姑娘深深地鞠了一躬飞奔而去。

没想到的是，两个多月后，两人在这儿见面了！

我叫李耘生。 以后我们就在一起工作了。 李耘生伸出了右手。

我叫章蕴，欢迎您来领导硚口的工作！ 章蕴也伸出了右手。

两位年轻的共产党人，当时没想到，这一握手就是今生今世，就是天长地久。

当时我在市党部妇女部工作，陈定一是市党部的组织部长，我的同事。 那日早晨我们还在一起商量工作，九时后，他去郊县发动群众，我去震寰纱厂了解女工们近期的生活和思想状况。 没想到，下午，就……章蕴低下头，一脸伤痛。

我们的血是不会白流的！王自强这才知道，眼前这两位战友、同事见过但又不熟悉的始末。

是的！ 我们的血不会白流！ 李耘生在硚口区开始了新的工作，也由此而结识了自己生死相依的恋人、妻子，收获了地老天荒的爱情。

硚口区位于武汉市汉口西部，东临长江，与江汉区毗邻，南接汉江，与汉阳区隔水相望。 西抵舵落口、额头湾，北至张公堤与东西湖区接壤。 民国初期，硚口是武汉产业工人较为集中的地区。 华中地区最大的面粉厂，日本商人的泰安纱厂以及德国商人开设的火车头制造厂，肥皂厂、火柴厂、烟厂、水电公司等等，是武汉重要的轻工业基地。 这也是上级党组织将有着丰富工人运动经验的李耘生派到硚口区领导地下党工作的重要原因。

从到硚口区委上任一晃竟然快五个月了。 这几个月来，李耘生与章蕴、王自强等在一起成功地组织了泰安纱厂“增加工人工资，改善生活条件”的罢工斗争，既济水电公司的“按职员收入的比例增加工人薪水”的罢工斗争等，李耘生对章蕴越来越了解，越来越欣赏这个长沙姑娘。

“昔我往矣，杨柳依依。 今我来思，雨雪霏霏。”……稚童的诵读声在长沙市郊区杨家冲飞扬，窗外，一眉清目秀的小女孩伏在窗棂上喃喃有声。私塾先生注意到这个十来岁的女孩在窗外几天了。

你是谁家的孩子？叫什么名字？

我家就住在西边，我叫杜蕴章。

喜欢读书？

喜欢！女孩低下了头，双手绞在了胸前，又抬起了眼，大大的圆眼睛看向了私塾老师，满溢着读书的渴望。

长沙西乡杨家冲山清水秀，1905 年 5 月出生的章蕴（原名杜蕴章），尽管其父杜菊藩是位秀才，也曾在山西临汾做过短时间的县官，但因其为人豪爽又刚直不阿，仕途并不顺坦，家中也只是靠母亲的几亩土地，勉强温饱。读了两年小学的章蕴因家境，只能失学在家。

凝视着眼前这小女孩渴求的眼神，私塾先生拍拍她的肩膀：明天带个小板凳来，进屋一起听课吧！

女孩低着头泪水满眶：我们家拿不出钱。

回去搬凳子吧，老师不收你的钱！

谢谢老师！女孩深深地鞠了一躬，甩着小短辫高兴地直向家中跑去。

第二天，母亲拎着一小篮鸡蛋，将小章蕴送到了私塾先生的书房。

乡间的女孩难得有读书的机会，小章蕴无比珍惜。渐渐长大的章蕴，即使白天劳作，晚上也抽空看书、读诗学习。

新文化运动的壮阔波澜席卷全国，一些进步青年走出书斋，西乡也办起了速成补习学校，章蕴立即报名参加。

若干年后与李耘生交谈，章蕴仍记得自己接触到的第一位中共地下党员，补习学校的教员陈勉：是陈老师让我知道了这个社会不该是这个样子，这个制度肯定要推翻，天下受苦人可以有另外一种生活。

1925 年，二十岁的章蕴来到了武昌，寄住在姨父家。

我要来考大学！此时的章蕴其实是来寻找陈勉老师的。自陈老师离开补习学校，章蕴及一群同学也陆续离开了。找陈老师，参加革命，成了章蕴的唯一念头。

巧的是姨父家两个哥哥，竟然一个是共产党员一个是青年团员。在与章蕴的交谈中很是欣赏这个从长沙来的表妹，并将章蕴介绍给了在武汉从事工人和妇女工作陈潭秋的夫人徐全直，章蕴从此走上了革命的道路，以一个小学教员的身份为掩护，加入了中国共产党，成为一位职业革命者。

1926 年 7 月，国民革命军在广州誓师北伐，当时受党组织的派遣，章蕴担任着当时还处于地下工作状态的国民党汉口特别市党部妇女部长，去工厂、去学校，组织广大妇女参加国民革命，迎接北伐军。同时，还在新世界剧场举行的庆祝晚会上，带领妇女工作部的同志自编自演小戏，反映受恶婆婆虐待的童养媳之痛苦，深深感动了大家。

1926 年 9 月，北伐军占领汉口，章蕴领导的妇女部号召妇女剪发、放脚，一些长期受公婆虐待或饱受封建包办婚姻之苦的妇女都跑到妇女部来找“章小妹”部长：你要为我们作主啊！ 而妇女协会硚口分会在章蕴的发动下，发展到两千多人，教育妇女识字、放足都走在全市前列。

你很了不起！ 在与章蕴的接触中了解到这些，李耘生对眼前这个看上去还是小姑娘的章蕴，很是钦佩。

你才了不起呢！ 对李耘生，章蕴同样钦佩不已，这么年轻的区委书记，从青岛到济南，从山东到武汉，组织和见识过那么多的大活动，和这样的领导在一起，早李耘生一个月来到硚口区委工作的章蕴，对工作充满了信心。

硚口的轻工业很是集中，女工达到一万多人，作为组织部长兼妇女部长的章蕴，其工作量可想而知。

脱下旗袍，换上短衫长裤，这是章蕴每次到工厂的装束：要让女工相信你，必须走近她们。 在泰安纱厂，章蕴和女工们一起在车间里落纱、接线头，和女工们打成一片。

下班后，在工人夜校，教女工们识字，和女工们一起唱歌。 李耘生印象很深的是，为了给有初级识字水平的进步青年工人们上课，章蕴还编写了《什么叫共产主义》《工人阶级的历史使命》等小册子。 李耘生的眼光越来越多地注视在这位秀丽又能干的组织部长身上。

白色恐怖下的风雨如晦，是验证同志、战友坚强坚贞的试金石。残酷惨烈的四一二反革命政变，令李耘生、章蕴这对并肩作战的同志情感发生了质的变化。

李耘生在狱中时常想起，想起与章蕴之间一件件在忙碌的工作间甜蜜的往事。

从上海的四一二反革命政变，工人纠察队被解除武装，共产党员。 革命群众大规模被捕被害，到广州惨绝人寰的沙基惨案，再到全国规模的国民党以“清党名义”迫害共产党人……一时间，中国上空乌云重重，革命形势急转直下，老百姓人心惶惶，武汉的共产党活动完全转入了地下。

硚口区委主要也就是宣传部长王自强、组织部长兼妇女部长章蕴，还有泰安纱厂的老陈、小王兼职做一些工作。 章蕴是在北伐军到汉口后，为了巩固国共团结合作，共产党员让出一些职位给国民党员担任，章蕴因而从汉口市特别市党部调来。

说是部长，但硚口区委许多内勤、文字刻印等工作都是章蕴来承担，有时候为大活动写标语到深夜，晚上也不敢回去，就在办公室打个盹，第二天又投入工作。 没有听她叫过一声苦喊过一次累。

那日，办公室内，章蕴将一张报纸气呼呼地摔到了地上：一帮软骨头！

外出的李耘生正好推门进来：小章，怎么了？ 从地上捡起了报纸。

章蕴说，李书记你看看！ 又一批家伙登报，声明退出共产党！

自革命形势受挫后，不但报纸上常刊登出一些不坚定分子声明退出共产党退出共青团，就是大街上，也常看到一些怯懦者将“退党、退团”的声明，贴在电线杆或是闹市口的墙壁上。

大浪淘沙，疾风知劲草嘛！ 李耘生在章蕴对面坐了下来。

何必动气?！ 凡事都有两面，与其让信仰不坚定者留在队伍中，万一做了叛徒，对革命队伍损害更大。 不如让他们选择退了，对我们的革命工作、纯洁我们的队伍只有好处。 李耘生不慌不忙。

看着李耘生英俊的面庞，沉稳安定的样子，章蕴忽的脸红了：这年龄和自己差不多的区委书记，考虑问题总是很全面，遇到什么困难，有他在，心就定了许多。

看着红了脸的章蕴，李耘生心一动，从事革命工作这么长时间，风度沉稳、长相俊秀且书生气质的李耘生，不是没和女同志共过事，从在青州做团的工作到在济南、青岛，包括曾经有人拿他和王辨也开过玩笑，其实，与王辨共事，那真是非常好的同事加战友的感觉。

可这个湘妹子章蕴，不知何时开始，在李耘生的心里悄悄地驻扎了下来。

那一次，他们一起到武汉区委开会，当长衫一袭贝雷帽一顶和浅蓝旗袍的章蕴一起走进会议室时，就有两个同志笑：什么意思吗? 双双对对的，大家看，这一对好般配！

李耘生朝矮自己半头的章蕴笑笑打招呼：他们开玩笑的！ 可章蕴却大大方方地朝那两位笑着说：我们这样一起在街上走，不会引起别人怀疑的！ 大家笑：还真的活像一对。

那日开完会，在回来的路上，李耘生说：很迟了，饿了吧? 想吃点什么?

章蕴笑了：面窝！

可面窝一般是早晨才有的啊！ 还想吃什么?

那就三鲜豆皮吧！ 和天下的女孩子一样，章蕴也喜欢小吃。

坐到那间卖热干面、豆皮的小摊，看着对面的章蕴，李耘生笑意更深了：你一个湘妹子，怎么喜欢上这里的面窝的?

你不知道，我从长沙到了这儿，最喜欢吃的就是面窝。我第一次来武汉，就在火车站路边看到热气腾腾的大油锅，金黄的面窝在里面翻滚着，那味儿香极了！我正好饿了，就买了两个，真的好吃，厚处松软软的，薄处酥脆脆的。你可知道，这面窝可是有历史的！

说来看看！李耘生深深地看着对面这个说起面窝神采飞扬的姑娘。

没听说过吧！汉口汉正街集稼咀附近有个卖烧饼的人，名叫昌智仁。他看到烧饼生意不好，就想办法创制新的早点品种。他请铁匠打制了一把窝形中凸的铁勺，在这个铁勺中浇上米浆，这个米浆呢，是用大米、黄豆一起磨成的，再在上面撒上黑芝麻，放到油锅里炸出一个个边厚中空、色黄脆香的圆形米饼。已流传一百多年！只有武汉才有的！章蕴说着笑着。

你怎么知道的，你和我来武汉时间差不多，我也吃过面窝，我怎么就不知道的呢！李耘生不胜遗憾。

全是我在纱厂时，那些小姐妹讲给我听的！章蕴得意洋洋！将来，太平了，说不定我就去开个面窝店！

好！我来替你打下手！明早就去找个面窝摊子拜师去！吃着豆皮的李耘生也说着笑着。

也就是在那日晚上，李耘生送章蕴回泰安纱厂，一路上，章蕴讲起了自己的家乡杨家冲，李耘生也讲起了自己在山东阳河边的家，讲起了自己的爷爷，讲起了自己的巧手母亲：我妈做的火烧和煎饼那可在咱西李村有名的！不比这面窝差。那煎饼黄澄澄的，一咬又酥又脆还有筋道！

章蕴欢天喜地：那我一定要去尝尝！

说话算数！俺娘见到我带个这么漂亮的姑娘回去，要高兴死了！李耘生笑了。

章蕴猛地停住脚步缩住了话头：是谁说要到你家去的？

不能耍赖哦！这月亮听见的，这星星听见的！还有这路边的大香樟树，你们给我作证，是不是这个湘妹子说要去我家吃我娘做的煎饼的啊！ 耘生故意将声音说得响响的。

章蕴笑了，脸红了。

是的，这月亮作证，这星星作证，这株大香樟作证！

即使现在，坐在这宪兵司令部看守所的囚室间，透过那拳头大的出气圆孔，李耘生依旧看见那日晚上，月色星光中倚在那株香樟树上妩媚秀丽的章蕴，自己心爱的好姑娘。

不要湘妹子长湘妹子短的，我们是同年出生的，我可比你大几个月呢！ 章蕴甩着一头黑发调皮地笑着。

你就是湘妹子，是我李耘生永远的湘妹子！ 月光中，耘生拉住章蕴的双手，将自己心爱的姑娘拥进了怀中。

昏黄的路灯，将两人的人影重合在了一起。

第二日一大早，章耘刚进泰安纱厂那间大工房的区委办公室，桌上竟然是一个油皮纸袋，一打开，五个金黄色的面窝，热乎乎的香气四溢。 离开家乡在武汉从事革命工作，一个人独来独往惯了的章蕴，眼眶有点湿了，心也暖了。

耘生装着什么也不知道的样子，拎着热水瓶走了进来：什么东西这样香啊！ 哪来的？

章蕴甜蜜蜜地笑着：这个东西是面窝啊！ 做面窝的师傅送来的，尝尝吧！

李耘生也笑了：一大早我就去找面窝师傅学手艺了！ 不是有人将来要开面窝店的吗？

1927 年 4 月底，春暖花开的时候，经组织批准，李耘生将章蕴的铺盖和一个小藤箱子，搬到了自己租住的小屋，章蕴去巷子口那家杂货店买了四个大红的双喜，细心剪了贴在了门上和窗上。

一盘面窝，一盘三鲜豆皮，还有一瓶桂花酒。

耘生也是偶尔听章蕴说起，长沙杨家冲她老家门口有一株大桂花树，秋日里，一地金黄，章蕴和一帮女孩子，将桂花小心地拣起来，交给奶奶去酿酒之事。恋爱的人心细如发，一些小事都记在了心底。

秫生将酒倒进两只小碗，端着举起：蕴，在这个乱世中，我不能给你举办一个像样的婚礼，请容我后补。我也没有什么能送给你的，能送你的，只有我这个人，还有一首诗。

章蕴双手郑重举起桂花酒：秫生，我也没有什么能送你的，只有我这个人！这个人，今生今世，永远是你一个人的湘妹子！

李秫生展开了准备好的那张红纸：生命诚可贵，爱情价更高。若为自由故，两者皆可抛！下面工工整整的落款：秫生。章蕴神色凝重，拿起钢笔，在“秫生”两字的旁边签下了“章蕴”。

捧着这张红纸，章蕴站了起来：秫生，这就是我们俩的婚约，这就是我们今生今世的结婚证书！

李秫生也站了起来：好小蕴，这就是我俩的结婚证书，但不仅是今生今世，还有来生来世，永远永远！

小桌上那对红烛喜滋滋地噼啪作响，在1926年的春夜燃烧出无比美丽的灯花……

武昌督府堤大街拐角那个小院子，搬来了一对小夫妻。男的俊朗、女的秀丽，男人是要为家中谋生的，总是早出晚归。

邻居常见着的是这圆圆脸的小媳妇小章。小章早晨提个篮子出去买菜，小章下午偶尔也被邻家太太“三缺一”拖到麻将桌上，不声不响的小章总是温婉地笑着，人一全她就说自己有点眩晕症，回到自己的院子。

捂着头回到自己家中的小章，立即脚步轻捷关好院门、房门，拉紧窗帘，拖出床下面的那只藤箱，拿出文件，用明矾水密写文件，晚上，会有地下交通员到此取武昌市委书记李秫生的会议通知，以及对武昌下一阶段地下工作的进一步部署。

“宁汉合流”以后，武汉笼罩在白色恐怖之中，汪精卫的武汉国民政府的军事委员会口头上叫喊“和平分共”，但事实上已开始了“武力清党”，明令对“共产党员一经拿获即正典刑，决不宽恕”，封闭了设在武汉的中华全国总工会、湖北省总工会，大批共产党人和进步群众遭到杀害。

形势不容怠慢。中共八七会议在汉口召开以后，武汉的党组织立即全部转入了地下工作的状态。根据这次会议上通过了《党的组织问题议决案》，其中第六到十四条专门强调了党转入地下后的组织及开展工作等问题：

现时主要之组织问题上的任务，就是造成坚固的能奋斗的秘密机关，自上至下一切党部都应如此；即使在最公开的条件之下亦应有秘密组织及工作，这是现时环境中最主要的责任（原文为职任而非责任）。

一切支部应当立刻进行秘密工作，并即按照此种目的而改造……每一支部都应当分成五人至八人的若干小组，每组有一组长（并应有候补者），以与干事会联络。各小组尽可能的每星期集中一次，进行一切党的基本工作……

在此决议的指导下，武昌市委全部进入“地下”，进入了秘密工作的状态。

李耘生在此危难之际，挑起了武昌市委书记的重担，新婚不久的章蕴和耘生一起在这个位于督府堤大街的居民区租了房子住下了。对外，李耘生是公司的职员，已怀孕的章蕴则主持家务。

督府堤位于武昌解放路北段的西侧，其东原有司湖，清时在此筑堤，堤近都督府衙门，故名督府堤，亦称都府堤。清代末年，沿堤形成居民区，就叫都府堤大街，人们仍习称为都府堤。

都府堤大街为南北走向，南起自由路，北至中央农民运动讲习所旧址的大门口，长五百六十米，宽六至十米。此街的四十一号，是毛泽东在1927年上半年主办农民运动讲习所时居住的地方，著名的《湖南农民运动考察报告》就是在这里写成的。蔡和森、彭湃、杨开慧、夏明翰、毛泽覃等都在这里住过。

此街的十号原为武昌高等师范附小，是1924年任中共武汉地委书记陈潭秋的故居。1927年4月27日，中共第五次代表大会首次会议就是在这里举行的。现为中华路中学和江汉大学武昌分部校址。

中华路中学，江汉大学，这些风华正茂、时尚新潮的大、中学生进进出出，他们是否知道，这许多的红色记忆中，曾经有一对年轻漂亮的共产党员，在这督府堤大街，曾经为今日之和平中国，舍生忘死地工作？

偶尔得空，喜爱读书的李耘生、章蕴夫妻俩，也会在晚间相扶相依，去横街头书店转一转。

武汉水陆交通和运输便利，武昌又是全省公私立大、中学校最集中的地方，因此，书局店铺多集中在武昌横街头和胡林翼路（今民主路）一带。当时，在武昌开设的较大书店有两家，一是“益善书店”，另一家就是武昌老牌的武昌亚新舆地学会，或称“地学社”，地址在胡林翼路。集中在横街头的二十多家古旧书店，大都按书籍定价、品相成色估算贵贱，收进后重新上架，任凭读者挑选，价极廉，薄利多销，很受买不起新书的穷学生和爱书人青睐。

在书籍中流连驻足，是章蕴与李耘生都喜欢之事。

在书店，章蕴总是满心欢喜：要是我们开一间书店多好！一天什么事也不做，就看书。每次站在书架前，我总觉得自己真是一个小学生，渺小得如一粒灰尘。

那面窝店谁开呢？李耘生欣赏又笑微微地看向章蕴。

门内卖书，门口摆个油锅煎面窝！

好！我卖书，你卖面窝！

不嘛！你不是拜师学做面窝的手艺了吗！你煎面窝，我负责看书吃面窝！章蕴笑得似一朵花。

这是血雨腥风中生死相依的夫妻俩难得的小休闲。作为武昌市委书记李耘生的秘书，章蕴负责着武昌市委机关文件抄写和武器弹药保管等工作。常常要按照指定的地点，挎上竹篮告诉邻居说是出去买菜、送饭给李先生，那菜与毛巾的下面往往就是手枪与手榴弹。章蕴也庆幸自己，两个多月一点差错没出过。

暑热渐渐退去，江岸上凉风习习。想着要为过几个月出生的婴儿准备点尿布和小衣物，章蕴抽了个空去汉口德润里姨妈家。姨妈听说章蕴怀孕了很是高兴：小宝宝用的尿布啊，最好是家人穿旧了的棉布衣服来做，哪日到姨妈家里来，姨妈为你准备好了！

想着已一个多月没来姨妈家了，章蕴走路边买了几只苹果，刚付了钱，一个人扯住了她的衣袖：章老师，别来无恙啊！章蕴一惊：在这汉口怎么有人认识自己？

一个贼眉鼠眼的男子，对着章蕴不怀好意地笑着：你又到汉口哪个工厂来说共产党的好话啦？在硚口你替泰安纱厂、申新纱厂的女工上过课，我可是在窗外也听过的，你不是教她们认字还说过共产党的好话吗？

我不认识你！章蕴转过身欲走，可这个申新纱厂的那个姓熊的工贼手一挥，上来两个黑衣暗探，不由分说，将章蕴抓了起来。

一进监狱，章蕴就想方设法通知了姨妈、姨父，她不敢说出李耘生的名字。到了黄昏，姨妈在表哥的陪同下急来探望，章蕴才将小纸条请同是共产党员的表哥，通过政治交通员小李传到了李耘生的手中。

晚上回到家中的李耘生不见了章蕴正六神无主，笃——笃笃。一长两短的敲门声，小李闪身进来：章同志被捕了！

李耘生头“轰”的一声大了！

在白色恐怖中从事地下工作，李耘生早做好了面对一切的准备，但李耘生万万没想到竟然是章蕴，章蕴竟然被捕了！

问清楚情况，耘生连夜约见了章蕴的表哥，心中略略松了一口气，目前捕房根据那个出卖章蕴夜校教员身份的徐姓工贼，也只知道章蕴在硚口是工人夜校教员的身份。

你也不要太着急，我父亲已请人去保释表妹了。章蕴的表哥安慰李耘生。

谢谢您！谢谢姨父与姨妈！只是，小蕴怀孕了，还拜托姨父姨妈多照应！我又不适合出面。我每天让小李来打听打听情况。

第二日中午，姨妈就拎着鸡汤来到了监狱探视室，递送鸡汤的同时，一个小纸卷塞进了章蕴的手心。

回到监室，章蕴看看室外无人，悄悄地打开纸卷，竟是自己熟悉的笔迹：亲爱的蕴！不要紧张，不要担心，我们在为你和你腹中的孩子努力！署名是一个“龙”字。章蕴将纸条吞进了口中，眼前一片光明。龙就是耘生，耘生还有一个名字叫殿龙，这是章蕴知道的。

这以后，连续几天，或是姨妈或是表哥来送饭，章蕴都会收到署名为“龙”的纸条。李耘生派政治交通员小李扮作黄包车夫，每日中午拉着黄包车去姨妈家，接姨妈去监狱，再递上一张小小的纸条，给了章蕴莫大的温暖和鼓励。

一个月后，只被提审一次的章蕴以“误捕无罪”的缘由开释，姨妈迎上去小蕴长小蕴短的，姨父龚彰甫则板起了脸：明天，赶快回长沙杨家冲！不要在这儿给我再惹出什么乱子来！

正在此时，拉着黄包车的小李又到了，一见小李，章蕴二话没说拥抱了一下姨妈，立即向小李跑去……

秋风肃杀，卷起漫天阴霾。1927年注定是一个阴森恐怖、反革命势力极其猖狂的年份。

11月桂系军阀胡宗铎、陶钧进驻了武汉三镇，胡宗铎随即成立了全省清乡督办公署，自兼“督办”，升陶钧为新扩编的十八军军长兼公署“会办”。黑云压城，一度是大革命中心的江城进入了最黑暗、最恐怖的时期。新成立的督办公署更严厉地加强了对工人的控制，并利用在工厂改组的工会疯狂地向工人进攻。

那日，震寰纱厂门前一大早就聚集了一大批工人，一群女工哭哭啼啼。却原来是震寰纱厂改组后的工会被操控：上班检查，凡是剪发的女工就是共产分子，一律开除！

岂有此理！岂有此理！

欲加其罪，何患无辞！

路人纷纷指责，哭泣的、要找厂方说理的乱成一团。

事件发生后，李耘生在请示上级党组织同意后，中共武昌市委决定发动武昌全市来支持和响应工人争取合法权益的斗争。一场浩浩荡荡的声援活动在李耘生的具体策划和直接组织下，在武汉市开展了。

武汉各界妇女在中山大学文学院礼堂召开大会，声援震寰纱厂女工，到会者四百多人，并成立了“武汉各界援助震寰纱厂被开除剪发女工委员会”，选出了马洪、许蕴达、陈慕兰等十多位委员，具体负责这项活动的指挥与组织。

可当这批热血青年下午即前往一纱、裕华、震寰纱厂，拟同工厂厂方进行对话时，竟遭受反动势力阻挠，厂方豢养的大批流氓打手的武力袭击导致宣传队员被打得头破血流，十多名学生被抓捕羁押。消息传回学校，大批后援学生愤怒地赶去，在工厂周围又有十名学生遭到抓捕。前后二十三名学生被关押进了武汉卫戍司令部的汉口裕润里看守所。

军警竟然抓捕二十三名手无寸铁的学生！

此消息迅即在社会各界引起公愤，全武汉沸腾了！更大规模的营救被捕学生、声援被开除纱厂女工的群众斗争在全社会展开。

“释放我们的学生”“声援纱厂女工”！11月29日，武胜门纱厂区域附近口号声此起彼伏。李耘生领导的中共武昌市委发动了各界人士在此集会，近万名工人和学生参加。上万人的呼喊震动着汉江两岸。

“砰——砰——”锐利的子弹声竟然在会场呼啸，震寰纱厂改组后的反动工会雷汉卿等人公然开枪捣乱会场，丧心病狂地向群众开枪射击！一阵沉寂后，愤怒的群众蜂拥而上，缴获枪支并当场将开枪的几个反动分子打死。

武汉卫戍司令部在宣布武汉三镇戒严的同时，又抓捕了中山大学的学生会负责人周达山、教授林可彝、学生吴宗鲁等十九人。并从11月19日开始，先后枪杀了抓捕的学生党员十多人，过了几日，周达山、林可彝、吴宗鲁也相继遇害。大批的共产党员、工人、师生中的进步分子被枪杀，酿成了震动全国的惨绝人寰的“震寰惨案”。

窗外一片漆黑，这个天好黑啊！李耘生抱着头坐在小屋里想啊想啊，胸口疼痛至极：罢工斗争失败了，这么多鲜活的生命牺牲在敌人的枪口下！是党内的政策出了问题还是自己领导的区委存在急躁情绪执行得过了头？李耘生前思后想，想来想去，每一步的行动都是根据上级的指示来的，而且，不这样岂不是任由敌人宰割?！潮起潮落，革命总有最困难的时候，天黑总有天亮的时候！

此时，遭受重创的湖北省委急躁拼命情绪较为普遍，而当时的中共中央依然盲目地要求“两湖”暴动，李耘生再度陷入苦闷之中：此时的形势，贸然组织暴动，又不知道有多少同志牺牲在敌人的枪口下了！

此时，中共中央长江局的书记罗亦农奉命到湖北、湖南视察工作，在全国一片的暴动声中，湖北省委许多同志出于对国民党屠杀政策的愤怒，均提出暴动：以牙还牙，以血偿血！

在罗亦农主持召开的调研会上，李耘生分析了武汉此时工人运动处于低潮的实际，总结了罢工事件的教训，直言不讳地提出：我认为，武汉不具备暴动的条件，无论是从武器弹药、人力还是组织架构上，都不具备。

罗亦农注视着这位书生模样的年轻的武昌市委书记。

我们当前更重要的是保存组织，发动和组织更多的进步工人、学生，在这种仇恨愤怒的情绪下，向全社会揭示目前国民党的反动本质，组织党员骨干进行军事训练等，组建红色武装队，要减少无谓的牺牲，增强自己的实力。同时，继续组织三镇工人进行反对武汉国民政府、资本家和反动的改组委员会的斗争。

罗亦农赞赏地点头：李耘生同志从实际出发，熟悉了解情况，分析得很是到位，武汉立即暴动的条件的确不成熟，武汉的暴动暂时取消。

经过一段时期艰难的工作，武汉的中共组织恢复和重建了组织，并通过在各大工厂组织由工人运动积极分子组成的委员会——“红色武装队”。并召开群众大会严惩工贼、安抚工人等等，通过这些斗争和活动，也保存和恢复了党组织的实力，支援了湖南的秋收起义，重建了共产党在人民群众中的信仰。

这次与李耘生的直接接触，以及武汉尤其是武昌市委后续的一些工作，罗亦农很是满意，对李耘生作出了很高的评价：李耘生同志是我党的得力干部。

此时的章蕴，已怀孕七个多月，即将调往南京工作的李耘生思来想去，决定将妻子先送回长沙她的老家待产。

陪着章蕴，李耘生第一次来到了章蕴位于杨家冲的家，第一次拜见了丈母娘。章蕴的母亲一见这读书人气质的女婿，就欢喜上了。

小李，尝一尝我们长沙的冰糖桔子；小李，这是我家自制的豆豉，香吧？小李，这是我家放了好多年的菊花石雕酒，尝一尝吧！

李耘生憨厚又文静地笑着：谢谢妈妈！小蕴和肚子里的宝宝，我就托付给你了！

吃了饭后，只在章蕴家住了一夜的李耘生要尽快赶回武汉。

蕴，你在家好好的。

嗯！章蕴抓住耘生的手，紧紧地。

宝宝一生下来，你就让他们打电报给我报喜！

嗯！章蕴控制住满眼的泪水。

蕴，我得先去南京报到，有许多工作要开展。你的组织关系我带着了，我在南京等你，我们一起开始新的任务。

挺着大肚子的章蕴扶住门框，看着李耘生的身影远去，消失在杨家冲通往汽车站的路道上，泪水哗哗地流了下来。

2. 诉衷肠三百篇日记

1929 年 4 月，乍暖还寒。金陵古城的柳条枝星星点点绽放了绿绿的小芽。一身着紫红旗袍的女子手提包袱拎着鞋盒，早早地伫立在了南京老虎桥监狱的门口，秀丽的面庞上布满着焦急，急切地向铁门内眺望。

一直等到十时，铁门哐的一声开了，头发长长架着一副眼镜，手中拎着一包袱的青年男子走了出来。女子一见立即冲了上去：耘生，耘生！

手中的包袱掉到了地上，李耘生伸出双手紧紧抱住自己的爱妻，日也想夜也思的小蕴啊，泪花沁出了耘生的眼眶：让我看看我的湘妹子，让我看看……

当春节将待产的章蕴送回长沙到，在杨家冲与妻子分手不久，李耘生即赴南京上任，鉴于此间的中共南京地下党组织先后遭到几次大的破坏，急需调政治上坚定又有着工运、学运工作经验，尤其是地下工作经验丰富的同志来领导南京市委工作，李耘生又是一次临危受命。

中央的调令，自己和章蕴的组织关系，临行时章蕴仔细地缝在了耘生的夹袍中。经过十多个小时的火车，李耘生又站到了六朝古都的下关火车站前。南京下关的火车站，主体建筑是一座尖顶的两层楼。李耘生见识过日耳曼风格的济南火车站，也驻足于法式建筑的武汉火车站，这南京下关火车站风格相对朴实也平稳。

李耘生感慨万端：自己的一生真是与这火车站结缘了，济南、青岛、武汉，现在又到了南京。颠沛流离但充满生机和希冀的革命生涯，令李耘生不知疲累，始终信心满满。

可不知道，一到南京就遇上了难题。

自1927年四一二反革命政变后，蒋介石在南京建立了代表地主阶级和买办资产阶级反动政权的国民政府。为了巩固其统治，用法律、行政、特务、军事等多种手段，残酷镇压任何革命活动，公然宣布共产党是“非法”政党，加入中国共产党是最大的“犯罪”。还专门制定了《制止共党阴谋案》和《暂行反革命治罪法》，明文规定“对意图颠覆中国国民党及国民政府，或破坏三民主义而起暴动者”，分别处以死刑或无期徒刑或有期徒刑。作为国民党的统治中心，南京白色恐怖笼罩，南京的中共党组织1927年就接二连三地遭到几次特大破坏，几任中共南京市委书记遭到被捕和杀害。也就是在这样的形势下，中央从全国各地，抽调得力干部来恢复遭到严重破坏的南京党、团组织。

对当前的形势，李耘生有足够的思想准备，为了劳苦大众早一点过上好日子，为了这个社会的彻底改变，共产党人不就是这样一批又一批以身代薪、前赴后继的吗？但是他却没有想到，在这白色恐怖下，党组织的活动愈发隐秘和谨慎，自己竟然与党组织失去了联络。

到南京的当天晚上，按照上级给的接头地点，在傅厚岗附近那小巷子的临街平房外守候半日，那门始终无人进出。夜色笼罩了一切，李耘生见四处无人，果断推门而入，小房内狼藉一片，几本书散落在地上。是这里被特务破坏还是与自己接头的同志遭遇了不测？

夜色中，几只不知名的鸟儿掠着房顶呱呱飞过，天上一颗星星都没有，一只巨大的黑锅底倒扣在天穹上。

他在这个陌生的城市里徘徊，听警车拉响着警笛在街道上呼啸而过。李耘生拖着疲累的脚步，找了一间小旅店先落下了脚。

第二日、第三日、第四日，一个星期过去了，十天过去了，半个月过去了，不知道从何处寻找党组织。李耘生如茫茫大海中的孤舟，不知该往何处行驶。

恰巧，在与章蕴的通信中，李耘生得知章蕴姨父的公司搬来了南京，按照章蕴留下的地址，李耘生找了过去并暂住在了姨父的家中。

章蕴的姨父一直很是欣赏这个姨侄女婿耘生。在汉口，章蕴在结婚前也曾将李耘生带到自家吃过一次饭，李耘生俊秀的外表，书卷气以及沉稳不俗的谈吐，给龚彰甫留下很深的印象。当时夫妻俩均对李耘生投了赞成票：小蕴，这个小伙子不错！龚彰甫端着杯子：这个小李是个干大事的人，是个人才！

李耘生那些日子天天出去买报纸，搜寻有无地下党组织的一些线索，同时，也在看看有无什么地方招聘教员、文员，与党组织接不上头，也不能长期在姨父家吃住。

知道李耘生心急，那日晚，姨父笑眯眯地告诉耘生：我有一个朋友，在《时事新报》工作，就是那个上海的《时事新报》驻南京的办事处，他叫成济安，你明天去找他，报我的名字就行了。

谢谢姨父！李耘生自是万分感谢，又帮姨父沏了杯热茶。李耘生知道《时事新报》，这是份当时在社会上很有名气的报纸。

《时事新报》是 1911 年 5 月 18 日由著名出版家张元济、高梦旦等筹组创办，由《时事报》和《舆论日报》两报合并而成。辛亥革命时期，该报曾为革命大声疾呼，民国以后，因与梁启超关系密切，逐步成为了进步党的机关报。民国初年的《时事新报》，以编译中外报章、介绍西方资产阶级学术文化为主要内容。该报坚决反对袁世凯复辟，发表了许多倒袁文章。1915 年黄群主持笔政时，与北京的《国民公报》相呼应，公布了当时袁世凯企图复辟帝制的一些密电，在当时舆论界声誉雀起。梁任公曾称上海的《时事新报》为护国军时期“唯一之言论机关”，“议论最真实，消息最灵通，材料最丰富，为人人必读之唯一大日报”。《时事新报》在国内舆论界享有盛誉。

李耘生尤为喜欢《时事新报》的副刊《学灯》，主要内容为评论学校教育和青年修养。主旨是促进教育，灌输文化，是新文化运动中著名的“四大副刊”之一，记得在青州中学读书时就在王翔千老师那儿看过几期。

第二日，李耘生穿上长衫，挂上一直在身边的怀表，戴上自己喜欢的贝雷帽，去了《时事新报》，在报社当上了一名新闻记者。

记者这份工作，于李耘生很是适合，他娴熟的文笔，对形势分析的敏锐，写出的稿子交上去，成济安主编总是一看，即龙飞凤舞地签上自己的名字：通过，排版！ 小李，你天生就该是吃新闻记者这碗饭的。 第一个月，李耘生拿到了四十元的工资。

这一阵，李耘生不放过一丝机会寻找南京地下党组织，除了在报社写稿、编稿，还在《时事新报》以及其他报纸上寻找南京地下党活动的蛛丝马迹。 为了寻找接头人，他几乎每天下班后，都去傅厚岗那没有人住的小屋附近寻看。

那日傍晚，从傅厚岗那小巷子再次失望而出的李耘生，忽地肩膀被人一拍：李殿龙！ 哈哈！

李耘生一惊心中又是一喜，是不是自己人？ 转过身去，还真是熟人！

王复元！ 他为什么从天而降在南京的街头，何况现在斗争形势这般紧张。 警惕性很高的李耘生猝不及防，不禁怔了一下。

王复元曾经在济南、青岛两地党组织中担任一定职务，叛变后被国民党济南党部先后任命为民众训练委员会干事、胶济铁路特别党部特派员等，现为国民党中央党校干事。

李耘生想起与王复元的最早认识，是在青州中学冯家花园成立学生联合会时见过的。

王复元干笑了几声：李殿龙同学，李耘生先生，别来无恙啊？

李耘生似乎不认识他，扭头就走。

王复元吼叫一声：来人！ 几个特务立刻从附近一处小院中冲了出来，“呼啦”一声把李耘生围在了中间。

王复元冷笑着说：实话说，我已经在这儿待了好一阵了，就是想多抓几条大鱼！

此时的李耘生叫苦不迭：你是什么人？ 我不认识你，你抓我干什么？

和我还装，你这个共党分子！ 不由分说，王复元和一群暗探带走了李耘生。

李耘生被捕后，与敌人机智周旋。一口咬定自己是《时事新报》的记者李立早，并拿出了新闻记者的证件。王复元却拿不出李耘生是地下党的任何证据，只是说以前在山东时，李耘生参加过学潮云云。

而《时事新报》的成济安从5月1日的《民生报》上得知了李耘生被捕：李立早（李耘生在报社用名）有共党嫌疑，南京市公安局奉中央党部密令，固于昨日令侦缉科将李捕获，将解特种刑庭审讯。成济安立即与章蕴的姨父联系，商量营救方案。

先后审讯几次，李耘生一口咬定自己只是一个新闻记者，敌人得不到他是共产党员的有力证据，只得把他作为共党嫌疑犯以煽动反革命学潮罪，经江苏特种刑事庭审判后，关押到了南京老虎桥模范监狱，后《时事新报》立即出来要人，而此时的李耘生，已经被判了十个月的监禁，关押进了国民党老虎桥模范监狱。

老虎桥模范监狱北靠鸡鸣寺、北极阁，东临成贤街中央大学，西边则为进香河。这座四方形城堡式的建筑群，四周均是高耸坚固的围墙。错综交织的电网，严密的岗哨。高墙内的牢房排排，男监室都在东边，女监室在西侧。囚室中是地铺、破旧的被褥，墙壁上挂着搪瓷缸等生活用具。

老虎桥监狱也是有着历史的。在清朝光绪年间创建时，叫“江宁罪犯习艺所”，仅收容江宁府的犯人。宣统即位后改为“江南模范监狱”，规模进一步增加，犯人扩大到江苏全省，还收容安徽、浙江等地的犯人。辛亥革命爆发后，监狱更名为“江苏江宁监狱”，到了北洋时期又改为“江苏第一监狱”，民国政府定都南京后沿袭此名。此地的监狱，可追溯至晚清——它是中国最早的新式监狱之一。

这老虎桥的得名，据说是因为清光绪年间，一位叫林森茂的人在此修建的两座园林——集园和蔚园。蔚园中有一处景点，名为“老虎刺”，正对该桥，借景得名。这么多年来，无论是官方还是百姓，习惯还是称其为老虎桥模范监狱或为老虎桥监狱。这也是个令人毛骨悚然的地方，街头巷尾市井无赖争吵斗殴免不了相互咒骂：你死吧！死去老虎桥监狱吧！就连一些大人对付不听话的孩子，也会以老虎桥监狱来吓唬：不要嚎！再嚎，老虎桥监狱的警察来将你抓了进去！

这座四方形城堡式的模范监狱，四周设置高耸坚固的围墙，围墙上是密密的电网，四角均有角楼，一条中轴线，两侧是纵横交错的楼房，很自然地形成天井和院落，男监在东，女监在西。

凝神着密布着电网的高墙，党组织没找到，自己反倒被这个混账王复元指认关进了监牢，李耘生心中说不出的懊恼。

而此时的章蕴，正值生孩子的当口。孩子难产，章蕴在床上疼得死去活来，当时的长沙，也是在到处通缉共产党人。章蕴的家人不敢送章蕴去医院生产，只是请了一个接生婆在家接生。接生婆让难产的章蕴吃了许多苦头，孩子还是没能保住，章蕴大哭一场，紧接着就是产后发热，大病一场。

正在家中休养的章蕴突然接到李耘生发自南京的信：我到南京，在《时事新报》当记者，被同学诬告为中学时代的赤色分子，作为共党嫌疑被判刑十个月。案情不重，万勿着急。念你，你和小宝宝都好么？……

看着熟悉的笔迹，章蕴心急如焚泪水扑簌簌而下：真是祸不单行啊！这边宝宝没有了，章蕴想起来就哭，妈妈心疼得不行：小蕴，你这也是坐月子，眼睛要哭坏的！现在，耘生又被关进了监狱！这天要塌了！

尽管耘生在信中说案情不重，可章蕴哪放心得下！耘生情况到底怎样、有没有受刑？说不定是耘生怕自己着急，在宽慰自己。不行，不行！必须要去南京，去耘生那儿，必须千方百计寻找组织，营救耘生。

做母亲的知道拦不住女儿，章蕴从武汉挺着大肚子回来，有的衣服已不能穿了，章妈妈赶着为女儿做了一套青布衣裙，抹着泪水送走了女儿。

章蕴六月份匆匆赶到了南京，到南京第一件事就是去了老虎桥模范监狱。

李立早，有人探望！ 当李耘生沿着监房那狭窄的通道，拐了出去被带往探视室时，心中一直在想：是谁来看望自己？ 第一个念头是章蕴，说心里话，在狱中，他是日思夜想。 但随即想到，不可能是她，她在长沙坐月子呢，身边还有小宝宝。 第二个想到，会不会是地下党组织派人来与自己联系了？

探视室内，那一身青布衣裙的姑娘转过身子站了起来：耘生！

李耘生喜出望外：小蕴，小蕴！ 你怎么来了，你怎么一个人来了！

章蕴“哇”的一声哭了起来：耘生！ 我们的孩子没有了！

她说了难产的经过，看李耘生失望的神色，坐在桌子对面的章蕴直说：耘生，对不起、对不起！

我们还要说对不起？ 要说，也只能是我对不起你！ 没能保护好你。 李耘生紧紧地拉住了章蕴的双手

抓住李耘生的手，章蕴泪水哗哗而下：耘生，我们的孩子……

李耘生笑了：不要哭啊！ 我们还年轻，这时候没有也没关系，哪日这世道安稳了，我们生他十个八个孩子，好不好！ 隔着桌子他将脸几乎一直贴到了章蕴的脸上，章蕴含着泪笑了：好的，我们生一打孩子！

到了南京，章蕴去找姨父，去找自家在国民政府农矿部做主任秘书的叔外公方叔章，千方百计谋求职业。 叔外公帮忙，她在农矿部找到一份录事的工作，每月有三十多元薪水，章蕴自己省吃俭用，其余的想方设法来照料狱中的耘生。

李耘生爱看书，她就千方百计送些政治理论书籍和历史书籍给他看，将自己很喜欢当作工具书来读的那本《辞源》送给了李耘生。 天气冷了，就及时送去棉衣、被褥。 同时，她还不断给李耘生传递外面的消息。

在章蕴的照料和支持下，李耘生把牢房当书房，如饥似渴地读书学习，并经常利用放风的机会，与难友们交谈时事，鼓舞大家的斗志。历经十个月的铁窗生活，敌人终因拿不到证据而罢休。

盼星星盼月亮，这么多日，章蕴是数着日子过来的，盼望耘生早日自由，盼望耘生和自己能早日找到组织归队。耘生今天将被释放，章耘专门请人为自己的丈夫做了一件新夹袍，数了数钱，又去新街口那家鞋铺为耘生买了一双皮鞋。

快，脱下你脚上这双布鞋，上次来看到已坏得不像样子了，来，穿这双新皮鞋，看看是否合脚！

被妻子“逼”着，耘生就在模范监狱的门边上，换上了新的皮鞋，新的藏青色夹袍，配上耘生白净的皮肤，黑褐框眼镜，章蕴抿着嘴满心欢喜。

你笑什么？耘生拾起地上的包袱换下的旧衣旧鞋都塞了进去。

章蕴笑：我看到一位英俊公子玉树临风！

耘生也笑了：我也看到一位美丽小姐袅袅婷婷！

回到位于农矿部附近章蕴租住的小屋，打开包袱，李耘生将厚厚的一本笔记本郑重地捧到章蕴面前：小蕴，我也有一件礼物赠送给你。自打我去年四月份关进了老虎桥模范监狱，我每天写一篇日记，一天也没有间断。这是写给你的，也是写给我自己的，也是写给组织上的。这十个月我没能陪在你身边，但我们的心，一直没有分离。现在，我送给你。

接过厚厚的笔记本，章蕴又惊又喜：给我，给我！

那个夜晚，章蕴没有睡觉。在昏暗的灯光下，她在看李耘生的日记，一页页一行行一字字。

日记本的第一张是二十个字，是那两人视作婚约的二十个字：生命诚可贵，爱情价更高。若为自由故，二者皆可抛。

章蕴一页又一页翻着、看着，流着泪微笑着，又微笑着流了泪……

蕴，你在长沙家中，一切还好吗？再过几日，我们的孩子大概就要来到这人世间了吧！你猜猜是男的还是女的？是男的是女的都好，是像你还是像我呢？我估计，男的呢是像我，女的呢，是像你。像你像我也都好，毕竟我俩长得不算难看(笑)。

章蕴看着这孩子气的话忍俊不禁，笑了起来。这家伙！关在牢里还有这心情开玩笑，可现在，孩子没了，章蕴不禁黯然。但耘生那次说啦，我们还要生十个八个呢！转身看了看在床上酣睡的耘生，章蕴心中一阵甜蜜。

记得我俩那次刚搬去武昌，经过的那座大楼吗？正巧我同监室的一位老先生就是武昌人，中学的教员，他告诉我，奥略楼建成于清光绪三十四年（1908 年），为湖北地方乡绅和学界为纪念张之洞升迁入京所建，原名为风度楼。张之洞自清光绪十六年由两广总督调任湖广总督，在湖北执政十八年。作为洋务派首领之一，他在武汉开办了汉阳铁厂、湖北枪炮厂，设立了织布、纺纱、缫丝、制麻四局，筹备修建卢汉铁路（即现在的京广铁路卢沟桥至汉口段），编练湖北新军，兴办各类学校，派遣留学生等。光绪三十三年他被调任军机大臣之后，在湖北的老部下和门生故吏，为了纪念张在湖北主事的政绩，在原黄鹤楼故址附近，聚资为他建造风度楼。张之洞在北京听到这一消息，致电湖北阻止，但又说“出于本官去后之思慕”，“点缀名胜、眺望江山，大是佳事”。因此那些当事者们，领会了张之洞的深意，照常集材施工，建成了风度楼。张之洞根据《晋书·刘弘传》中“恢宏奥略，镇绥南海”的语意，亲书匾额“奥略楼”三字送鄂，风度楼遂改名为奥略楼。

哦！奥略楼是这样来的啊！章蕴想起两人那次经过这奥略楼，对着宏伟高大在武汉堪称第一楼的建筑，一阵惊讶与慨叹：这个建筑得花费多少银子啊！章蕴记得自己当时就问：为什么叫奥略楼呢？耘生当时双手一摊：不知道，何时去查一查。

记得那次为震寰纱厂工人被血腥镇压，你伏在桌上哭出了声。那是我第二次看到你痛哭，第一次是我们初次见面武昌司前的灯柱下，你为陈定一同志的牺牲；你的爱憎分明，你的坚定勇敢令我心痛又骄傲，这就是我的爱人我的妻子！

记得那次你被捕，我心慌心急，这一生我从来没这么恐慌过，幸亏姨父多方奔走，那日终看到你带着肚子中的宝宝回来，我体会到什么叫心花怒放。我亲爱的妻子、我的战友！

我在这里读书成了我主要的任务。平时工作忙没有时间。今天，读你带来的《辞源》，捧着《辞源》，想起武昌横林街上那许多书店，这本辞源，我们就是在那儿买的。记得吗？还记得买这本书的情形吗？那日，你穿的水蓝色的旗袍对不对？我一直想和你说，你穿水蓝色很好看……

对！章蕴再次转身看着睡得香甜的耘生。那次，与耘生一起在武昌横街头书店逛，章蕴一眼看到了这本《辞源》，与耘生相比，与革命工作对自己的要求，章蕴总觉得自己的文化知识有所欠缺，而这本《辞源》，真的可以学到很多知识，当作工具书来用呢。

可看看这书的价格，章蕴叹了一口气，将书又放上了书架。可耘生却将书取了下来，二话不说付了钱：喜欢，有用。我们就买！记得自己当时心疼地悄声对耘生说：我们少吃几次面窝和豆皮吧。

这厚厚的日记里，还有着许多的学习体会，有对过去走过的岁月，革命实践的思考与感悟，但每篇日记的开头无一不是"蕴"！捧着这本日记，似捧着耘生滚荡的心。章蕴心中感动万分，也感谢上苍让自己遇到这么一个重情讲义如此优秀的男人，一个为了信仰与理想，在任何境地都闪闪发光的坚定的革命者。

这则日记引起了章蕴的思索：

蕴，今天我非常高兴，非常高兴！我一直在找寻的朋友有了头绪啦！王大哥找到啦！！！

这天的日记很简短，但这三个惊叹号令章蕴感受到耘生的兴奋心情，王大哥是谁？莫非？莫非他找到组织了？

章蕴再次转身，深情地看着自己的亲人，自己的爱人，自己的丈夫。

耘生忽地睁开了眼：小蕴，我怎么就睡着啦！不是看到你，我还以为自己是在监狱的呢。你怎么还不睡啊！

章蕴喜悦地捧着日记本坐到了耘生的身边：快和我说说，这篇是什么意思？王大哥是谁？

耘生笑着目不转睛地看着自己的湘妹子：要我说吗？要我说吗？

快说啊！人家急死了！说不说！撕啦！章蕴两手揪住了丈夫的耳朵。

这世上的事啊，还真是祸兮福之所倚，福兮祸之所伏。坐在床上的李耘生将章蕴揽入了怀中。

我也是无意在狱中遇见这位王姓难友，在监狱里，彼此都不知道真实身份，我只知道他叫王井东。可那一次，狱卒无故殴打那个监房的小难友，是这位王大哥挺身而出，制止了敌人的殴打。我也带着我们监室的人一起呼喊了不准虐待犯人的口号。

后来呢？

你记得你带了一批书和杂志给我的吗？我将其中一本在放风时借给了他，其实，他没向我借过书，只是经过那次共同抗议狱中虐待犯人之事，我们走得近了些。我在借给他的书上写上了三个字："早四维"，就是找市委的谐音。王井东立即明白了。还书的时候，他悄悄地问了我一些情况，他让我出狱后去中央大学找刘教授。

章蕴喜不自禁：那太好了！我们要找到组织了。耘生，你这本日记太珍贵了，我一定将它好好保存，将来，我还要给我们的孩子看，当作我们的传家宝！

让章蕴一生后悔不已的是为了仔细保存这本在心中珍贵无比的日记本，因南京市委书记王善堂叛变，地下党组织遭到敌人破坏，和李耘生连夜搬到丁家桥水佐岗临时住处时，将日记本包上了两层油皮纸，仔细藏在了游府西街那座有夹墙的房子里。风霜雨雪，等章蕴从湖南长沙生了孩子，李耘生牺牲在雨花台，1946 年有机会来到南京，可那所房子已被拆迁，连影子都没有了，章蕴心痛无比地蹲在街口大哭一场。

后来，李耘生才知道，王井东的真实名字是王凯，是 1923 年入党的资深共产党人，也是中国工人运动的先躯，曾在莫斯科大学留学并担任过中共上海地委工会委员，全国铁路总工会上海总工会干事等重要职务。他还是当时的南京市委书记孙津川的入党介绍人。

中央大学，刘秉轩教授。李耘生在心中记下了这个名字。

站在中央大学的门前，看着进进出出的大学生们，二十四岁的李耘生感慨不已。这座在当时全国闻名的学校，是多少青年学子的梦想与期盼，在青州读书时就知道了中央大学，现在切切实实站到了这座大学的门前。

中央大学作为全国闻名也是民国首都南京的龙头学校，国民政府对它的重视、支持都是其他高校不能相比的，蒋介石甚至亲任过它的校长。但与国民政府关系密切也是一把“双刃剑”，比如为此，中央大学就得成为国民党党化教育的重要基地。

而偏偏李耘生的接头人还就在这所大学。按照同学们的指点，李耘生很容易地找到了同样架着眼镜的刘教授。

坐在教师办公室的刘教授正在批改作业。李耘生上前恭敬地鞠了一躬：刘教授好！

同学是哪个系的？ 刘教授停住了手中的笔。

我是艺术系的，我想来听您的国文课，不知是否可以？

刘教授站了起来：同学，只能听大课，我每周三下午有大课。你周三可以来的。

谢谢老师！ 暗号全部对上的李耘生心中很是兴奋，鞠了一躬。站在办公室外面的李耘生看着刘教授走了出来，立即跟了上去。

之前，刘秉轩也已接到王井东从狱中送出的关于李耘生的相关信息。

因李耘生在1928年3月没能如期到南京市委报到，地下党组织常常遭到破坏，共产党员常常被暗杀，一直是单线联系的地下党组织上也无从知道，李耘生未能按时报到是哪个环节出了问题。

经过短暂的考察和核实后，李耘生和章蕴迅速恢复了组织关系，李耘生立即投入到紧张的革命工作，章蕴欲辞掉在农矿部的录事工作，但组织上决定章蕴仍留在那儿，这个身份对从事地下工作是个很好的掩护。

叛徒王复元后来也落了一个可悲下场。

1929年8月16日，王复元从济南来到青岛。打入敌人内部的地下党员徐子兴得知这个消息，立即把叛徒行踪报给了省委交通员王科仁和张英。张英曾为周恩来的警卫员，枪法了得，"白日可穿铜钱眼，夜晚能打香火头"，是远近闻名的神枪手。1929年3月，中央特派他到山东配合锄奸，周恩来当年曾化名"伍豪"，故这次锄奸行动名为"伍豪之剑"。

在8月13日，张英一枪击毙了叛徒丁惟尊，三天以后，锄奸队又把目标锁定了王复元。张英担任掩护，省委地下交通员王科仁实施枪杀。当王复元在青岛那家鞋店取过皮鞋，转身欲走时，王科仁一枪把他击倒在血泊里。

3. 比翼飞共担使命

与党组织接上了关系，一如孤儿找到了母亲，李耘生立即投入了紧张的工作之中。许是命中与火车有缘，这次，南京地下党组织将李耘生派到了上海，负责沪宁铁路的地下工作。

民国初期的沪宁铁路称作京沪铁路，这个京不是北平，而是当时国民党的国民政府定都南京，从南京到上海的这段铁路，承载着当时中国的政治、军事、经济命脉，一如当时的中共江苏省委在《为沪宁沪杭两路工人储蓄赡养金的斗争致各地党部的信》中所表述：沪宁、沪杭两路是统治阶级在江苏经济、交通、军事的枢纽，两路工人是江苏最勇敢最先进的先锋，是无产阶级进攻敌人的主力，因此，两路的工作是江苏省党组织最主要的中心工作之一。党必须加紧领导和发动两路工人的斗争，加紧两路党组织的恢复和建立。

这个重担，南京市委交到了李耘生的手中。

李耘生现在面临的是一场严峻又艰难的斗争。

1929年，南京地下党组织接二连三遭到破坏，京沪铁路党组织也被严重破坏，为了保存实力，党组织也通知铁路上的地下党员尽可能地隐秘工作。此时的国民党铁路当局为缓和工人斗争，胡萝卜与大棒共上，一方面对工人增加工资的要求稍有让步，为机匠岗位的工人工资上涨到六十元以上，小工的工资也上涨到三十元左右。同时，还设立了工人夜校，建起了让工人寄宿的地方。这些小恩小惠令许多工人开展斗争的积极性不高；一方面禁止工人集会言论自由，更以武装军队派驻各车站，严密监视工人在工厂内和工厂外的一切活动。各车站、工人区暗探密布。

这样的形势，工作如何开展？

一身短衫戴着草帽的李耘生，冒着烈日，来到了下关火车站。

一群工人正在一截铁轨上敲打修理，开往上海的火车“哐当哐当”从不远处驶过。

师傅，这儿需要小工吗？李耘生掏出那包烟摊上买来的老刀牌香烟，取出两根，分别递给了眼前的两位师傅。

那中年师傅自己划了火柴点上烟，猛地吸上一口喷着烟雾：你会做些什么？李耘生说，师傅指教，需要我做什么就做什么。

那师傅忽地转过了身：小兄弟，我在哪见过你！

李耘生一愣，眼前这方方脸庞的师傅，还真是有点眼熟，他脑子飞转：是在哪里见过这人。

忽地那红脸膛师傅哈哈大笑：是俺山东青州小老乡哎！这人哪，还真是抬头不见低头见啊！

李耘生猛地想起，这不就是曾经在青州车站经王翔千老师介绍，自己到青州火车站遇过的陈铁汉陈师傅吗！

陈师傅！ 李耘生高兴地叫了起来。

小子哎，你长成大人了，个儿也长高了吗！ 那时你还个学生呢。老乡遇老乡，老陈一脸笑意，走，去那阴凉地儿，咱叔侄俩说说话。山东人爽直的性子在老陈身上一览无遗。

学会抽烟啦？ 老陈笑着看着李耘生，李耘生也笑了：不是想着来找点工做做，特意去买的吗。 他将那包烟全递给了陈师傅。

此时的李耘生，并不知道老陈已是铁路上的共产党员，老陈也不知道自己面前这个清秀的小老乡，就是沪宁铁路线上新来的中共地下党的负责人。

拿着铁榔头跟着老陈和他的工友做了两天工，李耘生对目前铁路工人生存现状和思想问题有了大抵的了解，而老陈对自己这个青州老乡也算是有了了解。

小李，和你陈哥说句老实话，你跑到这铁路上来，到底是干什么的？

李耘生在车站外的面摊上叫了两碗面条，老陈呼啦呼啦吃着，探询地看着李耘生。

李耘生笑了：陈铁汉同志，在这儿见到你真好！

老陈一听一愣，旋即将筷子往桌上一拍：我终于等来了！ 李同志！ 一双大手将李耘生双手攥得紧紧的。

按铁路当局规定，当时的铁路工人工资三十元以下的，由政府每月发放赡养金三元；工资三十元以上的，每月由政府给三元赡养金，再从工资中扣除3元作为储蓄。 而这些款项由铁路局统统存进了汇丰银行生息，由政府组织委员会管理。

前些日子，国民党要将这一款项提取作为战费，并装模作样召开会议强迫工人们投票。 这都是工人的血汗钱啊！ 绝大多数工人不同意，要求将这笔钱拿出来发给工人。

结果国民党无视工人们的意愿，不仅不将钱发给工人，还将工人的血汗钱提去购买公债券，用于军阀战争的战费。

李耘生认为，这是一个非常恰当的发动铁路工人的契机，从这件事开始，在广大铁路工人间开展要求将工人们的储蓄赡养金发放给工人们的斗争。

李耘生思忖、衡量再三，还是放弃了召开大规模集会活动的原方案，目前的形势不适合。在这白色恐怖笼罩之时，贸然集会，只会暴露好不容易恢复起来的党组织，只会令更多的共产党员与进步工人牺牲。

按各站的各工人小组来进行发动，将活动方案分发至各小组，统一时间统一口号统一行动，让敌人措手不及又不知道从哪儿下手抓捕。李耘生的方案得到了上级党组织的同意。

秘密召集各站小组长开会安排布置，拟定口号、印制传单，再分发至铁路各站，这一阵子，李耘生忙得顾不上回家。好在，青州就认识的陈铁汉已来这火车站一年多，为人豪爽、耿直仗义的老陈，有着相当好的群众基础，协助李耘生做了大量的工作。

此时，按组织上的要求，李耘生已在上海新闸路福康里租了一个亭子间，便于李耘生在铁路上奔波，在南京在上海都有落脚之处。

按照地下工作的要求，李耘生不说，章蕴也不问，此时又怀孕的章蕴反应很重，反胃、呕吐，可李耘生整日奔波在京沪铁路线上，一点忙都帮不上，有时候，几天都不打照面。

火车上来火车上去，“哐当、哐当”的铁轨撞击声中，李耘生与沿途各站的地下党组织均建立了联系，且结合自己了解到的铁路工人的思想情况、生活现状作了详细的报告呈报中共南京市委，并提出自己在铁路工人中开展斗争的几个步骤。同时，在“哐当哐当”的铁轨撞击中，再将上级党组织的意图传达给各站口的工作小组。

在火车上奔波行走几个月，这些个日子在李耘生看来，也是个见识各色人等的好机会。沿途的旅客来自天南地北，各种消息五花八门，火车的确是个传播消息的地方，火车车厢也是个新闻发布的地方，近几日自己和铁路支部以及各小组做的各项准备工作，随着“哐当、哐当”的铁轨声，扩散到京沪线波及到千家万户，这将会产生多大的影响！

李耘生总是将礼帽檐压得低低的，手中一张报纸，似看非看，胸中却是翻江倒海波澜四起。

今日的李耘生心中多着几分激动更多着十分的警惕，离京沪铁路各站，联合开展反对提取工人储蓄赡养金作为军费的统一活动的日子还有两天了，这也是李耘生接手铁路工作以来，规模最大的一次活动，且涉及面广。李耘生和陈铁汉还有常州站的老吴，将一捆又一捆的传单分别放置在不同的车厢内。

侬阿是晓得啊，那个姓罗的共产党一表人才，被枪毙的时候还是穿着直贡呢马褂，灰色哔叽长袍，风度翩翩的！

侬还勿要说，共产党还真是人才多来西！阿拉爷叔在广州黄埔见过那个叫周恩来的，回来在屋里厢讲，周恩来是他见过最有风度的人，那个课讲得人人都要听的！……

两个上海年轻人声音压得低低的，但还是一字不落的进了李耘生的耳中。他知道，他们口中所说的姓罗的，正是前年在武汉视察、指导过武汉三镇地下党工作的罗亦农先生，李耘生陷入了深思与怀念之中。

罗亦农那次作为中共长江局书记，1928 年 4 月 15 日上午，在上海被捕。罗亦农的被捕，是中共中央自武汉迁回上海后所遭受的第一次重大破坏。周恩来得知罗亦农被捕的消息后，立即通知中央特科负责人顾顺章，命令他负责组织营救。

中央特科曾经考虑用巨款买通敌人，争取释放，但后来放弃了这一计划。周恩来便又找到中央特科，共同制定行动方案，只待罗亦农由租界巡捕房向淞沪警备司令部引渡时，武装劫救。中央特科拟用伪装送葬的方式营救罗亦农，将枪支藏在棺材里，并让他的新婚妻子李哲时披麻戴孝，作为死者的家属随伪装送葬队伍的人走在棺材后面，等到囚车经过时大家一齐行动，把罗亦农救下来。应该说，中央特科的计划是可行的。但是租界巡捕房已经知道了罗亦农的身份，提前引渡，中央特科的营救未能成功。

在狱中，面对敌人的严刑拷打与威逼利诱，罗亦农始终坚贞不屈。在劝降失败后，蒋介石下手令将罗亦农枪决。4月21日，罗亦农牺牲，年仅二十六岁。4月22日的《申报》报道说：临刑前的罗亦农，“态度仍极从容，并书遗嘱一纸”。

“慷慨登车去，相期一节全。残躯何足惜，大敌正当前。”这首五言诗是李耘生在模范监狱中，从王井东借给自己一本《布尔塞维克》（中共中央理论刊物）杂志上看到的。身陷囹圄的李耘生很是震动，一年多前，还在罗书记的领导和指导下，在武汉开展工人运动，而现在竟然已壮烈牺牲。这是罗书记写给同志们的绝命诗。李耘生清楚地记得，这期的杂志出刊于1928年5月30日，以卷首语的形式沉痛哀悼罗亦农同志的壮烈牺牲，号召“中国无产阶级牢记住他们的领袖”，称赞他“热烈的革命精神，可为中国共产党全党党员之模楷”。

共产党人的热血与生命，激起的是更多民众的觉醒，也鼓舞着一批又一批的共产党人前赴后继勇往直前。凝望着火车窗外倏忽而过的景色，李耘生胸中涌起着仇恨又蓄满着激情：总有一天，这仇是要报的，总有一天，这天是要亮的！

李耘生从南京、镇江、常州一站又一站地与各站口的小组长仔细交待，镇江站的组长上了车，到常州又坐回了镇江，常州站的同志上了火车，坐到了佯看报纸李耘生的身边，接受了任务到了苏州再坐回了常州……就这样，李耘生一路按着部署到了上海，在上海下火车时，差点出了麻烦。

教书先生模样的李耘生拎着章蕴那只藤箱在夜色中下了火车，向出站口走去。迎面而来的呵斥声令他警惕地闪到了一旁，夜色中李耘生大吃一惊：那不正是即将与自己接头的上海站铁路工会委员陈阿强！被三个暗探扭住的陈阿强不认识李耘生似的昂首而去。

此时的上海站已是戒备森严，一群军警将出站口紧紧包围，进出每一个人的行李都被倒了个底朝天。李耘生的藤箱里就有着一卷传单，准备交给陈阿强第二天从上海站发车时散发的。怎么办！

怎么办？李耘生知道，如果现在自己暴露了的话，明天各站的活动均会受到影响，敌人会大规模地搜索，而且，参与这次活动的铁路上的工人党员也会受到牵扯，这将会使好不容易在近期恢复起来的铁路地下党组织遭到灭顶之灾。

李耘生放慢了出站的脚步，忽地一人猛扯了他一把，他来不及转身，就被人捂着嘴拖进了身旁废弃的火车车厢。

别吱声！蹲下来！李耘生黑暗中看不清拖他的人，只是顺势蹲了下来。

李先生，我是阿强师傅的徒弟阿毛！对面也蹲在地下的人影轻声开口了。

阿强师傅平时对阿拉很好，今天伊不知啥事体，被坏人抓走了！抓走的时候伊只是拼命朝阿拉看，阿拉不知道啥意思。师傅被抓走了呒啥办法，阿拉一抬头望见侬啦，阿拉想是不是找阿拉师傅的？侬可不能出站口的哦，外面相全是抓人的。阿毛轻声说了一堆话。

李耘生想起来了，以前是在陈阿强处见过这娃娃脸的小青年的。那你这儿安全吗？没事的，先生您要是信得过我阿毛，您就在这儿，有时候我上班累了，就躲在这打盹的。阿毛从破车厢角落拖出一条棉褥子：先生就在这歇歇。等那帮坏东西撤了，再出去。

那晚，李耘生到底没出得去，和阿毛就在那废弃的车厢里靠了一夜，一大早，倒是阿毛出去买了两副大饼油条，端来一铁茶缸的热水。李耘生决定继续上火车，阿毛眼巴巴地送李耘生上了火车，又将藤箱递给了他：李先生，一路平安！

这一天，从上海到南京的铁路途经苏州、无锡、常州、镇江等站，每到一站口，都有粉色的传单漫天飞舞：

"将储蓄赡养金归还我们！"

"反对将工人的储蓄赡养金提交银行！"

"反对拿我们的血汗钱去作军阀的军费！"

"我们要吃饭，我们要养家，反对购买编遣公债票！"

……

火车上下的乘客、摆摊子卖食品的，连铁路警察都伸出手来抢传单。有不少工人在这之前，并不完全清楚储蓄赡养金被提交银行作为战费挪用，现在均愤怒不已。这些工人的背后是嗷嗷待哺的孩子，是白发苍苍的父母，是乱世中全家人保命的希望，一个人微薄的工资关系着一家人的生存。

将储蓄赡养金归还工人这一斗争，已不仅是经济斗争，是直接反对军阀斗争的政治斗争。铁路上的工人拿着传单欣喜地相互转告：共产党又回来了！这个与铁路工人切身利益紧紧相连的活动，很好地扩大了共产党的政治影响。

铁路局闻知大惊失色：这还了得！这根本上就是共产党有组织有计划的阴谋活动！立即派出特务、暗探随着火车一站一站跟踪，跟了几日，火车上什么动静也没有，什么嫌疑人也没查出。这事情也就不了了之。

与此同时，李耘生还根据党组织的指示，发动了铁路沿线各站车务处脚夫、苦力争取待遇的斗争。

各车站站口脚夫的生活状况，较之于铁路上的工人，更是悲惨窘迫，处于城市生存的最底层。这些苦力、脚夫靠体力帮着装货卸货，帮旅客挑运行李，累死累活，还要被铁路分局每天征收十枚铜圆，包工头再强扣一半工资，这样的生存状况令许多脚夫欲罢不能、欲哭无泪，在这困苦贫累的生死线上一日日挣扎。

脚夫属于"苦力"，"苦力"指在城市里从事重体力劳动而工资廉价的人，包括矿工，车夫（人力车夫、独轮车夫、双轮车夫、小车夫），脚力，轿夫，码头起卸工，码头小工，搬运夫，清道夫，挑水夫，粪夫等。毛泽东曾在1925年的《中国社会各阶级的分析》中也指出："都市苦力工人的力量也很可注意。以码头搬运夫和人力车夫占多数，粪夫清道夫等亦属于这一类。他们除双手外，别无长物，其经济地位和产业工人相似，惟不及产业工人的集中和在生产上的重要。"

李耘生在老陈及铁路局一些地下党员的配合下，又发动了镇江、常州、苏州等各站车务处脚夫工人的斗争，强烈反对铁路局的征收，坚决要求取消包工制，并成立了脚夫工人争取权益小组。

此时的章蕴，已到了中央图书馆工作，继续以打字兼内勤的职业为掩护，传递情报。本来，章蕴还是在农矿部做录事的，但因农矿部与卫生部合并，章蕴就去了中央图书馆。根据地下工作的要求，章蕴只能与李耘生联系，与指定联络点的交通员联系，不和南京地下党组织发生联系。那一阶段，章蕴负责将李耘生的情报、请示等送往地下党指定地点。

老板，还是来包老刀吧。身怀六甲的章蕴，拎着个木柄布包，隔天会来到位于长江路中段向北小巷子口这家胡姓老板的烟铺。

伙计，搬个凳子给太太坐坐！我来找钱给您。老板对总是细声慢语的孕妇分外客气。

喏，感谢您常来关顾我们的生意，送两张香烟牌子给你玩玩。章蕴接过了那包香烟，也紧紧抓紧了那一叠香烟牌子。重要的东西就在那叠香烟牌子中的。

二十世纪二三十年代，是国产香烟牌子的鼎盛时期。出世最早的是仕女香烟牌子。这种很多为照相版制成的香烟牌子，质量精致，其画面内容可分"古代仕女""清末仕女""名伶""民国仕女"等类，因其反映了各时期的仕女服饰，构成了妇女服饰发展的演变史，具有很高的欣赏、参考价值，所以一问世就很受人们尤其是女性的青睐。烟商为适应中国的民情，还纷纷大量印制以古典文学为内容的香烟牌子，南洋的"封神榜"，福昌、华成的"西游记"，华商、民生的"水浒”，南洋、福新的“红楼梦”，英美、南洋的“三国”，和兴的“岳传”，福昌的“孟姜女”，上海的“唐伯虎”，英美和南洋的“聊斋”，华成的“西厢记”等曾风行一时，比比皆是。

一个时期有一个时期的时尚，那时香烟牌子的市场很好，连上学的孩童也会在书包中，放一些向家长求来的香烟牌子，在校园中相互攀比。而家长也会要求孩子讲上一个牌子上的完整故事，就奖励这套香烟牌子。于是，买香烟的人为了凑齐成套的香烟牌子会多买香烟，而烟店也往往会对成批量买烟的顾客送上香烟牌子。

这样一来二去，情报送出了，指示带回了，章蕴倒也积攒着一些香烟牌子，还常拿出来向耘生炫耀：好看不？耘生笑笑：收好了，下次回去带给殿民。

1930 年 1 月 10 日，挺着大肚子的章蕴来到了上海。

上海新闸路福康里是位于上海市中心区的一条东西向街道，地跨黄浦区和静安区。东起西藏路，西至万航渡路、胶州路。尽管章蕴从长沙到武汉又从武汉到南京，走了这几个城市，初到上海，还是为上海的繁华喧闹所吃惊：林立的高楼，繁华的店铺，黄头发尖鼻子的外国人，熙熙攘攘的人群，真的是大上海啊！

坐着黄包车的章蕴终来到了新闸路的福康里 B623 号，是的，就是这儿了。看清了路牌的章蕴掏出了李耘生给自己的钥匙，钥匙给了几个月了，可章蕴还是第一次来到这儿。这是因为即将生产，经组织同意，章蕴到上海来生孩子。

门一开，章蕴也愣住了，耘生说过，房子不大，但章蕴也万万没有想到是这样，这只有两三平方米的亭子间。耘生说过，上海的石库门一楼，有电灯、自来水，但月租十块钱，租不起，只能租住了相对便宜的亭子间。

耘生的纸条压在床头那张小桌上：小蕴，实在对不起！我没能去接你，但实在是有事，我走不开。你先歇着吧！晚饭你不要问，我会带回来。

章蕴苦笑笑，打量着这小亭子间。一张床一张小小的桌子，一只泥巴炉子，床脚头几块砖头上是一只破木箱子，里面是耘生的几件衣服，还有几本书。

章蕴挪动着笨重的身子，将自己带来的蓝格子床单换上了床，又将一块用来包裹头发的黑白条子围巾铺到了小桌上。

等啊等啊，一直等到天乌黑，熟悉的脚步声在门外响起。是耘生，亲爱的耘生终于回来了！

拎着一笼生煎包子的耘生，看着因铺了床单和桌布亮堂许多的小亭子间，高兴得不得了：家中有小蕴就是不一样！饿了吧？你稍等哦！拎着竹壳热水瓶跑了出去，从老虎灶上打来了一瓶开水；又在巷子口那馄饨摊子端了两碗虾皮小馄饨：吃晚饭喽！

平时李耘生整天不开伙也无暇烧饭，就是上巷子口买点大饼油条，再用一只旧洋铁盒子到老虎灶打点开水对付的。这个竹壳热水瓶还是耘生昨日去向房东太太借的：我太太要来上海生产，能借我一只热水瓶吗？

两个人吃着生煎包子和小馄饨，吃着抬起眼来彼此看着笑着。章蕴笑：不要看，我现在这个样子，丑死了！怀胎即将足月的章蕴此时已有些许浮肿，开始是脚、脚踝，现在连脸都有点胖虚虚的了。

李耘生笑：一点不丑！你是我漂亮的湘妹子，永远是！

章蕴说，别贫嘴啊，该给我们即将出世的宝宝起个名字了吧！

李耘生想了想：就叫小林吧，男孩女孩都能用！

两人说着笑着，商量着。

在这风雨飘摇的乱世，这小亭子间就是两人的温暖世界，就是两人的诺亚方舟。

一如章蕴若干年后对女儿说：我们那时真是很满足，有信仰有为之奋斗的事业，有爱情有心心相印的彼此，夫复何求。只是，那晚上你爸买回的那么好吃的小馄饨，这么多年我再也没吃过！

1930 年 1 月 19 日，李耘生破例地向组织上请了假，守在了上海红十字医院的产房外。对上次没能留下的孩子，李耘生对妻子一直心怀内疚：生孩子是女人最难也是最危险的时刻，这次没有极特殊的情况，一定要守在章蕴身边的。

一声响亮的啼哭吹散了李耘生满面的焦虑，护士抱来了虎头虎脑的宝宝：第一次做爸爸吧！看看，你的儿子！襁褓中的婴儿面庞粉嘟嘟的，黑黑的头发，大大的眼睛。

我们的宝宝真好看！这是李耘生对虚弱的章蕴说的第一句话。

你辛苦了！任重道远啊，这才是第一个哦！李耘生亲抚着章蕴的腮帮笑了，这是对妻子说的第二句话。

章蕴笑了，她想起因第一个孩子夭折，耘生曾经安慰自己，将来我们一定要生十个、八个孩子！

儿子的健康出生，给经历过一次失子之痛的李耘生、章蕴带来莫大的欢喜，但也令两人的生活更为艰辛。

两三平方米的亭子间，一间单人床，两个大人还能挤一挤，宝贝儿子就只能在那只木箱中，铺上棉褥让小林睡在里边。才两个月呢，奶水就不够孩子喝，两人也没有钱买奶粉给孩子喝，只得在泥巴炉上熬了米汤喂起了小林。

孩子，宝宝，对不起你！只能苦你啦！每次将喝过米汤的小林放入木箱中，章蕴总是念叨着这句话，几许心酸。耘生听了揽过妻子的肩膀：小林，爸爸妈妈将来一定要让你过上好日子！

夜晚，那只木箱子权当摇篮，放在章蕴的床头边。宝宝一哭闹，不是要喝就是要换尿布，可一次夜间，章蕴被奶水涨醒，小林大半夜没有哭闹，难道没有饿吗？坐起身一看，章蕴吓懵了！这木箱子不知何故盖上了，章蕴赶快将箱盖打开，小林的脸色已经被闷得发青，章蕴吓得嚎啕大哭，事后想了不止一次地后怕：幸亏是只破箱子漏气，要不然……

李耘生仍是在沪宁铁路间奔波忙碌，儿子的出生令生活更为艰辛，但也多着甜蜜与希望。每次再忙再累，回到小小亭子间的家中，看着白白的皮肤、大大眼睛的小林，所有的疲累都烟消云散。

小林会笑了，小林的头会跟着章蕴手中的彩球来回转动了，小林咿咿呀呀了……这世界要是没有战争多好，这人间没有黑暗多好。看着可爱的小林，章蕴常这样对耘生说。耘生也总是坚定地对章蕴说：将来，将来我们的孩子一定会过上好日子的！

在2017年春花烂漫的季节，笔者见到了那年那月的李耘生全家。在雨花台烈士纪念馆李耘生烈士的展台上，我看到了隔着无数载风霜雨雪的那张珍贵的全家福。

八十六年前的照片依然清晰，架着一副眼镜戴着贝雷帽的李耘生站着，年轻俊秀、书卷气十足；清秀端丽齐耳短发的章蕴坐着，怀中抱着的是一虎头虎脑的小男孩，这小宝宝就是李耘生、章蕴他们爱情的结晶小林了。

1931年底，应远在山东青州大王镇西李村父母的要求，为思儿思孙心切的父母，去照相馆拍的这张照片，也将他们的青春与爱情，永远定格在了这张两寸照片上，留在了无数景仰、热爱他们的人们的心中。

几个十多岁系着红领巾的孩子说，这就是李耘生叔叔？这个叔叔好帅哦！这个阿姨好漂亮哦！这个小宝宝也很好玩的！

你们知道李耘生烈士？那个佩着两道杠的女孩骄傲地告诉我：我们是游小的，游府西街小学李耘生中队的！

孩子们列队向烈士李耘生全家的照片，崇敬地行着少先队礼，我也深深地鞠躬，向永远年轻的烈士，向微笑着的烈士全家。

4. 西李村思念无垠

爷爷！爷爷！爹——娘！我哥回来了，我哥回来啦！一个面容酷似李耘生的小姑娘沿着河畔一路跑一路呼喊。李耘生的小妹李玉梅气喘吁吁地冲进了自家的院子。

腿脚已不太灵便的李廼田老爷子精神为之一振：是殿龙回来了？！

快，扶我出去！

年近八旬的李家老爷子，对自己这个宝贝长孙尤其地上心。二十五年前，长孙的一声啼哭令老爷子欣喜不已，全村人都听见李家的鞭炮声，李家添孙子啦！再后来，老李家又放过一次鞭炮，还是为这长房长孙，俺家殿龙考上省立一中啦！再后来，不放鞭炮全村人也都知道，李殿龙到大城市去干大事了！

远处，宝贝孙子殿龙在乡亲们的簇拥下，笑吟吟地向自己走来。

给爷爷看看，给爷爷看看！殿龙啊，越长越精神了啊！

李耘生还是那身章蕴接他出狱时特地做的藏青长袍，还是戴着那顶贝雷帽，围着一条米色大围巾、架着眼镜风度翩翩的殿龙，让西李村的乡亲父老看了个新鲜：

这老李家的孙子真像一个读书人！

人家殿龙本来就是一个读书人嘛！大家就笑了起来。

不是说他在外面做了大官啦?

那做大官就不能像读书人的样子啦……左邻右舍高兴地围观着议论着。

1930 年底，李耘生接到了组织上的调令，让其向陈铁汉交接在京沪铁路上的工作，调中共南京市委任组织部长。

这次李耘生再次被派往中共南京市委工作，南京的地下党组织刚刚经历了第六次的破坏。受当时主持中共中央工作李立三左倾错误思潮的影响，认为南京工人运动已经激烈到可以组织武装暴动的程度，这完全是错误估计了当时南京的斗争形势。而中央政治局也通过了《新的革命高潮与一省或几省首先胜利》的决议。为了执行中央的指示，南京市党、团、工会等组织一度合并成立了南京市行动委员会，准备策动武装起义。其时，南京作为国民党的首都，有反动武装四五万人，根本不具备城市暴动的条件，无论是从人员还是军事力量。结果暴动流产，南京的地下党组织遭到暴露和严重破坏。南京市行动委员会书记李济平等在下关被捕，8 月 8 日在雨花台就义。7 至 10 月，共有五个中共支部全部或大部分被破坏，近百名党团员牺牲，中共南京组织第六次遭破坏。

在国民党军区和特务机关的严密控制下，章蕴在中央图书馆有着合法、公开的职业，李耘生有着丰富的对敌斗争经验又久经考验，派这样的同志来南京市委，恢复党的组织再合适不过了。

赴任之前，李耘生同志专门打了报告，经党组织批准，回山东广饶老家，探望多年未见的父母。

在乡亲、弟妹的前呼后拥下，李耘生踏进了自家的小院子。 还是那十间茅屋，还是那四间正房和东西各三间耳房。 还有院子中间那株老杏树，依旧枝繁叶茂，和多少回梦里出现的一模一样。 一切似乎没变，只是这茅屋这杏树似乎都变矮了，包括眼前这在儿时看起来好像很开阔，现在看上去几大步就跨到了头的自家小院子。

自打十五岁考上益都（青州）省立十中，耘生回家的时间就很少了。 十八岁参加革命工作去了济南，更是难得回家。 这一次再见亲人，爷爷更老了，父母也苍白了头发。

爷爷、父亲拖住耘生坐在了堂屋间说话，母亲李刘氏将茶水沏上，手脚利落地端上刚炒熟的葵花子，笑眯眯地倚在门框上，看着日思夜想的大儿子。

娘，你也坐下！ 耘生笑着拍着长凳。 李刘氏只是笑着。

集碌家的，咱殿龙喊了，你就坐下。 老爷子发话了，李刘氏才几分忸怩地坐到了耘生的身边。 当时农村里的妇女吃饭、说话都不能和男人们平起平坐的。

李耘生一把抓住了娘粗糙的手。

为这次回家，李耘生几乎花光了自己微薄的积蓄。 为爷爷带的是在青州很有名气的两条蜜蜂牌土烟，是在青州火车站专门买的，爷爷就好这一口，儿时的小殿龙就知道，高兴时爷爷腾云驾雾，不高兴时，爷爷也是大口大口呼着烟。

李老爷子喜欢，拆了一包显摆着，给来院中看望殿龙的左邻右舍散发，其余的放进了自己的宝贝木匣子：过年时，我孙子回来，我再拿出来！ 耘生笑：爷爷，你不要舍不得嘛！ 过年我回来，再多带些烟给爷爷！

为家人则带的是一些柿饼、蜜三刀、状元酥等青州特产。 兄弟姐妹们围着耘生这个多年没见的大哥哥，陌生又亲切。 吃吧，尝尝吧！ 耘生招呼着弟妹。

殿民，来！ 耘生将弟弟喊到了自己身边。 当年，因家中拿不出学费，家里倾力将自己一个人送上了学堂，而殿民小小年纪就和父亲一起，扛起了李家的生活担子。 对这个弟弟，耘生一直心怀愧疚，这次特意为殿民带回了几套火花。 也是在和家中通信知道，读过两年私塾就辍学在家种地牧马的殿民没有什么爱好，就是喜欢集攒一些火花。 耘生在外，与家中通信也都是由着殿民为爷爷、父母代笔的。

见着耘生特意带回来的这几套印有着文成公主、蔡文姬、王昭君等女中豪杰与梅花、兰花、绿竹、水仙等花卉的火花，上面还有“青州火柴”四个汉字，看到这新潮的火花，殿民的眼睛都亮了：谢谢大哥！ 还有，这是你嫂子带给你的香烟牌子。 殿民如获至宝地将火花与香烟牌子，仔细地收藏到自己当年描红的大字本中去了。

殿民，你陪我去李先生家去一趟。 耘生拎上了自己特意替私塾先生买的封了红纸的糕点。

爷爷赞许地点着头：应该的，殿龙！ 去看看你那李先生，和我唠嗑时，先生老夸你呢！ 应该的！

因病卧床的李先生看到殿龙来，高兴得不得了：殿龙哦，出息喽！ 我教的西李村的孩子，你是最有出息的。 你看你看还记着先生，这糕点还是隆盛的，这可是光绪年间就有的，这可是贡品哦，平常人家哪里吃到！ 我也只是年轻时吃过一次，没想到殿龙给老朽我带来这个！

回到家中的耘生，去了父母的房间，掏出一个纸包：爹、娘，儿子在外面干事，也帮不上你们的忙。 但儿子心中一直想着爹娘的。 这是儿子为娘买的一方头巾，请娘收下吧。 李刘氏捧着那条绿灰格子头巾哭了起来；殿龙，只要你好好的，娘啥都不要！ 李集碌说看你看你，我儿子有心，你倒是哭起来了。 明天就围起来！ 儿子带回来的！

耘生说，还是爹好！ 我也送张照片给爹！ 李耘生掏出了和章蕴、将近一岁的小林的合影，这是送给爹的！

李集碌一看大喜：殿龙你这小子！ 下午也不拿出来给你爷爷欢喜欢喜！ 哎呀，我这孙子可是要眼睛有眼睛、要鼻子有鼻子！ 李刘氏抢了过去笑得合不拢嘴又抹起了眼泪：我这孙子真是漂亮！ 大眼睛高鼻梁额头饱正正的，你这做爷爷的说的什么话呢！ 哪个宝宝没有眼睛和鼻子的！

第二日李老爷子见了照片高兴得什么似的：你这个殿龙小东西，还给爷爷留一手啊！ 这张照片就放在我这儿啦！ 拄着拐杖李廼田走到院子外就是一嗓子：看我老李家的重孙子啊！

耘生第二日就脱掉了长衫，喊着殿民：和哥一起到对岸刘集振华高小去看看，小妹玉梅一听跳了起来：哥，我也要去！

李耘生在济南时就听刘子久说过，刘集村可是有着一个党支部的。 李耘生当时很兴奋：真的？ 刘子久说广饶县的农会可就在刘集成立的。 李耘生就一直想着，何时回家乡，一定得去刘集看看，何况，自己的母校振华高小就在刘集。

在中共党史上，刘集的确是个值得纪念的村庄。 1925 年，在济南工作的中共党员刘子久、刘雨辉(女)、延伯真带着早期共产主义者陈望道 1920 年 8 月翻译出版的《共产党宣言》中文译本回到家乡刘集村，并将其交给了刘集党支部书记刘良才同志保存。 刘集村党支部的成员，常常在油灯下学习这本书，由此在这本“大胡子”的书的启蒙下，星星之火得以点燃。 它是我国《共产党宣言》最早的中文译本。

李耘生当时不知道的是，这本《共产党宣言》在这个偏僻的乡村，在一间简陋的茅草房子中，这本点燃过无数革命者心头之火的革命文献，对自己人生走向产生极大影响的《共产党宣言》，整整保存了五十来年，一直到 1975 年，老党员刘世厚即将去世前，才将这本盖着“刘世厚印”的奇书，献给了国家。

李耘生到自己就读的振华高小看了看，校门口那株老楝树还在，学校里还是两排教室，依然书声琅琅。

他又到刘集村四处转了转，殿民说你是不是要找什么人，李耘生笑了笑又摇了摇头，他想了想，还是不想因此而惊动到什么人，从而引起不必要的麻烦。

冬日的乡野一片安宁寂静，田野里的青菜、白菜，农民们为了防冻，都用了些稻草盖上了。阳河的水清澈见底，看得见呆呆地躺在河水间的小鱼。天空蓝蓝的，白云映在了水中。那一刻，李耘生眼有点热：这就是自己的家乡，何时，将小林将章蕴带到西李来，好好地住上一阵子。

李耘生在家待了三天，想着要到南京上任，便要告辞。做母亲的知道儿子要走，泪水一下子涌满了眼眶，半晌说不出话来：儿啊，这就过年了，你都多少个年没有在家过了，就不能过完年再走吗？她多么希望儿子留下来过个团圆年啊！

小妹玉梅面容生得酷似大哥，皮肤白皙容貌俊秀，只可惜眼睛常年总是模模糊糊，在大王乡、在益都县城求医问药找了不少医生，也说不出个名堂，偏方吃了不少也不管用。李耘生想着南京是大城市，说不定大医院能治好小妹玉梅的眼疾呢。将妹妹带走，也是为这个大家庭挑一份担子，这么多年来，耘生始终觉得没为家中出点力而感到内疚。

爷爷很是高兴：我家殿龙出息了，是做大事的人！

集碌家的，你坐这儿歇歇！说说话，不着急的。

我龙儿小时候最喜欢娘做的面点，是不？你再和你爷爷唠嗑唠嗑，娘一会就好！让你带点上路。娘的声音有点湿润了。

看着母亲、父亲头上的白发，耘生有点心酸：爷爷说自己是在外面做大事的，父母也以有这样一个儿子在外面做事感到荣耀荣光。可自己又为这个家，为父母兄妹做了些什么呢？

娘！ 耘生和爷爷、父亲又唠了半会，又跑进耳房最边上那间，娘正在灶头案间忙得不亦乐乎。

娘，我来帮你烧火！ 灶膛里的火噼里啪啦的更旺了。

龙啊！ 和儿时一样，娘还是喊殿龙为“龙”。 下次回来，一定得将我孙子和你媳妇带回家来！

好的！ 耘生一口应允。 看着娘的一脸喜气，李耘生忽地又是一阵心酸。

离家多年的耘生，怎不理解母亲此刻的心情呢？ 又怎不愿与亲人们多聚几日呢？ 但他是共产党员！ 他想到了党的嘱托，他知道自己肩上的担子有多重，怎能在家久留呢？

1930 年农历 11 月 27 日，耘生终于在母亲的哽咽声中，带着正患眼疾的小妹玉梅离开了家。

全家人及左邻右舍怀着难舍难分的心情把他送到村头，弟弟殿民把大哥一直送到二十多里以外的益都（青州）县城。

漫天的飞雪，纷纷扬扬，握着弟弟殿民冰凉的双手，耘生脱下了自己唯一的绒裤给只穿着一条单裤的弟弟穿上。 对这个放弃了读书愿望而只能在家种地的弟弟，耘生永远充满了歉疚。

哥，那你呢！ 殿民坚决不要。

哥马上就坐上车了，不冷！ 你还要赶回去！ 听话！

穿上带着哥哥体温的绒裤，殿民站在车站月台，一直等着哥哥坐的火车拉响了汽笛。

谁能想到这竟是他们与自己的爱儿、尊敬的大哥最后的一面、人生的永诀呢？

汽车沿着蜿蜒的阳河向南而去，这辈子还能不能见到父母？ 能不能见到那留下童年足迹与笑声的阳河、裙带河？ 还有那几个小伙伴？那院子中承载着儿时欢声笑语的老杏树，那屋后，青碧葱绿的大青椒，那可是大王这块土地的特产，走了这么多地方，吃起青椒总是想着家乡那辣中带着甜、甜中又微微辣的大青椒。

还有，还有亲爱的祖父，那给了自己自由的童年，拍板一定要送自己去青州省立十中读书，这次拄着拐杖还将自己一直送到村口的八十岁的祖父……

家乡的阳河，那家中的十间草房，还有门前那几株枝叶繁盛的杏树、老枣树，春日里叶绿绿秋风中枣儿绿艳艳。走上了这条革命的道路，他不可能再回头，他也从没有想过回头。可是，故土难舍，梦里梦外，李耘生心底永远有着这波光粼粼、坦荡清澈的母亲河。

当前日狗牢头抱着小林出现在监室的门口，当在孩子“爸爸、爸爸”的声声哭喊中，痛不欲生转过身去之时，他知道自己身份已完全暴露，全身而退已是万无可能。扶着铁窗栏杆的李耘生与苍穹上的星星遥遥相望……此时的他早已将个人的生死置之度外，只是还有些许遗憾，自1930年组织调任自己来到这金陵古城，不过才两年的时间，两载春夏秋冬，尽心尽力为党做了一些事，但来南京的工作时间太短，还有那么多的事情没来得及做。

第五章
刀锋上行走

青砖黛瓦依旧，格子窗依旧，抱厦依旧。这就是南京白下路一〇一号了。在这当年贫儿教养院的礼堂旧址，我久久伫立，细细打量。我看见，大半个世纪前，李耘生和他的战友们，在这里谱写的救国救民的热血传奇；我看见，中共南京地下党曾经这扇扇窗页里的风云际会，我看见，每一块上了岁数的寻常砖瓦渗透出的世事沧桑……

1. 白下路一〇一号

青砖黛瓦在1931年初的蓝天下散发着清冽寒意，褐色的木格子窗斑斑驳驳承载着半个多世纪的风霜。这个冬日难得一见的灿烂阳光，透过老香樟的枝枝叶叶洒下金光遍地，给眼前这老院子增添着些许的暖意与光亮。

这座建筑原是上元县官府衙署，上元县衙建于清同治八年(1869年)，次年竣工，共有房屋一百七十间，廊三十六间，以及其他附属建筑。民国初年，上元县并入江宁县，南京临时政府陆军总长黄兴的夫人徐宗汉在上元县旧署创办了贫儿教养院。孙中山先生亲笔题写了院名“开国纪念第一贫儿教养院”，由徐宗汉和周其永女士负责筹办，徐宗汉任院长。

这所贫儿教养院创建之初，南京临时政府大总统孙中山一次拨给开办费八千元，并规定今后由江苏省长公署每月拨发两千元。当时收容了七百多名难童，大部分是战乱中失去了亲人的孩子，他们的年龄在十岁左右，最大的也不过十四五岁。这所教养院，后来由国民党内政部接管。在教职员工中，自然也有一些反动派的爪牙。

由于李立三“左”倾错误的影响，1930年南京地下党遭到了第六次的严重破坏，为了重建南京市委，李耘生受中共江苏省委的指派，重返南京，任市委副书记兼组织部长，化名李涤尘。

请问先生您找谁？老门房听到门口的铜环叮当作响，打开了衙署的大门。

您好！一位英俊儒雅的长衫青年。拎着提箱，架着眼镜，风度翩翩地站在了门前：老叔您好，我是新来的历史教员李涤尘。年轻人欠身鞠了一躬。

哦，是新来的李先生啊！请进请进！我姓陆，是这儿的门房。

陆老伯，请多关照！年轻人客气，门房陆老伯对这温文尔雅的年轻人产生了好感，抢着帮其拎起了箱子，跟着陆老伯的步子，李耘生向院子深处走去。

走过花圃，走进二道门，眼前是一阔大的天井，天井正中的茅亭内，里面是黄兴的遗像。两边房屋共四进，均为男生宿舍。左右的两个园门，门额上分别题为“淡泊”“和静”，确实是一个清静的好所在。

迎面是大礼堂，总务部、教务部分设两旁。李耘生拿着介绍信去了教务部。此时的贫儿教养院有学生近四百人，教员二十多人。学校还设有食堂、洗衣处、理发处、浴室等设备，煮饭、洗衣以及贫儿们所穿鞋袜、衣裤也都由师生自做。

贫儿院有小学、初中、高中部，设文理课程，也教授专业技能知识。这样一所学校的教师身份，本身就是很好的掩护，而这所学校的学生大多出身贫困，也更容易接受革命思想。作为党的优秀干部，不但要善于运用公开合法的身份，发展进步力量，而且还要在极端复杂的环境中，深入到基层群众之中，进行秘密工作。李耘生明白自己的职责。

老师，您所讲的中国历史，令我们对国家的过往有了一定的了解，对照我们国家现在的混乱状况，你认为有何方法可以解决？一个看上去有十五六岁的男生举起了双手。

这位同学，你提问得很好，但这也不是一句话、两句话能说得清楚。请先坐下。李耘生为学生们讲授历史课以来，以其渊博的学识与带有文采的语言表达，深受同学们的欢迎。

“历史者，已往之陈迹而已。然而，这位同学提出的问题，将历史与现在很好地联系到了一起。冰冻三尺非一日之寒，万事万物莫不如此。我们观以往之历史，看今日中国之时势，在国内贫穷、在国际衰弱。其至于此，非一朝一夕历史之故变迁所造成，也非一时一事所能改变……

李耘生以教员身份，议论时事，叙谈人生，引经据典，信手拈来，滔滔不绝。既显示出其厚重的古文功底，也展示出不凡的文学功力。

李耘生的宿舍成了学生们很爱串门的地方。

李老师，这本小说借我看看好吗？我也要看，我也要看！几个男生争着要借李耘生这本苏联小说。

好好好，同学们喜欢！我们今天就谈谈这本《铁流》。《铁流》这本小说啊，是苏联作家亚历山大·绥拉菲摩维奇的名著，是著名的长篇小说。整部书气势磅礴充溢着革命理想主义、浪漫主义的激情，具有激越昂扬的节奏。小说以十月革命后的一九一八年内战为题材，叙述了古班的红军——达曼军，带领被古班的哥萨克富农和白匪军残害的红军家属和被迫害的群众，突破叛乱者和白匪军的包围，进行英勇转移的事迹，反映了苏联国内战争时期剥削阶级与被剥削阶级之间的生死搏斗，表现了士兵群众由乌合之众成长为一支纪律严明的“铁流”的过程。

当年啊，我看过这本书，我就想啊，当祖国需要我的时候，我就要似达曼军这样，为天下受苦的人们，英勇斗争！李耘生的激情讲述感染着十七八岁的高中生。

李老师，我们也是这样想的！我，希望成为小说中铁的人物，进行血的战斗！

李老师，我家祖祖辈辈都是受穷受累的穷苦百姓，父母因病早亡。要不然我也不会到这儿来。要改变这个不平等的社会，我们都愿意做达曼军！

……

夜色中的贫儿院寂静如斯，偶尔一阵风拂过树叶簌簌作响，寒夜依旧袭人，但李耘生小宿舍里暖流涌动，年轻人胸中波澜起伏。

不长的时间，学生也好老师也好，包括几位校工，都喜欢和钦佩这位新来的李涤尘先生，课讲得好，人也好，还写得一手漂亮的毛笔字。

李耘生以教书为掩护，在贫儿院恢复和发展党的力量。他充分利用讲坛这块阵地，议论时事、探讨人生。宣传进步思想，启发诱导学生们主动追寻革命，同时，接近一些有着明显爱国主义思想的老师和员工，经过一段秘密恢复和发展考察，张月华、杲慕陶、胡寿元等五位青年秘密入党，建起了贫儿院的地下党组织。

此时的章蕴与小林，已住在了游府西街教堂西侧，与姓叶的一对中年夫妻，合租在同一个院子里。东侧的那间小房子，里屋是一张床，比上海的亭子间大了些，外间一张方桌几张条凳。

简陋的家，是李耘生、章蕴在南京新的住处，也是南京地下党组织一个新的联络点，更成了爱戴、喜欢李涤尘老师的学生们，在贫儿院外的一处大家庭。

每到周日，总会有一些学生来此，谈读书体会，帮着李老师做点家务事。可爱的小林在学生们手中传来抱去，大孩子们和小宝宝咯咯的笑声，成了李耘生、章蕴若刀锋上行走的地下工作中，难得的一份喜悦与欣慰。

李耘生这一阵特别忙。贫儿院的学生们看到李涤尘老师进进出出除了上课，基本看不到其踪影很是奇怪：李老师最近很忙？我们能不能帮他做些什么？而李耘生在贫儿院已发展的学生党员杲慕陶、胡寿元、张月华等，心知肚明。只是告诉大家：我们李老师啊，课教得特别好，夫子庙那一家商会开了一家夜校，请李老师去授课呢……

此时的李耘生，以在贫儿院教书为掩护，秘密恢复和发展党的力量。他继续利用晚上、假日，深入到工厂、街道、农村进行调查访问，到大、中学校去找一些党员和积极分子谈心，尽可能地恢复南京地下党组织，尤其是提醒青年学生在此期间，避免过激情绪和行动，减少不必要的牺牲。

今天下午李耘生没课，中午他在贫儿院食堂胡乱扒了几口饭，就到宿舍里换了身短衫肩上搭着块毛巾，匆匆出了后门，今天，他要去城墙边的鸡鸣寺。

鸡笼山麓的鸡鸣寺是一座古老的寺院，早在孙吴时期，鸡鸣寺之处就已建有一寺，名为“栖玄寺”，此因鸡笼山北面有栖玄塘而得名。南朝宋文帝刘义隆第七皇子、建平王刘宏为人谦俭周慎，深得父王信任，并赏赐其在鸡笼山东偏北处建宏敞府第。刘宏于宋大明二年（458 年）临终前，嘱咐将鸡笼山下东偏北处的府第捐为寺庙，沿用名

"栖元寺"，元、玄同义，南齐时改名建元寺。孙吴时期开拓了南北向的潮沟（在今南京市机关大院西墙附近），南接城北渠、运渎，经栖玄寺门前，北通玄武湖，后来，明代筑城时阻断了该潮沟，但此沟的南端直至上世纪八十年代初尚存，沟旁尚有几棵老槐树，三国孙吴时的栖玄寺该是鸡鸣寺的前身了。清朝康熙年间就已对鸡鸣寺进行过两次大修，并改建了山门，康熙皇帝南巡时，曾登临寺院，并为这座古寺题写了"古鸡鸣寺"大字匾额；乾隆十五年(1750 年)，地方官为了迎接皇帝和太后南巡，又重建了凭虚阁，作为驻跸行宫，乾隆帝也为这座古寺题写了匾额和楹联；清咸丰年间，该寺曾毁于兵火，同年又重修；同治六年(1867 年)，寺僧西池等募资修建了观音楼，楼内供着普度众生、大慈大悲的观音菩萨；光绪二十年(1894 年)，两江总督张之洞为纪念他的门生杨锐，取杨锐所诵杜诗"忧来豁蒙蔽"一句，将殿后经堂改建为"豁蒙楼"，并手书匾额，还写了首五言咏《鸡鸣寺》诗；民国初，又增建了景阳楼。

来贫儿院教学历史课程的李耘生，对南京的历史掌故、风景名胜、建筑史话等都有着详细的了解，何况，这些人文历史，也一直是李耘生的兴趣所在。到南京工作的李耘生一直想着来鸡鸣寺看看，可惜就是没有时间。今天来鸡鸣寺，不是为了看风景，也不是为了深入了解其历史与掌故，而是为了那些受了水灾的难民。

多灾多难的 1931 年，外侵内乱又加特大自然灾害。

江淮流域发生重大水灾。长江因连续几个星期的大幅度降水，靠近南京的安徽芜湖，因沿江大堤溃决全境淹没，市区水最深处竟达一米之高。八月份，两次飓风淹死灾民四五千人，流离失所者将近九万人。而南京因长江上游洪水，加上玄武湖受倾泻而下的钟山之水影响，湖水已高于城内，江水、湖水一齐向城内灌注，南京城内水深处也已达七八尺。下关一带几千棚户被冲毁，大批难民流落在南京街头。可谓是民不聊生、哀鸿遍野。

眼前是一片片一座座简易草棚，许多受灾难民无家可归，就在此搭棚居住，大部分难民只能靠乞讨度日。今日好不容易有了些许阳光，一些五颜六色的衣服杂物搭在了草棚顶上，老老少少坐的坐倚的倚，一片凄凉之景。

此时的蒋介石不但不采取紧急措施赈灾，帮助百姓渡过眼前难关，哪怕救济一些衣物，反倒大发雷霆：首都怎么可以这样，有碍观瞻！派出武装士兵要驱赶、押走这些难民。

中共南京市委针锋相对，紧急编写宣传材料，揭露国民党政府的腐败透顶和昏庸无能：我们大家来看看当今国民政府的钱都用到哪里去了？政府是要为老百姓服务的，可政府年年忙于内战，钱全都用于买军火弹药，还顾不顾老百姓死活！我们要饭吃，我们要衣穿，我们要房子住！

李耘生与分道而来的组织干事地下党员小周会合后，让其找几个年轻一点的小伙子，将传单分发至各窝棚片区，自己则去了南片区。李耘生通过调查了解，知道地下党员林福全也住在此地，想与他聊聊，过细地了解一下这有着好几千人难民区的人员情况，看看有无可能在这里建立难民党支部。

草棚一家一家顺过去找，在靠城墙边的那个窝棚外，看见了正在用破扇子扇着泥巴炉子的林福全。李耘生轻轻地叫了声：老林！那中年男子回头一看见是李耘生，立即警觉地四周看看，将李耘生让进了草棚。

一中年妇女躺在地铺上，地铺上散落着一些衣物。

李部长，今天你过来，有什么事？林福全也是有几年党龄的老党员了。

先不说这个，你妻子情况怎样了？李耘生看着地铺上的妇人。

老毛病了，本来眼睛就不好，只能看见一点点光，这一次在大水中浸泡又四处颠簸，眼睛发炎肿得似个烂桃子，就一点也看不见了。林福全叹着气。

老李，不谈这个，你今天来，有什么需要我做的？林福全还是快人快语。

李耘生说，近期我们打算先在这里摸摸情况，从目前的情况看，这个几千人的难民区一时半会也撤不了，这么多人无处可去。要摸摸清楚这儿有多少我们的力量，是否在这儿建个难民区党支部，从各个片发动群众，向国民党政府要饭吃要衣穿，尽可能通过我们的工作为这些难民们解决一点实际困难，壮大我们的力量，也让难民们彻底认清反动政府的本质。

李部长，你放心，这摸底的情况我能做到。昨天，我还看到以前相识的老丁的。我俩合计合计，分分工，早点将情况摸清楚。李耘生摸了摸空空的口袋，说我下午再来。

下午章蕴找到了林福全，带来一管消炎的眼药膏，又塞了两块钱，林福全收下了眼药膏坚决不收钱，推来推去。章蕴说耘生说了，这两块钱，你去做点蔬菜小生意，这样也便于你走棚串户，了解情况。他今天下午到难民区的北区摸情况了。这样一说，林福全只能收下了：谢谢章老师，谢谢李部长！

下午五时多了，夕阳隐在了西天的天际，天暗了下来。四处很静，这路道上没有人影。右前侧鸡鸣寺的飞檐翘角，在暮色中勾勒出一幅朦胧的水墨画般的画面，疾走的李耘生忍不住又多看了两眼：这天下要是太平了，一定要和章蕴走进去仔细看看，我们中国的历史长河中，有多少值得后人观赏和研究的文化瑰宝。

此时，警觉的李耘生感到有脚步声跟上了自己，李耘生的脚步快，后面跟着的也快，自己脚步刚才慢了一些，后面跟着的脚步似乎也慢了下来。李耘生眼角扫射四处，一切安静，是什么人？

是李耘生先生吗？后面跟着的人发声了。

李耘生一震：自这次到南京来工作，在贫儿教养院，自己一直用的是李涤尘之名。今天下午，林福全将难民区四位党员都召集在了草棚，这儿，还有谁认识自己？还有谁知道自己李耘生这个名字？

他脑子飞转，脚下并没有停下来。身后的脚步却快了起来。

李先生，你不认识我了？这声音似乎有点熟悉。

李耘生猛地转过身来，一个与自己年龄相仿的年轻男子站在眼面前，似乎有点面熟。

我是肖静庵啊！在武汉泰安纱厂您替我们上过课的！年轻人一脸急切。

哦，是肖静庵先生！李耘生看着眼前这圆脸的青年，想了起来，是有这么一位肖静庵的，当时是工会委员。但警惕性很高的李耘生没有贸然相认。

那青年看着李耘生似乎疏离陌生的眼神，在路上蹲了下来，捡起路边一石块在泥地下写了起来：李先生，我要找组织！他又迅速站起了身，用脚将那行字迹踏平。

看着李耘生怀疑的眼神，肖静庵忍不住了：那次武汉震寰惨案后，我被通缉，无处藏身，就和我的两个同学来到了南京，总比在武汉等着特务抓我好吧。我四处找寻共产党，但不知道到哪里去找。今天，是到难民区去找我一个老乡的。走出难民区，当时看到一个人影像你，就跟了上来！

功夫不负有心人，我终于找到了！一口气说了这多话，肖静庵满脸的兴奋。

李耘生仍是谨慎地打量着眼前的肖静庵，这个年轻人，在武汉泰安纱厂参加工人运动的确很是积极，尤其是在声援震寰纱厂案中，连夜刷写标语，白日散发传单，表现得沉稳又机智。人与人的感知有时也是有直觉的，李耘生凭直觉，觉得肖静庵不属那些蝇苟之辈。

可现在这个形势下，没经过一段时间的考察，谁又说得清谁到底长的一颗怎样的心？

肖静庵一直跟着去了李耘生在游府西街的家，李耘生留他吃了晚饭，同时也告知他，自己现在是贫儿教养院的历史教员，名字用的是李涤尘，李耘生的名字不用了。还有，现在的形势下，也和共产党没有了联系，只是为老婆孩子，为现世安稳求碗饭吃。

肖静庵听着听着脸色沉了下来，放下了筷子：李先生，你变了！早知道我不跟你来了。

此一时彼一时，什么事情都是会变化的。李耘生注视着肖静庵，看着肖静庵失望的背影消失在了巷子口。

可第二天，肖静庵又来到白下路贫儿教养院了，流离失所与同学挤在一间小房子的肖静庵，对李耘生还是有一种深深的信任甚至依赖：李先生，这儿有我能做的活吗？

李耘生想想，只是以一个朋友的身份留下了肖静庵：我们这儿教员都是要通过上头派来的，要不你先在我这儿住两天。

肖静庵很是高兴：找两本书给我看看好吗？李耘生找了《呐喊》《铁流》等书给肖静庵，肖静庵两眼放光：谢谢谢谢！这一切，李耘生都看在眼中。

不久，肖静庵通过他的同学，应聘去了南京中央试验所传达室，欢天喜地将自己的地址告诉了李耘生。

过了几日，李耘生带着章蕴抱着小林一起找到了肖静庵单位所在地，位于下浮桥的中央试验所传达室。

肖静庵见着李耘生一家高兴非常：哎呀，这就是小林啊！来让叔叔抱抱，真好玩呢！章姐，你穿这水蓝色的旗袍真是漂亮！

李耘生向章耘使了个眼神，章蕴抱着小林向试验所的花坛走去：来哦，我们来看看，这红的是什么花啊？这叫月季花！一岁多的小林挣脱了妈妈的怀抱，在花坛边趔趄着走着笑着：月——季——花！

李耘生与肖静庵走到了传达室内：你不是一直想找党吗？现在想请你做一件事情，愿意吗？

肖静庵庄重地点着头：我愿意！

你现在是在这个试验所做收发，这是个传递文件接转材料的有利条件。你能否谨慎小心地，做一些信息的传递工作？

当然可以，谢谢李先生对我的信任！

肖静庵就此开始接收一些写着“中央工业实验所公启”的特殊邮件，见到这样的邮件，肖静庵就直接送到李耘生的住处，肖静庵工作的传达室，实际上也成了南京市委的一个地下交通站。在那段时期，上级党的文件多在公开刊物《光明日报》上密写，肖静庵的传递，很好地保证了南京地下党组织与上级党组织及时又顺畅的联系。

作为南京市委组织部长的李耘生，在学生运动与工人运动中有着丰富的经验，他不光在工人、农民和学生群众中发展党员，还在一些地下党员的配合下，将恢复和发展地下党组织的工作触角一直延伸至国民党的宪兵队、警备队及政要高层机关中，以致在国民党中央无线电台，也建立了共产党的支部。这也是让国民党军警系统头疼，包括宪兵司令谷正伦大为光火的事情。

6月底的那日，一对小夫妻走进了夫子庙那座画舫茶社。这座泊于秦淮河边的茶社很是雅致，褐色的雕窗均是不同的图案，有盛开的牡丹，有雅致的竹子，还有游龙戏风等诸多图案。

夫妻二人倚窗而坐。男的容貌清秀，长衫一袭，眼镜一架，手中摇着纸扇，一根镀了珐琅的怀表链子斜挂在长衫的门襟边；女的身着淡蓝旗袍，衬得皮肤格外白皙，高挺的鼻梁、乌溜溜的大眼睛。

来喽——带着小瓜皮帽的店小二是有眼头见识的，见着这对漂亮的小夫妻，立即殷勤地送上四色点心：先生、太太，是雨花茶、龙井茶还是碧螺春啊？俊秀的先生面向太太：你看呢？在南京，我们当然尝尝雨花茶啦！明前的雨花茶哦！太太轻声曼语。

秦淮河水波光粼粼，悠扬绵软的《花好月圆》在夏风中荡漾。李耘生注视着章蕴：越来越漂亮了！章蕴注视着耘生：是要我夸你越来越潇洒吗？两人都笑了，这是两人到南京来，第一次到这么雅致的茶舫来喝茶。

这次喝茶，这间茶社，还有推窗即见的秦淮河水的波光，成了李耘生、章蕴永远的忆念，在以后的岁月间，在牢狱中，李耘生和章蕴不止一次地怀念这家茶舫，怀念那日下午的场景。

我们去夫子庙一下，我请你喝茶。那日中午匆匆回家的李耘生喊着章蕴。你去换一下衣服。

我们在家陪陪儿子吧，难得我们两人碰到一起。来笑一个，给爸爸看看，章蕴抱着小林，用鼻子顶着儿子的鼻子，逗着儿子玩。

小林啊，乖乖啊，爸爸、妈妈出去一会儿就回来，跟宝宝玩啊！耘生从章蕴手中接过儿子。一岁多点的小林长得虎头虎脑，圆溜溜的大眼睛像极了章蕴，高挺的鼻梁与脸形又酷似李耘生。真是个人见人爱的漂亮宝贝，看到的人没有不夸：这个宝宝和年画上一样的，真好看哎。

今天，有任务的。李耘生一句话，章蕴立即去换旗袍了。

有面窝吗？章蕴笑吟吟地问着往茶桌上布四色点心的小伙计，小伙计一头雾水转向李耘生：先生，什么是面窝？李耘生笑了：那是长沙的点心，南京可没有哦！

正在点茶之际，贫儿院的学生党员胡建明陪着一位器宇轩昂的军人走了进来：这是我们李涤尘老师，这是李太太！

李老师，这是我表哥，警备队中校队长胡建强。

那军人脚跟一碰一个敬礼：李先生好！李太太好！

请坐请坐！那店小二见着又来了一个军官，更是不敢怠慢。小心地将包间的房门掩上……

这次秘密会见不久后，胡建强所在的警备队，建起了共产党支部，这也是国民党的宪兵队、警备队中，在中共南京市委组织部长李耘生的直接策划发动下，建起的第一个中共地下党支部。

当时的国民党军队中，不乏一些有识之士。这些当年追随孙中山先生，从黄埔军校毕业的热血男儿，对当下国民党政府推行的反共政策、热衷于打内战很是反感，苦于找不到正确的路径与合适的指点。李耘生和组织部的其他同志，通过亲戚、同乡、同学的关系，隐密地做着宣传共产党的方针政策，宣传共产主义的终极目标，宣传推翻当前腐败黑暗的统治、建立一个更加光明温暖社会的必要，收到了非常好的效果。

1931 年底，南京军警特务，在秘传着“十八子挖心战”。这个“挖心战”之秘传之说，即指李耘生在军警内部发展中共党员之事。但“十八子”是谁？是姓李吗？谁也不知道。

仅在 1931 年，李耘生即在军警建立了党支部十余个，发展党员二百余名。

再过两日又是新的一年了。这天突如其来地阴了下来，白下路贫儿院一派紧张，连那老香樟树都紧张得枝叶瑟瑟。

快！快！你们几个急速从院子的后门出去！李耘生急促地催促着杲淑清、张月华、王逸民等五位贫儿院的学生地下党员。

李老师，您呢？高个儿的胡建民不肯走！等我的通知，我会找到你们的。

这是命令，快走！没有我的通知，谁也不要回这儿！

这个冬日，贫儿教养院的学生党员胡寿元，因星期日去亲戚家说话漏了嘴，得意洋洋地说自己参加了一个有前途的大组织，将来要做惊天动地的大事。

殊不知隔墙有耳，在回贫儿院的路上胡寿元就被特务截住了。平时夸夸其谈的胡寿元才看了一眼墙上的刑具，就眼泪一把鼻涕一把地将什么都说了。

巧也就巧在，胡寿元被敌特在新街口南侧的小巷子截住之时，远远地又被胡建民看见了，立即飞跑回白下路向李老师报告。

李耘生当机立断，让教师、学生中的党员立即全部撤离。进步学生全部暂时隐藏。门房陆老伯将后门打开：快，从这儿出去！出了贫儿教养院，李耘生刚松了口气，忽地想起这个被捕的胡寿元也去过游府西街自己的家，李耘生又立即赶往游府西街，也将家搬到了城北水佐岗。

……

当年的贫儿教养院在岁月的风霜雨雪、时代的更迭变迁中，已只留下了眼前这礼堂了。这幢坐北朝南的建筑，保存基本完好，前有抱厦，上挂“礼堂”之匾，墙上还嵌了石碑，写有“南京市白下区文物保护单位：上元县衙旧址”。如今，这幢房子已经是省级文物保护单位。很多学校的学生和游客经常来此，倒不都是为了有着悠久历史的上元衙门，更多是为了这礼堂间，一位年轻的共产党员和他的战友，在那血雨腥风的年代里，留下的一份永不褪色的红色记忆。

再次打量这扇扇门窗、这片片砖瓦，他们应该是有记忆的，他们肯定记得年轻的李耘生当年在这儿铿锵有力的演讲，英俊的李耘生在这里对贫苦儿童的循循善诱，还有那些贫穷学生在这里的歌声笑语……如果，这贫儿教养院的砖砖瓦瓦能开口说话，又该讲述出那年那月多少鲜活的往事？

礼堂前这株葱郁的棕榈树，将它挺拔的树干直指蓝天，金色的阳光透过这片片树叶，将满树的绿意铺陈在南来北往人们的眼底心中。2017 年的春色正好。

2. 还我河山！

1931 年 9 月 18 日，沈阳内城以北的柳条湖一声巨响，令中华大地震惊！日本蓄意在我国东北挑起了军事冲突，并以此为借口派兵占领了东三省。

柳条湖位于沈阳内城以北近三公里处，在沈阳站与文官屯站之间，日本关东军之所以选择这个地方作为爆破地点，其原因有二：一是这里较为偏僻，便于行事；二是距东北军北大营较近，便于诬蔑为中国军队破坏，也有利攻击。

上海的《申报》在全国率先报道：“东北沈阳日本驻军突然进攻我北大营，东北军奉上面命令，未加抵抗，撤出阵地，沈阳失守！”黑体字赫然入目，报道又说：日军的铁蹄又践踏上了长春。

"九一八，九一八"！ 至此，"九一八"成了一个民族的伤痛，也成了中华的"国耻日"，多少百姓流离失所，多少家庭妻离子散。 没有安全感的东北难民大批向着关内逃亡，在东北再也放不下一张平静书桌的时候，很多的青年学生也成群结队向南京、上海等地聚集。

中央大学的布告栏前，挤满了师生。 一张《申报》贴在了布告栏中："九一八"事变前后一个多月，日本帝国主义强占了东三省，张学良统帅的二十万大军，竟然不发一枪一弹地撤到了山海关内！

布告栏前的围观者越来越多，里三层外三层水泄不通，青年学生义愤填膺：打倒日本帝国主义！ 还我东三省！ 还我河山！ 更有的同学高喊：惩办不抵抗者！ 打倒卖国贼！

1931 年"九一八"事变发生后，南京学生抗日运动和各界爱国运动蓬勃兴起，学生爱国热情空前高涨。 全国各地来宁的学生代表和以中央大学为首的南京大、中学生在南京汇成了强大的爱国抗日救亡运动的洪流。 一场由共产党领导组织的"反对不抵抗主义，坚决抗日救亡"的活动，在中央大学、金陵大学、金陵女子学院等南京大中专院校，包括贫儿院的学生中有计划有步骤地开始了。

当时的国民党当局按照蒋介石"攘外必先安内"的方针，一直在忙着对付共产党，对工厂、学校均采取了打击进步势力，肃清共产党人的高压政策。 南京又历来是政治高度敏感区域，在那样的局势下，原本对教员和学生相对宽松的中央大学校方，顶不住当局的压力，开始阻挠爱国学生的抗日救亡运动，并利用旧学生会少数人，压制学生的抗日热忱。

李耘生负责全面工作，章蕴分工联系中央大学、难民、中央无线电台三个支部的地下党工作。 这些个日子，夫妻俩整日在这个学校那个工厂奔波，组织发动党员师生与进步青年学生、工人，策划活动方案，安排行动计划，尤其是在当前的白色恐怖之下，保护好青年学生的安全也非常重要。

两人整日里忙得归不了家，有时几天也见不了面，好在玉梅小妹能帮着照看着小林，也好在章蕴与房东叶菊清大姐家相处得似一家人似的，小林又特别喜欢叶大嫂。

9月23日，南京公园路体育场人山人海，工、农、商、学、妇等社会团体及市民二十万人在此举行反日大会，各界代表痛斥侵略者，呼吁团结一致，誓死抗日。会后，游行队伍从大中桥出发直到国民政府门口，要求对日宣战。声势浩大的反对日本侵略者的活动在金陵古城拉开了大幕。

24日，全市大、中学校罢课，要求抗日。

25日，全市七十三所学校代表在南京女中开会，成立首都学生抗日救国会。中共地下党员和学运积极分子狄超白、王枫、杨晋豪等参加了学生抗日救国会组织，并发挥了积极的推动作用。南京各行各业相继发表宣言，成立抗日团体。

9月28日，中大近千名学生冒雨去国民党中央党部请愿，沿途高呼："撤换外交当局！""准备对日宣战！"

游行队伍到达外交部，外交部长王正廷避而不见。几十个学生涌进外交部内，上二楼见王正廷正坐在办公室里。两个学生拉住王正廷要他去见学生，王正廷态度傲慢，不肯回答问题，还说学生糊涂。有的学生一气之下就揪住他进行责问，后来他被手下人架起，钻进汽车狼狈逃走。

中大、金大和由沪来宁的复旦等校请愿代表三千余学生到国民政府要求蒋介石出来接见，蒋被迫出来讲了几句套话，就指责学生，说什么青年不要浮躁气甚。当日请愿无结果。次日，学生又向蒋介石请愿，蒋还是讲了一些搪塞的话。学生看到了国民党当局不抵抗的真面目。

此时，国民党四大正在南京开幕。会期11月12日至23日。中共南方地下党组织认为，这是个极好的机会。11月17日、18日两日，中大、金大等四十六校万余学生，两次向四大请愿，要求政府收复东北失地，要求蒋介石给全体民众一个说法。11月19日，蒋介石再次诡称“个人决心北上，竭尽职责，效命党国”。

好，既然你蒋介石这样讲，我们就来推一把，送蒋北上！中共南京市委在组织部长李耘生的建议下，迅速召开各大中专校负责人会议，发起一场“送”蒋北上的活动。

南京各校救国会均在报上登了一条消息：“蒋氏已决定日内单身北上，为国争光……拟定日内联合沪杭两地学生和首都学生在公共体育场，举行欢送蒋主席北上抗日大会。”报纸一出，各地学生闻风而动。

我们要见蒋介石先生！

请蒋介石先生给全国人民一个明确的答复！

9月26日，国民党中央党校门外聚集着数千青年学生。

我的家在东北松花江上，
那里有森林煤矿，
还有那衰老的爹娘——
爹娘啊，爹娘啊！
什么时候，才能够，回到我那可爱的故乡？

南京的、北京的、上海的上万名学生黑压压地坐了一大片，同学们悲愤激昂的歌声在灰苍苍的天际间回荡。有几十位来自东北的同学呜呜地哭出了声，中大的许多同学泪水也溢出了眼眶。

这是下午二时，南京与外地学生两万多人在公共体育场召开“欢送蒋总司令北上讨日大会”，会后许多学生再次来到国民政府门前，坚持要蒋介石签署出兵日期，万余学生在凄风苦雨之中整整一天一夜。

9月27日下午一时，在万般无奈下，长袍外罩着黑马褂的蒋介石，在数名军警的保护下，如临大敌似的终于露了面：“抗日是政府的事，大家应回去安心读书。”学生不予理睬，大声责问：什么时候出兵抗日？

三日之内不出兵收复失地，杀我蒋某的头以谢国人。你们回去吧，学生应该以学业为重！ 在心慌意乱之中，蒋介石脱口而出。

真的假的?

说话算数吗?

口说无凭!

激愤的学生要求他立刻写下笔据，可蒋介石环顾四周：在这儿我无有纸笔啊，我立即回办公室去写!

可蒋介石再也没有露面，请愿无效，许多学生对蒋幻想破灭，乃酝酿用“示威”来推进抗日运动。

此时，强烈要求国民政府出兵收复东北，反对日本帝国主义侵略的浪潮席卷中国。

1931 年 12 月 3 日，北大示威团二百三十多人，冲破当局重重阻拦，到了南京。

12 月 5 日，示威队伍在成贤街被千余名军警殴打，一百八十五被捕，三十余人受伤。 中央大学学生四百余人由游行总指挥中共地下党员汪楚宝带领下，举着“中大示威团”大旗前往援救。 他们冲开首都卫戍司令部两重铁门，质问当局，要求释放北大学生。 接着金大、五卅中学等校学生也赶来参加斗争。

12 月 9 日，上海学生示威团坐火车赶到南京。

12 月 10 日，南京二十三所学校近万人又到国民政府示威，这次，中大一些教授也加入了示威游行队伍。

12 月 13 日，北平、天津、武汉、广州、安庆、苏州、太仓、济南等地学生又陆续到南京示威。 当天晚上，在中大召开各地代表联席会议，成立了各地学生示威团联合办事处，每校派代表两人组成主席团，领导示威运动。

12 月 14 日，各地学生四千余人在国民政府联合示威两小时后，在南京街头进行宣传。

12 月 15 日，北平九校学生示威团到教育部、外交部、国民政府，发现均空无一人，学生愤怒，爬到大门上把国民政府改成“刮民政府”。然后又去国民党中央党部示威，警察鸣枪，哄乱之中，京沪卫戍司令陈铭枢被打伤，随即示威团撤退。在这次斗争中，示威团五人被捕，十多人受伤。形势急转直下。

12月16日，《中央日报》用大字标题登出：“共匪千余攻打中央党部”，同时刊出国民政府《告南京市民书》，号召市民驱逐示威学生。同一天，上海示威团又有三千人来宁。各地示威团决定17日举行联合总示威。

12月17日上午九时，各地示威学生一万余人从中央大学出发，经中山路、鼓楼、湖南路向国民党中央党部前进。十二时到达，只见铁门紧闭，军警林立。示威队伍又转向国民政府进发，一路上又有许多市民及中学生参加了进去。下午四时，到达国民政府，示威学生怒吼声震撼天地。

这第三次的请愿活动，较前两次声势更为浩大，准备也更加充分。从9月25日、11月24日两次请愿示威到现在已近两个月了，并没有看到国民政府对日本军队实质性地对抗，对国民党政府的假话与推诿，同学们很是失望。

这次，地下党与学联也做好了充分的准备。李耘生和同志们做了充分的准备，“政府出兵，收复失地！”“打倒日本帝国主义！”“不要磕头外交！”“蒋主席立即北上！”“全国民众团结起来！”各种内容的大幅标语扯满了国民政府前面的广场。

而包围请愿示威学生的军警也越来越多，那个军官恶狠狠地：让这些不知好歹的小东西们饿上几顿，他们就知道这样的日子不好过了！

大批的同学们静坐在广场上，寒风中又是一天一夜。怎么办？南京地下党组织召开紧急会议，发动商会和广大市民为被围的学生送食品捐衣物。

第二天，国民党派大批警察、步兵和马队，包围了示威学生。有的女同学紧张，也在队伍中的章蕴安慰她们：不要怕！军队对我们学生开枪，那是违反了天条！ 他们不敢！ 他们要是开了枪，四万万中国人一人一口唾沫就把他们淹死了！

一队荷枪实弹的士兵自北面护着一个骑高头大马的国民党军队将领来到了学生的队列前面。同学们立即呼喊了起来：为什么派军队包围我们？ 为什么限制我们的自由？

那军官骑在马背上开了腔：同学们，你们这样做是违法的，你们不要听不怀好意的人的挑唆，赶快回你们学校去。

这个军官是谁？ 同学们交头接耳。

请问你是谁？ 你能代表国民政府吗？ 中央大学的学生党员杨晋豪大声问着。

我是宋希濂！

这是我们警卫军的少将宋旅长！ 宋希濂身边的那个小军官大声地介绍。

宋希濂摆了摆手趾高气扬：同学们，你们的心情我能够理解！ 日本人打进我们国家，我比你们还着急，蒋委员长更着急！ 但在首都国民政府的广场前聚集闹事是不对的，蒋委员长命令你们立即回学校去！ 谁不离开，后果自负……他的话音刚落，杨晋豪和一群中央大学的同学立即涌上去，包围了宋希濂。

杨晋豪愤怒地责问："为了中华民族独立生存，反对日本帝国主义侵略，我们要求政府出兵抗日，收复失地，违什么法？ 犯什么罪？ 日本帝国主义侵略我国东北，杀人放火，奸淫掳掠，政府一声不吭，一枪不发，而对我们爱国学生出动了全副武装，你们到底是中国人还是东洋奴才？"

宋希濂注视着眼前这滔滔不绝的学生哑口无言，拨马就走。宋希濂一言不发地起身，那小军官恼羞成怒，竟指挥荷枪实弹的士兵两个架一个，将前面的几个学生押出广场。示威队伍的后半部是中大、北平及上海部分学生，拒绝撤出广场。

当示威队伍走到曾发出不实报道，造谣诬蔑爱国学生的《中央日报》社时，看到那挂在门前的“中央日报”的牌子，中央大学的学生看了十分愤怒：这不正是污蔑我们爱国学生，说什么“共匪千名攻打中央党部”的报社吗？这不就是说我们大学生“受异党蛊惑，不务正业整天鬼混”的那家报纸吗？砸了它！

愤怒至极的学生们冲上前去，几拳砸碎了报社的玻璃橱窗，掀下《中央日报》门牌，割断电话线，捣毁经理室、排字房，把铅字、印模抛入了珍珠河。这时，尖锐的哨声呼啸而至，十来个手持枪棍的军警冲了过来，要抓那几个砸橱窗的男生，并试图将学生驱散，热血青年与警察对峙而立。

忽地枪声大作，已做好屠杀准备的国民党南京警备师二旅和反动警察，从马路两边冲出，向着学生用刺刀刺，用警棍劈头盖脸打，在骂声、哭喊声中，只十多分钟，学生重伤三十余人，被捆绑捕走六十余人。上海文氏英文专科学校学生共青团员杨同恒头部、胸部被刺伤后落入珍珠河里，壮烈牺牲。

哭声震地，吼声震天，示威学生抬着受伤同学和已牺牲的同学尸体回到中央大学，把尸体停放在了大礼堂，五十人一班轮流守灵。

次日凌晨五时，国民党出动大批军警包围了中央大学，在中大操场四周架起机枪，上午两架飞机在上空盘旋，大肆搜捕爱国学生，强行把外地学生押送回原地。

南京政府镇压爱国学生的残暴行径，引起了全国各界爱国人士的愤怒：这是什么政府！竟然冒天下之大不韪，残害青年学生！许多媒体公开声援爱国学生，纷纷痛斥国民党反动罪行。连宋庆龄、鲁迅、沈钧儒等都发表宣言或撰文支持学生的爱国运动。

这次学生抗日运动在中共地下党的组织下，在社会各界爱国人士的支持声援下，规模浩大，斗争十分尖锐，对国民党蒋介石集团是沉重的打击；运动中，学生的英勇斗争可歌可泣，这其中，由李耘生一手策划组织的中央大学地下党员的活动，在整个学生抗日爱国行动中发挥了积极的带头作用。

“珍珠桥”惨案后，中大党支部书记杨晋豪的活动引起了特务注意，为了保护杨晋豪，在李耘生的主持下，召开了中大党支部会议，中央大学中共党支部书记由党性较强、比较隐蔽稳重的李竹如接任。李竹如也是山东人，1928 年考入中央大学法学院政治系。会后不久，中央大学恢复了反帝大同盟组织，吸收了一批在抗日救亡运动中表现突出的王枫、胡济邦、陈明达等青年入盟，并在其中发展了一些青年入党。此时的中央大学党支部，已从恢复时的五人，很快发展到近二十人，成为领导中大抗日救亡运动的核心力量。

后来，随着中共南京市委书记王善堂和军委书记路大奎被捕叛变，南京市党员先后被捕三百余人，其中有一百多名优秀党员牺牲，这样，“九一八”后迅速发展起来的南京党组织又一次遭到了严重破坏。杨晋豪、汪季琦、钮长震、黄舜治等也被捕，后来与李耘生一起关在了南京宪兵司令部看守所。

在风起云涌的请愿浪潮中，越来越多的学生，更加清楚地看到蒋介石用空话欺骗人民的真相。许多学生和群众放弃了对国民党政府的信任，打破了对蒋介石的幻想，充分认识到用“请愿”的办法不会达到“出兵抗日”的效果，需要采取更激烈的斗争形式来推进抗日运动。

面对声势浩大的群众性抗日救亡运动和国民党内部的派系斗争，1931 年 12 月 15 日，蒋介石被迫辞去国民政府主席和行政院院长职务，并将十九路军从江西调出，卫戍京沪。

3. 刀光剑影

兵变、兵变，暴动、暴动!

这几个词近日来始终萦绕在李耘生的脑海中。大规模学生抗日救亡请愿运动的效果甚微和珍珠河惨案的发生，令整个南京市委的同志心中都憋着一团火。

中共六届四中全会以后，由王明为代表的左倾教条主义主导了白区的中共地下党的工作。此时的王明还兼任着江苏省委书记，其左倾教条主义对江苏中共地下党的工作产生了直接的影响。

中共南京地下党组织按照江苏省委的要求，成立了南京特委，任命李耘生为特委书记，管辖江宁、江浦、句容、溧水、溧阳、宜兴等地党的工作，开展南京周边的武装斗争。根据省委的指示，特委决定要尽快在南京周边一带发展党的特别支部，扩大茅山游击队，策动国民党军队兵变，把队伍拉上天目山，建立根据地，同时决定，在南京军警中策反一支队伍参加红军。

今天，长衫一袭的李耘生在中央路向北急急地行走，根据市委通知，要求他下午四时去鼓楼与一位同志接头。

鼓楼，作为金陵古城地标性的建筑矗立于鼓楼岗上。这座始建于明代洪武十五年的建筑，国民政府1923年以鼓楼为主体建成了鼓楼公园。鼓楼分上下两层，下层建成城阙样式，高有近十米，红墙巍峙，飞檐迎风，中间有券门三道，贯通前后，上有“畅观阁”题额。

李耘生爬了上去，在接头的东殿，李耘生停了下来，掏出怀表看了看，离接头的时间还有三分钟。

伫立鼓楼之上，扑面的是新鲜的空气。平整的青石平台、鹅卵石组成的小径，杜鹃、翠竹、红枫给这萧瑟的公园增添了些许的亮声。

李先生！一个声音在身后响起。

我不姓李，我姓章！李耘生并不转身。

啊，对不起，我认错了！我以为您是我中学时的李先生。

暗号对上，李耘生转过了身。

哎呀，是您啊！来人大为惊喜。

哎呀，是小笪啊！你也出来啦！李耘生也喜出望外。

笪移今！这个和李耘生相识在老虎桥模范监狱的小伙子，当时和李耘生、王井东、侯连瀛等一条监弄。十九岁的笪移今对这几位兄长很是感激，常向他们借书看。李耘生他们几个放风时蹲在场院那东南角交谈，谈广州暴动，谈宜兴暴动，谈第三国际派驻中国的代表路易在武汉犯的错误，谈到中国共产党创始人李大钊的被害。笪移今总是远远地为他们放风。

李大哥，知道吗，当时，我特别佩服你，你总是说中国共产党领导的中国革命必胜，国民党如此不得民心，逃不了覆灭的命运！ 你还借我好几本书！

曾经的难友见面，多了几分亲热，见到自己崇拜的师长，笪移今很是兴奋。 这次，笪移今的主要工作是协助李耘生在郊县开展建党工作。

在这时期，令李耘生念念不忘的是与冷少农的接触与共同工作。

冷少农，贵州人，1925 年南下投身革命，和李耘生一样的是，共产党员冷少农在南京落脚，也是从进学校教书开始，借用在南京三民中学教员的身份，寻找机会，伺机打入国民党军政部门。 早在 1927 年，冷少农就担任了中共中央军委派驻南京情报中心小组组长，打入了国民党训练总监部与军政部，任总监办公室秘书和军政部部长办公室秘书，为中央红军取得三次反“围剿”胜利发挥了重要作用。 在南京潜伏期间，冷少农直接受周恩来领导，协助多次遭破坏的中共南京市委恢复党组织，并与王若飞等领导南京地区的“兵运”“工运”和“学运”。 在此期间，他还秘密发展了多位国民党军队人员加入了共产党。 李耘生与冷少农有过多次接触，对冷少农是非常佩服。

李耘生与蓝文胜的接头差点就出了险情。 早在黄埔军校就加入了共产党的蓝文胜，于 1931 年初与江苏省委军委接上了组织关系。 根据江苏省委军委的指示，在南京宪兵系统建立了特别支部，蓝文胜担任组织委员。 此时的宪兵队是由谷正伦于年初刚组建的。

蓝文胜利用自己担任着宪兵第一旅旅部上尉副官的职务的便利，从家乡湖北带出十来个青年，将他们安排进了宪兵系统，并从中发展了六个人加入了共产党。 李耘生很是欣赏蓝文胜，沉着、稳重，不苟言笑的面庞下有着一颗火热的心。 到了 1931 年的 9 月，南京宪兵司令部系统已发展有二十多名党员，成为战斗在敌人心脏的坚强的战斗堡垒。

此次，李耘生将蓝文胜约在了清凉山。

清凉山，古名石头山、石首山，位于南京城西隅，广州路西端。唐以前，长江直逼清凉山西南麓，江水冲击拍打，形成悬崖峭壁，成为阻北敌南渡的天然屏障。吴大帝孙权在此建立石头城，作为江防要塞，故此又有石头城之称。相传诸葛亮称金陵形势为“钟阜龙蟠、石头虎踞”，这只蹲踞江岸的老虎就指今清凉山。自唐以后，长江西徙，雄风不再。

清凉山山高一百多米，方圆约四公里，现已建成清凉山公园。园内树木葱郁，地势陡峻。主要古迹有清凉寺、崇正书院、扫叶楼、驻马坡、翠微园等。公园大门为牌坊式三拱门，中门上“清凉山”三字为扫叶楼主龚贤所书。清凉寺在清凉山南麓山坳处，红墙黑瓦，四周植桂花与翠竹，门上书“古清凉寺”四字。房前围墙圆门上书“清凉别苑”，房后有六角亭一座，亭内一口古井，称还阳泉。

山路上再拐一个弯，就要到达清凉寺了。当李耘生即将到达清凉山山麓时，忽地枪声大作，站住！站住！从清凉山下冲下几个便衣：抓住他！吼声在山麓间四处响起，一个女人哭哭啼啼被两个便衣左右夹着。一个男人在前面拼命地跑！李耘生心一惊：是蓝文胜暴露了？他迅速地隐身至了草丛间。

正在往约定的清凉山南麓清凉寺走的蓝文胜，也听到了枪声：是来接头的同志？还是……？

一群追赶的便衣大呼小叫，挨擦着一身军装的蓝文胜冲了下去。

李耘生远远地看到山路上的蓝文胜，一颗心落了地。从草丛中站了出来，腰上扎着一条布带，肩上搭着条毛巾，背着一柴筐，副山民的模样，继续向清凉寺走去。

此时的蓝文胜也来到了清凉寺：老李！

文胜！在那红墙黑瓦的“清凉别苑”围墙内，两人双手紧握在了一起。

文胜，我们现在的任务是要策应南京暴动，南京暴动的方案初步定为：将你所在的宪兵部队中的党员、国民党教导旅的党员和一部分积极分子拉出来，混入聚集在鸡鸣寺一带的难民中，发动暴动。我们在溧阳、句容特别支部发动游击战争，配合南京兵变。

正在说着，匆匆的脚步声和呼喊声又在清凉寺门外响起：明明有情报说是今天中共地下党在这儿有秘密接头，追了半天，竟是一个拐卖妇女的骗子！他妈的！给我再搜！

蓝文胜向李耘生使了个眼色，一步跨出了清凉别苑：你们是哪个部门的！在这清静之地大声喧哗，成何体统！

便衣特务们迎着蓝文胜冷冷的目光，看着蓝文胜一身宪兵制服，口气先软了下来：长官，我们是按照上峰指示，有密报说是今日有共党分子在此接头，也是公务，也是公务！

你们这样大呼小叫，只怕有共党也早让你们吓跑了。这山前山后还有山坳间，搜仔细一点！蓝文胜声音不高却自透着一份威严，制止了向清凉别苑里探头探脑的小特务。

特务四散向山坳中搜去。

李耘生继续说：还有和记工厂工人、人力车工人、京华印书馆的工人、浦口搬运工人、门西绸缎工人参加大暴动，并事先印好宣言、传单，准备于 2 月 25 日全省总罢工时散发。

李耘生和蓝文胜朝着不同的方向下了山。李耘生下一站要去安德门的人力车夫工会委员、党支部书记王建那儿。

人力车工人的支部是李耘生到南京就任组织部长之后，发展的一个得力群体。

民族工业在二三十年代得到了较大的发展，中国从一个农业国家向工业迈进。工厂的工人在由地下党领导的工会下，有组织地开展为争取合法权益进行了有理有节的罢工运动，南京的几大工厂开了个头，常州、无锡、苏州、常熟等地紧紧跟上，令资本家采取了一些工资上调，并为工人提供一顿简易午餐的行动，令社会底层的人们看到希望大受鼓舞。

南京的人力车工人们街头巷尾在传议：我们黄包车工人也要争取基本的权益！ 但我们去找谁？ 我们也是工人，我们上千名黄包车夫属哪个工会管？

晚清至民国时期，传统的轿子差不多已被淘汰，机动车又尚未进入寻常百姓家，这个时候，几乎所有城市都兴起一种新的代步工具——黄包车。

黄包车夫活在城市底层，地位卑贱，经济困顿，每日赚到的工钱通常不足以养家糊口。 在二十世纪三十年代的上海、南京、无锡，黄包车夫拉车的净收入月均不到九元，而普通三口之家每月的支出至少需要十六元左右，“竟日奔波，血汗所获，终难维持”。 黄包车夫由于收入低下，难有积蓄，多数人都无力自己购买黄包车，曾有资料统计，南京一千三百五十名人力车夫中，自备车者只有二百〇四人，而且这些车多为旧车。 很多黄包车夫最大的人生理想便是拥有一辆属于自己的黄包车，但这个卑微的理想始终只是一个亮晃晃的肥皂泡挂在眼前，随风即破。 当时很多车夫只能向车行租车。 民国时期的城市，普遍都有黄包车行，类似于今天的出租车公司，车行出资购置车辆，然后租给车夫，每月收取车租。 那时候也有两班制的租车习惯：两人合租一车，一人拉早班，一人拉晚班。

黄包车行的出现，既给无力购车的车夫提供了拉车谋生的机会，同时也为车行老板张开了吞食车夫血汗钱的血盆大口：车夫往往要将每月收入的三分之一乃至一半作为租金上缴车行。 但对于只能靠向车行租车的车夫来说，占收入额三分之一乃至一半的车租，确实构成了他们的沉重负担。 所以，他们对车租极为敏感，车行若想增加租金，势必引发车夫强烈的抵触情绪。

近期，有消息传出，南京的五十多家人力车行又要商量增加车租了。 黄包车夫惶恐不安。

也恰好一位人力车夫的表弟简顺在贫儿院教书，也是个进步青年。在一次闲谈中，知道人力车夫们的现状与想法后，迅即向李涤尘（耘生）先生作了汇报。李耘生立即带上简顺约见了几位人力车夫，详细了解情况并抓住这个机会，将在人力车夫群体中成立工会，发展党员建立支部的情况，向上级作了汇报，这支有生力量得到了大家的重视。

李耘生立即召集骨干成员商量，决定首先在这个群体中建立工会组织，抓住人力车行资本家要增加租金这一事件，发动黄包车夫罢工，帮助这些底层工人争取权益，尽可能改善黄包车工人的地位。同时，挑选一些积极要求进步、思想素质较好的车夫，注意培养观察。同时，就派简顺直接与人力车夫工会联系，经过一段时间的活动，培养和发展了八名共产党员。

李耘生也参加了简顺组织的几次人力车夫工会的活动，人力车夫们纷纷对李耘生说：过去我们只是车行老板赚钱的工具，我们以血汗挣点糊口钱。现在，有了自己的工会，等于有了娘家，我们的心中很是踏实。

李耘生征得上级党组织的同意并在大家的支持下，在南京北区的三百多名人力车夫中组织了一次反对增加租金、要求减少车租的罢工斗争，影响很大，使南京市北区的交通瘫痪了好几天，并直接影响到京沪铁路的客流量运转。最后迫使南京市当局发出公告："各车行应暂照现行价格收租，毋得骤增。"

三天未归家的李耘生在夜色中，手提着一只篾篓子，匆匆地回到了家。抱过了章蕴手中的小林：这张纸条，你现在就坐黄包车给我送到中央大学的杨晋豪手中。我是绕了几个弯子才甩掉了尾巴的，不适合出去。

章蕴二话不说，立即出门去了中央大学。

"郊游，人越多越好！"这是纸条上简短的几个字，杨晋豪一看即明白了，即将开始的武装斗争，需要动员中央大学的青年学生参加茅山游击队，人数越多越好。

儿子，好玩不？ 小林，好玩不？ 李玉梅看着哥哥手中很是精致的小篾篓子。

呵，儿子，你玉梅姑姑不知道呢！ 这是茅山那一带山民的特产。茅山至天目山那一带有着很多的竹子，这篾编的竹器、竹篮、竹椅子特别多。 山民们手巧，编了拿到市场上卖，这南京市场的竹制品，基本上都是茅山那儿出的。 这竹篾篓子，当地人可都说是大吉大利的。小林对不？ 我们小林将来一定会吉利的，大吉大利！

耘生今天心情很好，一只小蝈蝈关在小竹篓子中，蝈蝈——蝈蝈——扯着嗓子叫着，小林拎着小竹篾篓子，咯咯笑个不停。

近日来，李耘生一直来往于南京和茅山之间。 李耘生的家中，也是客人不断，有来自茅山山民打扮的客人，也有穿着国民党军服的军人。 有客人来，就进了里屋，李耘生则与来人一起在那几张手绘地图上指指点点，指挥着茅山游击队这支武装力量，灵活机动地活跃在京杭国道上。

为了配合党中央实现“在南京举行‘兵变’之后到天目山建立游击根据地”这一计划，李耘生周密部署，全面发动，耐心细致，发挥了卓越的组织才能。 他一边在京杭国道沿线的句容、溧阳等地建立党的特别支部，又在国道上建立了一支茅山武装游击队。 在李耘生的得力指挥下，这支武装力量出没在京杭国道上，对军警特务追踪、抓捕共产党人，振奋老百姓对共产党的信心，起到极大的作用。

有一天，李耘生回到家一脸的喜气。 抱着小林亲了又亲，章蕴忍不住笑：今儿怎么啦，开心成这个样子！

今天，茅山游击队可逮到一条大鱼！ 回到里屋的李耘生一边用毛巾擦着脸一边说着：这条大鱼还是女的！ 章蕴忍俊不禁：哦，长见识了！ 你还认识女大鱼男大鱼啊！

记得国民政府那个外交部长吗？ 李耘生笑着转向章蕴。

怎么不记得！ 上次我们带着学生请愿，这个王正廷缩在办公室内，就是不出来！学生们一直闯到他的办公室，要不是我们几个拦着，学生差点把他的办公室砸了！

今天，茅山游击队唱了一出好戏！王正廷的老婆昨天在京杭公路上，被游击队给抓了！

怎么被抓了？她坐的是国民政府的小轿车，路上坏了，司机下来找水给车子水箱加水，可是河沟离得挺远的。司机到处找不到水，这官太太扬着绸帕子扭了出来，指着司机大骂，说是耽误了她的重要事情。

她能有什么重要事情！章蕴不屑。

正是啊。游击队一小伙子看不下去，为被这女人训得大气不敢吭一声的司机打抱不平：你这个样子，能有什么正经事！

那女的立即跳了起来，拎着个帕子叉着腰指向小游击队员：睁开眼睛看看，我是外交部长王正廷的太太，你们耽误了老娘的事，叫你们吃不了兜着走！

她不吱声倒也罢了！好，你这个大官太太，是你自己撞到我们手中的。游击队立即上前将这个女人拘了起来，放走了司机：叫你们部长拿大洋来换！

哈哈哈！今天，王正廷果真派了两个人，还是那小司机开着车，带了几卷子大洋来，将女大鱼换了回去。正好游击队缺经费。

1932 年 1 月 28 日凌晨，日寇突然向上海闸北中国驻军发起攻击，枪炮声、呼啸的子弹声令大上海陷入混乱与恐慌，许多上海人在梦中惊醒，以为是鞭炮的声音。如果说，东北三省的沦陷还令上海滩的商贾包括一部分百姓觉得战争离自己尚远，近在身边的枪炮声，则令大多数上海人人心惶惶，有危在旦夕之感。

原因表面上看是日本浪人与上海公共租界东区（杨树浦）华界马玉山路三友实业社的工人因冲突而引起的事件，导致日本军队悍然在中国的国土上发动进攻，实际上却是“九一八”事变后，日本帝国政府为全面占领中国领土的又一大阴谋。

1932 年 1 月 18 日下午，位于上海总厂内，工人义勇军正在工厂大门内的空地上跟着武术师傅进行操练。 嗬——哈！ ——嘿！ 青年工人在练习武术，棍棒交集，大冬天的，几个青年小伙子竟也热汗淋淋。

三友实业社总厂厂门外已聚集了一堆观看的人群，有不少市民看着年轻人矫健的身手喝彩叫好！

忽地人群中一阵怪叫，随即石子、石块向习武练功的工人掷来。什么人！ 却原来是几名日本日莲宗僧人与三名日本信徒，在川岛芳子的安排和唆使下，蓄意到工厂滋事挑起事端，在大门外张牙舞爪肆意挑衅，引发冲突。 而之前川岛芳子早已雇佣打手扮成工人模样混入人群。 激烈的冲突中，日方五人遭到不明人士攻击，一人死亡，一人重伤，然而警察并未成功逮捕犯人，因此日本指控攻击事件为中国人的工厂纠察队所为。 此即所谓震惊沪上的“日僧事件”。 而此事只是日本蓄意挑衅的一个开端。

1 月 20 日凌晨 2 时许，数十名日侨青年同志会成员趁夜放火焚烧了三友实业社，又砍死一名、砍伤两名前来组织救火的工部局华人巡捕。 当天下午，田中隆吉煽动一千二百名日本侨民在文监师路（塘沽路）日本居留民团集会，并沿北四川路游行，前往该路北端的日本海军陆战队司令部，要求日本海军陆战队出面干涉。 途中走到靠近虬江路时，队伍开始骚乱，沿途袭击华人商店，数家华人商店被砸，物品遭洗劫，人员被打伤。

颠倒黑白的日本驻上海领事馆反咬一口，向上海市政府提出强烈抗议，并不断增派日本在上海的军力。 几次交涉和抗议均未得到中国政府的理睬，日本驻上海领事馆发出了最后通牒：中方必须赔礼道歉，赔偿所有损失！

紧接着在 2 月 11 日日军又违犯国际公法，用达姆弹向上海发动进攻，并狂轰吴淞、持志等大学。

当如骤雨般的子弹挟着隆冬的寒风，劈头盖脸地向闸北的中国驻军袭来，驻地的士兵猝不及防已死伤一片。十九路军军长蔡廷锴、总指挥蒋光鼐当机立断：打！给我狠狠地打！

国仇家恨，家恨国仇！此仇不报，此恨难消！

十九路军的枪炮齐鸣，挟着仇恨进行了强势的反击，连续击败日军多次进攻，给予日军以重重的痛击，淞护抗战拉开了序幕。两日下来，十九路军将士浴血奋战伤亡惨重。

闸北告急！十九路军告急！上海告急！

十九路军军长蔡廷锴、总指挥蒋光鼐和淞沪警备司令戴戡通电全国：卫国守土，奋起抵抗，虽牺牲至一弹一卒，决不后退！！！

从北平到广州，从华东到华北，“保卫上海！保卫中国”的怒吼掀卷着长江、黄河的滔天巨浪，激荡起黄山、泰山阵阵松涛。中华奋起，中国奋起！

前线需要子弹，前线需要药品，前线需要医护人员，需要担架员，需要水和食品！十九路军的战事，浴血奋战的十九路军将士牵挂在全中国人的心上。

1932 年 1 月底，南京全市掀起支援十九路军热潮。1 月 29 日，南京各界五万人热烈欢送十九路军驻宁部队开赴前线，中大学生余纪中等四人当场参军，赴沪抗日。31 日，中央军校和南京各大、中专学校的学生组织了中国抗日义勇军铁血军一百五十余人，救护队一百多人，在中大体育馆召开誓师大会。2 月初，南京各界进一步开展支援淞沪抗战行动。中大义勇军五十多人到苏州参加抗战。蒋介石、汪精卫联合掌权的国民政府，提出所谓“一面抵抗，一面交涉”的方针，请求美、英等国出面调停，求得对日妥协。

中共江苏省委则提出：坚决反对调防撤退以及一切只防守不许进攻的办法；联合工人、农民、难民、学生武装抗日……李耘生积极参与并在南京相关高校广为散发《救死扶伤》宣传大纲。

结果，在美、英等国出面调停下，《淞沪停战协定》签订，使上海沦落成为日本侵华的重要基地。第十九路军将士满怀悲愤被迫离开上海。

听到这消息李耘生异常气愤，又组织工作人员、大学生继续印发传单，揭露淞沪停战内幕，揭露国民党卖国的反动本质。

中国国民革命军陆军二级上将张治中亲自为十九路军阵亡将士们撰写挽联：“回忆尸填蕴藻、血染江湾，凄恻视战区，涕泪横流愧后死；遥睇叛据白山、敌侵黑水，凌夷悲祖国，戴天不共是私仇。”这挽联全文登在了《申报》上，李耘生一个字一个字地抄在了自己的笔记本上。

破庙内蛛网密布，破旧的佛像似笑非笑双手合十。破庙外则林木苍翠，环境幽美。是溧阳的同志将会议地点定在了这焦山。今天，李耘生天蒙蒙亮就来到了镇江焦山破庙，他将在这里召开溧阳特支紧急会议。

早晨八时，笪移今到了。一个多月的时间，精明能干的笪移今已在句容县城小学老师中发展了五名党员，在县财政局发展了一名党员，成立了中共南京句容特别支部；

狄超白到了，作为中央大学参加过党的外围组织反帝大同盟的进步学生，后加入了共产党，回到溧阳后，创办了《溧阳日报》，并以此报为掩护，开展地下工作；

江宁的老王到了，江浦的张书记到了，溧水与宜兴的两位支部书记也都来了，人全了。

这是李耘生在1932年2月在溧阳召开的特别支部紧急会议，传达党要求积极发展抗日武装力量的指示。这次会议上还研究了对驻扎在宜兴的江苏省保安四团作策反工作，通过争取、教育、保安四团的谢绍辉等，在党的领导下，发动兵变。

焦山耸峙于江心，这块“镇江之石”犹如“中流砥柱”，气势磅礴；加上山寺隐约，宛若人间仙岛在水中缥缈。滚滚长江东流水，这革命形势不正如这江水，势不可当！李耘生在焦山之上眺望长江水，胸中涌起无限感慨。

一切部署就绪，从郊区几县的武装力量游击队，到城市工人的几大工会力量，从中央大学、金陵大学等学生党员、进步青年团体，到首都宪兵队蓝文胜队伍，保安四团包括南京骑兵教导队警卫营等力量，似乎万事俱备只欠东风。

兵变、暴动这四个字日日夜夜挂在李耘生的心上。箭在弦上不得不发。骑兵警卫营率先兵变，可惜因为叛徒出卖，在去天目山途中与大批军警遭遇，部队被彻底打散。

共产党这个孙猴子，竟然到我的肚中来翻跟头了！刚上任不久的宪兵司令谷正伦气得发疯，摔了杯子又踢翻了椅子：可是，看你们能不能跳出我的手掌心！

4. 血洒雨花

月儿已高高地悬挂在头顶，将宪兵司令部看守所映照得通亮透彻。这个深夜，这个在人世间最后的一个深夜，李耘生注定无眠。头可断，血可流，志不屈！两岁多小林的出现，做父亲的万箭穿心！面临身份完全暴露，已经做好牺牲的准备，二十七岁的李耘生知道自己的时间不多了。

今天下午，最后一次提审。这次是军法处提审。

这次来的是一个穿着军官制服的中年男子。没有客套话。

你是南京中共书记李耘生?

是我!

白下路贫儿院李涤尘教员也是你?

是我!

现在摆在你面前只有两条路，一条是生路一条是死路，明白吗?

李耘生轻蔑一笑。

只要你愿意转变，我保管你有活路！愿意转变，这四个字，对你李耘生，说一下就这么难吗?

要是我愿意说，早就说了，还要你们三番五次白费劲吗？ 李耘生反问。

你不觉得为了一个虚妄的共产主义，就舍去自己二十七岁的生命，太可惜了吗？ 你们的目标到底是什么？ 能够达到吗？

共产党人为劳苦大众奋斗求解放，这就是我的目标！ 李耘生义正辞严。 需要转变的不是我是你，是你们这些为蒋介石卖命、与全体中国人民为敌的家伙！ 今天，我说在这儿，让历史告诉你们，中国共产党必胜，天下受苦受难的百姓一定会过上好日子！

军法处的那处长站了起来：那你只有一个结局了，遗憾了！ 你真的不要再考虑考虑了？

要杀就杀，我没有什么需要考虑的！ 李耘生平静如斯。

月儿渐渐向西天游动，一会儿又被乌云遮住，慢慢地，又顽强地从云层后面钻出，将皎洁的月辉洒向这充满杀戮与血腥的人世间。

李耘生再次想起冷少农，曾经在一起商量南京兵变，冷少农的沉稳与才智一直令李耘生为之佩服。 他也是在这里走上雨花台的。 当时的南京国民政府对潜伏于国民党内部的“红色特工”头疼不已，但就是迟迟不能发现。 直到 1932 年，由于叛徒的出卖，冷少农身份暴露，是宪兵司令谷正伦亲自下令逮捕了冷少农。 由于冷少农是何应钦的同乡兼亲信，劝降的说情的络绎不绝，高官厚禄、严刑拷打均不奏效。 就在上个月，冷少农穿着西装皮鞋，风度翩翩地走出了这“等死台”，走向了雨花台。

1928 年 9 月，年仅二十四岁的共产党员史砚芬牺牲在雨花台。 史砚芬父母早亡，他担负着教养弟妹的责任。 史砚芬牺牲后，从他内衣口袋里发现两封血迹斑斑的遗书，遗书写道：“亲爱的弟弟妹妹：我今与你们永诀了。 我的死是为着社会、国家和人类。 是光荣的，是必要的。 我死后有我千万同志，他们能踏着我的血迹奋斗前进，我们的革命事业必底于成，故我虽死犹存。 我的肉体被反动派毁去了，我的自由的革命的灵魂，是永远不会被任何反动者所毁伤！ 我不昧的灵魂必时常随着你们，照护你们和我未死的同志，请你们不要因丧兄而悲吧！”

高文华是黄埔军校第三期学生。 1924 年加入了中国共产党。1925 年，高文华被派往国民革命军第三师担任连的党代表参加东征。这时，父亲来信告诉他，替他找了份月薪六十大洋的工作。 高文华给父亲回信：“我是一个革命者，怎能受钱的牵动呢？ 老实说，山东有六百、六千一月的事，我都不做的。”“我就读的黄埔军校有一副对联：升官发财请往他处，贪生怕死勿入斯门。 我是黄埔之学生，我得黄埔之精魂！”“欲得安宁快乐之生活，非先打倒帝国主义军阀不可。”高文华从容地走上了雨花台。

……

人总是要死的，为了理想、信念、信仰，死不足惜，无怨无悔，只是觉得自己为党，这人民，为这个国家做的事太少！

此时苍穹上星光灼灼，他想到自己人生途中的革命引路人王翔千、王尽美，罗亦农……

他想起自己深爱的湘妹子、好战友章蕴，他想起儿子小林，那胖乎乎的小脸蛋，那绵软软伸出来摸着自己面庞的小手，还有广饶的西李村，那孕育了自己的西李村，爷爷、父亲、亲亲的娘！

从刘集振华高小到益都（青州）十中，从济南到青岛，再从济南到武汉的硚口、武昌再到这六朝古都南京，没有什么怨恨的更没有什么后悔的，李耘生为党的工作尽心尽力，李耘生为党的事业鞠躬尽瘁，对不起的只有家人、亲人。

想到亲人，尤其是想到前些日被看守夹在手臂中的两岁的儿子，李耘生心中难受，绞痛无比！

他想起在上海亭子间破木箱子当摇篮。 那箱子的盖子不知咋地落了下来，儿子铁青的脸色、章蕴的哭声似乎就是在昨天；李耘生想起搬到游府西街蹒跚学步的小林，伸着小手向自己歪歪扭扭走来，嘴中呢喃着爸——爸！想起自己承诺着要带自己可爱的儿子、美丽的妻子回老家拜见老太爷和爷爷、奶奶，他们一直在盼望，想起来就翻来覆去看耘生一家三口那张唯一的照片！还有章蕴，那个黑漆漆的夜晚，怀孕六个多月的妻子回到了长沙，开始还有些许通信后来就断了联系，现在，章蕴安全吧？肚子中的宝宝更大些了吧？是男孩还是女孩？李耘生希望是女孩，一男一女龙凤俱备，多好啊！

大通铺上的小王睡梦中嘀咕着在和谁在争执，陈铁汉震天响的呼噜又将李耘生带往了青州，带往了阳河两岸……

面对即将到来的死亡，李耘生没有恐惧没有惊慌。

他脱下身上唯一的一件毛衣，叠得整整齐齐，递给了身体虚弱的钱飞：天冷的时候，你穿上它，好抵挡一阵。

他将自己的《唯物史观》《铁流》《呐喊》等几本书，也整齐地摞好：同志们，我没什么珍贵的礼物，这点东西给大家作个纪念吧！但大家一定要记住，当今的形势未来的中国一定需要有知识有文化的人，一定要看书一定要学习，尤其是你！看着他的小王“哇”的一声哭了起来：李哥！

他整理了一下自己破烂的长衫——这件长衫还是那次出狱时妻子专门做给他，并“逼”着他一出监狱大门就换上的，李耘生很是喜欢和珍爱，如今就要带着章蕴的爱，穿着它走向刑场了。

1932年6月8日深夜，牢门“哐”的一声被打开，看守扯着嗓子喊叫：李—涤—尘！出来！

李耘生知道，最后的时刻来临了。

转过身来，他对大家说：我拜托你们一件事，哪位将来有幸出去了，请告诉我的妻子章蕴同志，让她革命事业、养儿育女都不误，两副担子都要挑起来！其时，李耘生已写了一张纸条，托小王放风时交给八号的一位即将被保释的周姓难友，纸条上写着一行字，没有抬头，没有落款。“过去百千斤担子我们俩人挑，以后这担子只能你一个人挑了。”纸条的背面写着游府西街叶菊清大姐收。他知道，妻子肯定认识他的笔迹。

他和狱友一一握手告别，高声朗诵《共产党宣言》里的语句：“共产主义的特征并不是废除一般的所有制，而是要废除资产阶级的所有制！”李耘生神色从容地走出了监狱的大门。与他同时被押上囚车的，还有相识多年又在京沪铁路上并肩战斗的山东汉子，坚定的共产党人陈铁汉：李书记，我俩一起走，我走得开心、走得自豪和高兴！

难友们含着泪水，挤在牢门铁栅前，目送李耘生们离去。

1932年6月7日的午夜，月黑风高，风高月黑！囚车载着李耘生、陈铁汉们在呼啸凄厉的警笛声中驶往雨花台。

雨花台、雨花台！古称玛瑙岗又称聚宝山。李耘生心中默默念着这以前是名胜风景区的名字，

已有三千多年的历史的雨花台，风光旖旎，历史上本是帝王将相和文人墨客吟咏唱和之地，可自1927年始，却成了反动派屠杀共产党人和进步群众的刑场。新民主主义革命时期，在这里牺牲的共产党员和进步人士就有十万之众。雨花台的每一寸土地，每一块石头，都曾经被烈士的鲜血浸润。

站住！枪栓“哗啦啦”响起，撕破了1932年6月8日凌晨的寂静。

雨花台北处那山冈上，一队荷枪实弹的士兵叉开腿站着；

雨花台北处山冈那排青松前，六位共产党员，矗立出一派大义凛然、视死如归。

要不要写家信？有什么遗嘱？执行官一个个按惯例问过来，没有人理他。

李耘生声音朗朗：家信我早已写好寄出，遗嘱也已留下，想知道吗？我盼望亲人们与你们继续斗争到底！

李耘生义正辞严，平静如水，迎着东方隐约可见的彩霞，嘴角浮起了浅浅的微笑。

“哒哒哒——”枪声在金陵古城的雨花台骤然响起，罪恶的子弹在李耘生胸前飞溅起漫天的血花纷纷扬扬，染透了东方的朝霞，鲜红鲜红的血花洒满了大地，浇灌着大地，滋润着这千百年的土地。这雨花台的草坪与树林间，那朵朵白的、黄的、蓝色、粉色的小花，就密密匝匝、素洁清丽、含泪带露次第绽放，在微明中摇曳起长风浩荡，诉说着对烈士对忠魂的无比崇敬地久天长……

此时的章蕴正在长沙的家中等待、盼望，盼望李耘生早日完成任务，盼望她的夫君、永远的爱人带着宝贝小林忽然出现在自己的眼前。

盼啊等啊，来自南京的一封电报令章蕴心沉深潭：老李得了严重的传染病，已经住院，请你保重身体。有着丰富地下工作经验的章蕴捧着薄薄的电报纸重若巨石，泪水瞬间盈满了眼眶：肯定是耘生被捕了，肯定是耘生被捕了，肯定是！（过了若干年后，章蕴方知道，这封电报是肖静庵发的。）

此时的长沙，大街小巷贴上了通缉章蕴的布告，并附有章蕴的照片，焦急、痛苦，待产的章蕴再也不能在母亲的照顾下安居家中。母亲烧掉了家中所有有着李耘生信息的信件和物品，将章蕴送往了自己的大女儿家。

1932 年 6 月中旬，一张报纸击碎了章蕴所有的等待和残存的一线希望：南京枪毙一批共党分子，李涤尘的名字赫然在列。章蕴如雷轰顶却没有眼泪，只是呆呆地坐在床边：耘生，耘生，耘生！

亲人、战友、爱人，相依为命，生死共担，爱若长江，情深似海啊！

那在武昌司灯火柱下，在危险中呵护自己脱险的温暖的臂膀呢？

那与自己在硚口并肩作战，干练能干又风度翩翩的好领导、好战友呢？

那个为自己多少次买面窝，还声称要学做面窝手艺，要开一间面窝店，为自己做一辈子面窝的大男孩呢?

那个抓着自己的双手，眼对眼地看着，深情地说你是我的湘妹子永远的湘妹子，我亲亲的生死相依的爱人呢!

现在，这个人再也见不着了，再也见不着了! 低下头来，看着自己的大肚子，这个孩子生下来就没有父亲了，儿子小林又下落不明，章蕴悲从心来，泪水奔涌，嚎啕大哭……

姐姐扶着章蕴的肩膀:妹子,你少哭点啊,你还有肚子中即将出生的孩子,你这样对孩子不好啊!

悲痛中的章蕴发下了三条誓言:一定要找到党，回到党组织的怀抱；二是生下腹中的孩子就出去做工挣钱，来养活自己和孩子,但坚决不做国民党的任何工作；第三，今生今世，永不再嫁人，二十七岁的章蕴永远是李耘生的湘妹子!

世道艰难,生下了女儿的章蕴拣过烟叶,养过蜜蜂,后又做过长途电话接线员。 章蕴不怕吃苦，章蕴要兑现对爱人的生死诺言:一定要将孩子抚养大。

章蕴又给李耘生的老家,山东广饶西李村去信,如实告知耘生已牺牲,但小林和玉梅可能还在敌人手中,因自己仍在被通缉之中,请爷爷、父母一定想方设法找到他们。

茫茫人海，令章蕴想不到的是 1936 年秋日，在长沙的街头，有人在叫章老师! 回到长沙以后，再也没有人这样称呼过章蕴。

章蕴警觉，慢慢地回头，那叫章老师的迅速扑上来搂住了章蕴:我找到你了，我终于找到你了!

看清来人章蕴大惊:叶姐! 眼前不正是自己和耘生在南京游府西街同住一院的邻居叶菊清大姐吗!

自李老师被抓进去后，军警特务一直没有放松对我家的监控，常有两个特务坐在我家家中。 叶姐放低了声音:可是有一天，一个胡须长长衣衫破旧的人叩响了我家的院门，似乎是要饭的。 我和老叶在门外侍弄蜜蜂箱子，那人递给我一张纸条低低地说了声给章蕴的，请一定转交。就迅速离开了。

屋内的特务闻声而出：什么人？老叶说，要饭的。特务狐疑地走向蹲在蜂箱前的老叶：老实点，是不是共产党来过了，站起来！乘着特务对老叶搜身的当口，叶姐转去了屋内的床铺旁，打开纸条一看：“过去百千斤的担子两人分担，以后这担子只能由你一个人来挑了。”

实在对不起你，叶菊姐看着章蕴急切的目光一脸愧疚。老叶回屋后，两人商议，两人都记下了这句话，叶姐将纸条吞下了肚。而第二天，特务就将老叶夫妇俩都抓进了监狱，以“通共”的名义判了他俩两年的监禁。

我终于找到你了！不然我一辈子心都不安的。叶菊姐厚道善良，住游府西街时，同是湖南人的叶家夫妇帮着章蕴夫妻俩做了不少事，家中来来往往许多人，叶家两口子心知肚明却从不多一句嘴。那时的小林，特别喜欢要叶姐抱：抱抱！刚会走的小林歪歪扭扭地走到叶姐身边，叶姐抱上小林，小林搂上叶姐的脖子，小手就对着街道上指着，要出去“探探（看看）”。

现被放出牢狱的老叶夫妇无家可归，只有回到湖南老家。却不料在熙熙攘攘的长沙街头，叶大姐与章蕴巧遇。

章蕴眼含泪花直说感谢：我记下了耘生的话！我会永远记住耘生的话！

“过去百千斤的担子两人分担，以后这担子只好由能由你一个人来挑了。”丈夫最后的这句话刻在了章蕴的心底，她将与耘生的生死之恋，化作了对两人共同信仰的坚守，化作在混乱晦暗的尘世间，抚养两人爱情结晶的强大动力。

耘生，我会将这百千斤的担子挑起来的，一定会挑起来的！你看着，我会让你放心的！

在晨曦中在夜色里，在风雪交加的日子，章蕴一直对着耘生念叨这句话。在章蕴的心中，她亲爱的耘生一直还在，一如那张三口之家的照片上那样，温文尔雅又清澈明净地看着他深爱的湘妹子，看着她和小林和刚生的小女儿，章蕴相信，以耘生的聪明睿智，他有什么看不到呢。

让章蕴欣慰的是，在自己被通缉的日子，李耘生的爷爷、爸爸接到章蕴的信，卖掉了一部分田产，想方设法将在南京剪子巷救济院，那阴暗的“慈善堂”孤儿院的小林和玉梅托人带回了山东老家。耘生，你看到了吗？

章蕴吃尽千辛万苦，在1936年底西安事变后，终于与来湖南恢复党组织的袁益泽同志接上了头，回到了党组织的怀抱。这以后，从湘潭县委书记到新四军战地服务团党支部书记……一直到解放后的上海市妇联主任，全国妇联副主席，中央纪律监查委员会副书记，在革命的征程上、在人生的旅途上一步步行走，章蕴总会对着照片上的丈夫：耘生，你看到了吗？！

足可以告慰耘生的是，儿子小林在十五岁时，被章蕴从山东广饶西李村的耘生老家带到了身边；女儿早力也于解放后从长沙的外婆家回到了章蕴的身边。耘生，我们一家又在一起了。章蕴将照片，那张有着耘生俊秀儒雅微笑着的唯一的照片捧在手中，让耘生看小林，看早力，还有，噙着泪花微笑着的，耘生永远的湘妹子。

风霜雨雪花开花落，1950年，李小林和杜早力一起去了哈工大预科班念书，又先后去了苏联留学。回国后，女儿杜早力被分配到航天部，从事技术工作；儿子李小林则在国防科工委工作，曾任国防科工委外事局局长。兄妹俩都加入了中国共产党，且兢兢业业在各自岗位上做出了不凡的贡献。

孩子走的每一步，章蕴都要告诉一直微笑着的李耘生：你看到了吗？这副担子，我挑得还可以吧！照片上，耘生微笑着，深情又赞许地看着他的湘妹子。

1982年6月8日，鲜花怒放，松柏葱郁，雨花台正是花红柳绿的季节。七十七岁高龄的章蕴带着女儿杜早力来到了雨花台。

一周前，章蕴就与女儿商量：早力，下周有可能，你请个假，陪妈妈去一下南京！章蕴无比郑重地交待女儿。1982年6月8日，是李耘生牺牲五十周年的纪念日。

章蕴带着女儿在烈士纪念碑前献花，章蕴带着女儿在烈士北殉难处祭拜，章蕴带着女儿走进烈士纪念馆。在李耘生的照片前，章蕴久久伫立、深深凝望：看看你父亲多好啊，永远这么年轻和潇洒。泪水顺着满头白发的章蕴面颊，滚滚而下，这是女儿杜早力这么多年来，第一次看到母亲流泪。

在这块李耘生与自己并肩作战，耘生又洒下热血的土地，章蕴感慨万千。回到住处，章蕴捧着照片又是痛哭一场。

半个世纪的思念，五十载不能忘却的深爱，耘生无比信任的托付和章蕴大半生的担当，都呈现在眼前的这四阕《如梦令》上：

回首雨花台畔，别语匆匆遗愿。五十易春秋，日夜在肩双担。双担，双担，未敢白头言倦。

回首雨花台畔，从此一家离散，遗腹女初生，千绪万思相伴。遗范，遗范，儿女受人称赞。

回首雨花台畔，休往离愁千万。血雨又腥风，奔走后方前线。弹冠，弹冠，欢庆地旋天转。

骇浪恶风难忘，攒得神怡心旷。春色满人间，告慰英灵如上。如上，如上，胡石破云归望。

写下这四阕《如梦令》的章蕴，想起耘生第一次在南京入狱，出狱后送给她一本厚厚的日记：小蕴，这十个月我每天都想着你，每天都在对你说话，这十个月我没能陪在你身边，但我们的心，一直没有分离。我觉得，我们从来没有分离！

看着照片上微笑的耘生，章蕴含着泪也笑了：耘生，这么多年，我每天都在想着你，每天都在对你说话。我们的心，一直没有分离，耘生，我们真的从来没有分离过。

眼前这松柏林立，四周是鲜花盛开，微风轻拂，鸟鸣花香。章蕴将耘生的照片搂在怀中：耘生，耘生，你看这金色的太阳你看这七彩的鲜花，这世道安稳，这人间清明，你看见了吗？你知道吧！我和孩子一切都好，今生今世，来生来世，我们永远在一起！

参考文献

1.《雨花魂》，中共江苏省委党史办等编；

2.《李耘生传》，洪欣著；

3.《党的好女儿——章蕴》，江苏省妇联编；

4.《殷红的记忆》，《雨花》杂志特刊；

5.《关于李耘生传记及其亲友回忆文章》（南京市档案馆卷宗）；

6.《雨花英烈家书》，雨花台烈士陵园管理局编。